DUCA DI NIENTE

(IL CLUB DEL 1797 LIBRO 5)

JESS MICHAELS

Traduzione di
ISABELLA NANNI

DUCA DI NIENTE

(TITOLO ORIGINALE: THE DUKE OF NOTHING)

OGNI mese Jess Michaels mette in palio un buono acquisto Amazon GRATUITO riservato agli iscritti della newsletter. Registratevi sul sito: http://www.authorjessmichaels.com/

Questo è il terzo anniversario da quando sono diventata un'autrice indipendente. Voglio ringraziare di cuore i lettori, i blogger e gli amici che mi hanno sostenuto e hanno contribuito al successo di questo percorso.

E a Michael, che è il Duca, no il Re del mio mondo.

PROLOGO

1798

Baldwin Undercross osservò suo padre, il Duca di Sheffield, lanciare un'altra moneta sul mucchio che aveva davanti. Gli altri uomini in piedi intorno al tavolo borbottarono e bofonchiarono, scambiandosi sguardi che tradivano sia il loro sgomento che il loro interesse per ciò che stava per accadere.

Baldwin provava più o meno le stesse sensazioni. Era la sua prima volta in una casa da gioco e non si stava divertendo, a dire il vero. Il suo pensiero principale era la consapevolezza che sua madre non avrebbe approvato. Dopotutto, Baldwin aveva compiuto solo quindici anni proprio quel giorno. Senza dubbio sarebbe stata inorridita se avesse saputo dov'era e avrebbe detto che era troppo giovane.

Ma suo padre non era d'accordo con quell'affermazione. Aveva fatto un discorso molto lungo sul diventare un uomo e aveva fatto giurare a Baldwin di non rivelare a nessuno dove stavano andando. Tuttavia, Baldwin era stato riluttante a seguirlo e suo padre lo aveva praticamente trascinato in quel posto.

Ciò nonostante, a Baldwin era abbastanza piaciuto... all'inizio.

C'erano belle donne in abbondanza, la casa da gioco era rumorosa e chiassosa, si rideva e scherzava con molti doppi sensi. Solo che, con il passare delle ore, lo aveva colto un senso di ansia accresciuto dallo sguardo folle e talvolta vitreo negli occhi di suo padre mentre il duca investiva sempre più denaro nei giochi a carte, nei combattimenti tra cani e ora nei dadi. Aveva perso più di quanto aveva vinto fino all'ultima mezz'ora.

«Siete sicuro, Vostra Grazia?» chiese uno degli uomini. «Avete già fatto doppia vincita o niente *e* tripla vincita o niente. Siete sicuro di voler scommettere di nuovo?»

Sheffield alzò lo sguardo e fissò il tipo. «Fatevi gli affari vostri, Carter, nessuno vi ha chiesto niente. Ho la fortuna dalla mia stasera. Dovrei portare mio figlio più spesso.»

Mentre parlava, mise un braccio intorno a Baldwin e lo trascinò nel mezzo. Baldwin sentì che l'alito di suo padre puzzava di liquore e capì che era ubriaco dal modo in cui vacillava.

«Tirali tu, ragazzo mio» disse suo padre, mettendogli i dadi in mano.

Baldwin deglutì a fatica e fissò i dadi stretti tra le sue dita tremanti. Iniziò a scuoterli prima lentamente, poi più velocemente, mentre pregava con tutte le sue forze che venisse fuori il numero su cui suo padre aveva scommesso. Undici. La stessa età della sorella di Baldwin, Charlotte.

Undici, undici, undici, ripeté mentalmente, come se così potesse farlo realizzare. Lanciò i dadi che rotolarono sul tavolo, rimbalzando con un movimento apparentemente lento mentre tutta la stanza aspettava di vedere se scommettere su una quarta vincita o niente fosse davvero una buona idea.

Uno dei dadi si fermò per primo. Un sei, e il cuore di Baldwin sussultò di gioia. Era a metà strada! Il secondo dado rimbalzò e il suono gli echeggiò nelle orecchie, l'unico rumore che udì anche se gli uomini intorno a lui saltavano e gridavano. La presa di suo padre sul suo braccio si fece più forte mentre guardavano i numeri piroettare. Alla fine il dado si fermò e Baldwin rimase senza fiato.

Quattro.

L'uomo che teneva il banco ridacchiò e iniziò a racimolare i soldi del duca dicendo: «Che sfortuna, Sheffield.»

Baldwin sentì le lacrime pungergli gli occhi e sbatté le palpebre per respingerle e non mettere in imbarazzo se stesso e suo padre di fronte alla stanza piena di uomini che sghignazzavano. Lentamente si voltò e trovò il duca che fissava il denaro venire portato via.

«Mi... mi dispiace, padre» sussurrò Baldwin, con voce rotta.

Il duca sbatté le palpebre, e fu come se lo stesse riportando al presente. Fissò Baldwin con la fronte corrugata e poi lo condusse lontano dal tavolo, dagli uomini e dai soldi che aveva perso. «Ti spiace? Perché?»

Baldwin scosse la testa. «Tutti quei soldi, li ho persi.»

Il duca gli rivolse uno sguardo incredulo. «Non essere sciocco, Baldwin, non li hai persi. È stato un tiro sfortunato, tutto qui. È un gioco, niente di più. Ma noi... dobbiamo solo rivincerli, no?»

Baldwin schiuse le labbra. «Rivincerli? Ma... ma padre, erano tantissimi!»

Per un momento un'ombra scura passò sul viso di Sheffield che lanciò un'occhiata al tavolo dove gli uomini erano tornati ai loro giochi, preoccupati delle proprie fortune piuttosto che di quella del duca e di suo figlio.

«Be', sì» disse piano. «Ed è per questo che non possiamo andarcene in questo stato. Vieni, stanno iniziando un incontro di boxe sul retro, molto meglio scommettere sull'incontro che sui dadi.»

A Baldwin si rivoltò lo stomaco. «Non so, padre.»

Il duca gli posò una seconda volta il braccio sulla spalla e lo strinse forte. «*Io* sì. Dopo tutto, non è stato emozionante quando hai lanciato quei dadi? Soprattutto quando è uscito il sei?»

Baldwin si agitò. «Suppongo di sì. Pensavo di poter vincere, dopotutto.»

«E vincerai» lo rassicurò il duca. «Vincerai di nuovo. Ora ti mostrerò come scegliere un pugile e ti darò i soldi per scommettere. Sarà il mio regalo di compleanno.»

Baldwin esitò, ma alla fine annuì. Come poteva non accettare quando suo padre aveva un sorriso così luminoso e lo guardava con tanto affetto? Dopotutto, erano sempre stati uniti. E suo padre non avrebbe fatto nulla di sbagliato. Baldwin lo conosceva troppo bene per pensarlo. Era solo un uomo ricco, con i mezzi per divertirsi.

Se diceva che andava tutto bene, Baldwin gli credeva. Così respinse la paura e l'ansia e seguì suo padre attraverso i corridoi tortuosi della casa da gioco. Verso la vittoria che suo padre era certo sarebbe arrivata.

La vittoria che Baldwin ora desiderava così tanto che gli faceva male lo stomaco. La vittoria che voleva più di ogni altra cosa.

Primavera 1811

«S tai prestando attenzione, mio caro? È molto importante.»
Baldwin Undercross, Duca di Sheffield, si allontanò dalla finestra da cui stava guardando fuori e concentrò l'attenzione su sua madre. Era seduta sul suo divano con una sfilza di carte stese in grembo, sul tavolo davanti a lei e sui cuscini accanto a lei. Ne stava esaminando una molto attentamente e lui trattenne a malapena un sospiro davanti alla sua espressione determinata.

«Sì» sussurrò. «Così dici.»

Sua madre alzò lo sguardo di scatto e lo guardò negli occhi, quegli occhi marroni così simili ai suoi, e si addolcì un po'. «Mi dispiace, tesoro» disse. «So che disprezzi tutto questo. Non ti sottoporrei a nulla di tutto ciò se non fosse assolutamente necessario.»

Baldwin giunse le mani dietro la schiena. La parte peggiore era che sua madre non aveva torto nella sua valutazione. Ma questo non gli rendeva più piacevole quello che stava facendo. Anzi, glielo rendeva ancor meno piacevole.

«Lo riconosco» ammise con un sorriso tirato. «Dopotutto, se la nostra situazione dovesse venire allo scoperto, potrebbe essere molto... sgradevole. È così e basta. Lo accetto e accetto la mia responsabilità di porre rimedio al problema.»

«Almeno Charlotte è al sicuro» sussurrò la duchessa. «Mi sono sentita come se mi avessero tolto un peso quando lei ed Ewan hanno pronunciato i loro voti.»

Quelle parole ispirarono un sorriso molto raro sulle labbra di Baldwin. La sua amata sorella minore aveva sposato uno dei suoi migliori amici meno di sei mesi prima. Un membro del suo club di duchi, un gruppo di amici molto legati tra loro che avevano formato un club per aiutarsi a vicenda con il peso della responsabilità che un giorno ciascuno di loro avrebbe sopportato.

Naturalmente Baldwin non aveva rivelato i suoi guai a nessuno di loro, nemmeno a Ewan, Duca di Donburrow e ora suo cognato oltre che fratello nello spirito. Né lo aveva detto a sua sorella. Troppo umiliante.

E a che scopo avrebbe dovuto parlargliene? Charlotte si sarebbe solo preoccupata, e ora almeno era protetta dalla situazione della loro famiglia.

Non poteva dire lo stesso di se stesso o di sua madre. La parte peggiore era che nemmeno sua madre sapeva quanto brutta fosse veramente la situazione.

«Come ha potuto lasciarci in queste condizioni vostro padre?» disse la duchessa, premendo le mani sulla pila di carte al punto di far scricchiolare la pergamena.

«Ce lo chiediamo da cinque anni» disse Baldwin a bassa voce. «Papà ha perso tutti i nostri soldi, ci ha lasciato solo i beni vincolati al casato e il loro valore è... notevolmente ridotto per colpa delle sue decisioni sbagliate. La nostra posizione è insostenibile. Devo trovare una soluzione. Lo devo a coloro a cui dobbiamo dei soldi e a coloro che vivono grazie al nostro titolo e alle nostre terre.»

Sua madre sospirò e prese uno dei fogli, lisciandolo d'istinto mentre diceva: «Be', sposa una bella ereditiera e andrà tutto bene.»

Lo disse con leggerezza e Baldwin si sforzò di sorridere, ma gli venne un altro nodo allo stomaco. Sua madre si era convinta che l'elenco di ereditiere che costituiva le sue copiose carte avrebbe fatto il miracolo che avrebbe salvato la loro famiglia, ma Baldwin non ne era così certo. Non sapeva se una giovane donna con una dote di diecimila o addirittura trentamila sterline sarebbe bastata per rimediare alla situazione in cui si trovava.

Dopotutto, nemmeno lui conosceva l'esatto ammontare di tutti i debiti in sospeso. Suo padre aveva tenuto una pessima contabilità, apposta, a quanto pareva, per nascondere gli enormi debiti che aveva contratto. Per nascondere le promesse che aveva fatto dieci volte per gli stessi diritti o per lo stesso cavallo o per lo stesso pezzo di proprietà non vincolata al casato.

Erano cinque anni che Baldwin cercava di venirne a capo. Solo di recente si era reso conto di almeno altre cinquemila sterline di debito che non aveva idea a chi facessero riferimento o come ripagarle. Quella era stata l'ultima goccia. Aveva cercato di tenere tutto in equilibrio sul filo di un rasoio e ora... be', ora non c'era più nessun equilibrio. Non si poteva indugiare. Questa era un'emergenza.

Sua madre non ne sapeva niente, ovviamente. Era consapevole del loro stato finanziario in linea di massima, non dei dettagli che tenevano Baldwin sveglio a fissare il soffitto di notte.

«Chi devi presentarmi oggi, mamma?» chiese Baldwin, scrollandosi di dosso l'oscura verità della loro situazione e concentrandosi sulla principale opportunità che aveva per risolverla.

La duchessa sollevò la sua pila di fogli con uno sguardo cupo. «Abbiamo già parlato di una mezza dozzina di possibilità, ovviamente. Eccone qualcuna in più. Lady Winifred, la figlia maggiore del Conte di Snodgrass. Ha una dote di quindicimila sterline e un cavallo campione di gare di corsa.»

Baldwin sussultò. Non ne voleva più sapere di cavalli da corsa, ma avrebbe potuto venderlo, ovviamente, e mettere insieme altre mille sterline, forse. Se solo Lady Winifred non fosse stata così noiosa.

«Molto bene» biascicò. «E?»

«Ho sentito che Lady Richards sta rientrando in società questa stagione. Ora è vedova, naturalmente, ma è stata sistemata molto bene sia da suo padre che dal defunto visconte.»

Baldwin annuì. In effetti, era vero. La gentildonna si era guadagnata i suoi soldi, poiché era opinione diffusa nelle sue cerchie che avesse ucciso il suo povero marito. Ovviamente non era un fatto *certo* e le signore non ne parlavano, quindi non era sicuro che ne fossero a conoscenza. Tuttavia, a Baldwin tornò in mente l'espressione da cane bastonato del visconte ogni volta che era costretto a tornare a casa da sua moglie e rabbrividì.

«Non metterebbe necessariamente insieme i suoi forzieri con i nostri» suggerì. «Non è la stessa cosa di una dote.»

«Tuttavia, non possiamo scartare ventimila sterline d'acchito» disse sua madre, mettendo un segno sul foglio con il nome di Lady Richards.

«No, non possiamo» concordò lui. «E chi altre?»

Sua madre rovistò in un'altra pila e tirò fuori un foglio di carta. «Ah, eccone una! L'americana. Suo padre, Peter Shephard, è una specie di... spedizioniere di Boston, credo. Ha portato sua figlia per una stagione e dicono che voglia comprarsi un titolo.»

«*Dicono*, vero?» disse Baldwin tra i denti. «*Dicono* anche perché mai un americano verrebbe qui a far compere quando al momento la tensione tra i nostri due paesi è così alta?»

Sua madre si strinse nelle spalle. «Non proprio. Ho sentito vociferare che potrebbe simpatizzare un po' più per noi dato il contesto attuale.»

Baldwin storse il naso. Sebbene fosse certamente un buon suddito britannico e sostenesse il suo governo in tutte le sue imprese, non gli piaceva l'idea di un traditore. Anche se apparteneva all'altro lato.

«Un americano?» gemette, facendo avanti e indietro per la stanza e passandosi una mano tra i capelli. «Siamo davvero caduti così in basso?»

La duchessa mise da parte le sue carte. «Non lo so, Baldwin, perché so che mi nascondi dei segreti. Ma penso che tu conosca la risposta, vero?»

Lui strinse le labbra e si rifiutò di rispondere in un senso o nell'altro.

Quando fu rimasto in silenzio per troppo tempo, sua madre si alzò in piedi. «Si dice che quest'uomo abbia cinquantamila sterline da allocare per sua figlia, ed è ossessionato dall'idea di imparentarsi con un nobile. Quale miglior titolo nobiliare c'è di quello degli Sheffield? Sei ventisettesimo in linea di successione al trono. Questo potrebbe non significare nulla per te o per i tuoi amici, ma per questo ricco *parvenu* significa molto.»

«Cinquantamila» ripeté lui, parole che avevano un suono e un sapore molto amari. Con cinquantamila sterline poteva tenere a bada i creditori e investire... non giocare d'azzardo... *investire*. «Va bene» sussurrò. «Va bene. Prenderò in considerazione la tua americana.»

Sua madre si illuminò in viso e gli diede un rapido bacio sulla guancia. Aprì la bocca come per dire qualcosa di più, ma prima che potesse farlo, si udì un fragoroso rumore di zoccoli dal viale d'ingresso. Entrambi si voltarono verso la finestra e videro la carrozza del Duca di Dunburrow arrestarsi nello spiazzo antistante.

«Oh, sono arrivati Charlotte ed Ewan!» ansimò sua madre, battendo le mani.

«Andiamo a salutarli» disse Baldwin, indicando la porta. Lei corse fuori e lui la seguì sollevato, contento di lasciarsi alle spalle i discorsi su soldi, ereditiere e tutto il resto. Era necessario, lo sapeva, ma questo non lo rendeva meno opprimente.

Lo rendeva più opprimente, piuttosto.

Mise piede sui gradini della scalinata d'ingresso proprio mentre uno dei suoi più vecchi e cari amici, Ewan, Duca di Dunborrow, scendeva dalla carrozza. Si voltò e porse la mano alla sua sposa. Quando apparve sua sorella, Baldwin trattenne il fiato. Era innegabile la felicità che provava. Gliela si leggeva su quel suo bellissimo viso mentre si chinava per toccare la guancia di suo marito e sussurrargli qualcosa.

Ewan era sempre stato una persona seriosa. Baldwin capiva perché. Diavolo, lui stesso era una persona seriosa. Ma la seriosità del suo nuovo cognato veniva da qualcosa di più profondo. Nato muto, aveva passato tutta la vita a essere trattato in modo diverso, anche in modo orribile. Ma ora sembrava... raggiante mentre sorrideva a quello che gli aveva detto la sua novella sposa. Infilò la mano di Charlotte nell'incavo del braccio per condurla su per le scale.

«Sono proprio una bella coppia» sussurrò sua madre, esprimendo a parole ciò che pensava lui stesso.

Baldwin annuì. «E credo che la loro felicità li renda ancora più belli.»

La duchessa lo guardò di sfuggita e gli parve di intravedere un lampo di tristezza, di rimpianto passarle sul viso. Lo ignorò, ignorò il nodo allo stomaco che gli aveva provocato vedere quell'espressione e il suo significato. E in quel momento la sua famiglia arrivò in cima alla scala, risparmiandogli così di rimuginarci sopra.

«Mamma, Baldwin» disse Charlotte liberandosi da Ewan e abbracciando prima sua madre, poi suo fratello. Il sorriso di Baldwin fu meno forzato quando sua sorella fece un passo indietro e lo guardò dall'alto in basso. «Ma mangi?» gli chiese.

Ewan sorrise e la tirò indietro, facendole un rapido segno. Anche se generalmente comunicava scrivendo, lui e Charlotte avevano creato il proprio linguaggio dei segni da bambini e questo rendeva le cose più facili.

«Non sono troppo invadente» scoppiò a ridere Charlotte prima di fare una linguaccia a suo marito. «Digli che non sono invadente, Baldwin: devo avere qualcuno dalla mia parte.»

«Sì che lo sei» rise Baldwin. «Ma mi mancava la tua invadenza. Bentornata a Londra, venite prima che venga giù di tutto e mangiamo qualcosa così la smetti di tormentarmi per il mio peso.»

Charlotte gli diede una piccola pacca sul braccio e poi si voltò di nuovo verso suo marito. Entrarono tutti in casa e tornarono nel soggiorno dove Baldwin era stato con sua madre fino a poco prima. La duchessa raccolse le sue carte mentre Charlotte versava il tè a tutti. Baldwin si fece da parte mentre la sua piccola famiglia parlava facendo un gran brusio. Era felice per Charlotte ed Ewan. Non era stato facile arrivare ad accettare il loro amore e il loro futuro. Ma eccoli lì. E in effetti, Ewan era il quarto del suo folto gruppo di amici, il suo club di duchi, ad aver trovato un amore così potente e bello negli ultimi mesi.

E ora toccava a lui prepararsi per una stagione in cui avrebbe dovuto trovare una moglie. Punto. Era l'unica cosa che doveva fare per i prossimi mesi. Eppure non stava cercando l'amore che avevano trovato Charlotte ed Ewan. Non avrebbe avuto un'anima gemella, nessuna che avrebbe guardato come se fosse l'unica persona al mondo. Nessuna che lo avrebbe amato per tutti i suoi difetti e fallimenti, così come per il titolo che gli pendeva al collo.

No, stava cercando una mercenaria che gli riempisse le casse per il beneficio di essere chiamata "Sua Grazia".

Una prospettiva che lo faceva soffrire. In quel momento, vedendo Ewan appoggiare una mano in vita a Charlotte mentre se ne stavano dall'altra parte della stanza con la Duchessa di Sheffield, lo faceva soffrire da morire.

Ma non c'era modo di girarci intono, a quanto pareva. Non era stato lui a mettere in moto la valanga, ma non l'aveva nemmeno fermata. In effetti dopo la morte di suo padre ne aveva aumentato la portata con le sue stesse decisioni sbagliate e impetuose.

Quindi, se non avesse avuto il lieto fine dei suoi amici e di sua sorella, forse se lo meritava.

Ewan incrociò il suo sguardo e inclinò leggermente la testa. Fece segno a Charlotte e poi cominciò ad andargli incontro. «Accidenti» mormorò Baldwin, ma sorrise quando suo cognato gli si avvicinò. «Donburrow.»

Ewan si frugò in tasca e ne estrasse un taccuino d'argento e una matita corta. Scrisse rapidamente alcune righe e gliele porse. *Cosa c'è che non va?*

Baldwin fece un lungo respiro. «Sai, me lo chiedono tutti. Ho una così brutta cera? Comincio a sentirmi insultato.»

Se aveva sperato che Ewan sorridesse alla sua battuta, rimase deluso. Invece, Ewan scrisse: «*Sono tuo amico. Non me lo puoi dire?*»

Baldwin chiuse gli occhi. Quante volte aveva desiderato parlare ai suoi amici della sua situazione? Soprattutto quando diventava sempre più evidente in che disastro si trovava. Sapeva che avrebbe trovato il loro sostegno e la loro simpatia se avesse svelato i suoi segreti.

Ma avrebbe anche trovato il loro giudizio. Come potevano non giudicarlo? Aveva peggiorato le cose agendo proprio come suo padre. Non voleva che sapessero che mentre fingeva di essere stimato, rispettabile e sistemato era in realtà un buono a nulla.

E oltre a questo, sapeva anche che se avesse rivelato la verità a Ewan, Donburrow gli avrebbe immediatamente offerto aiuto, sotto forma di denaro. E tutti i suoi amici avrebbero fatto altrettanto. E quella era l'umiliazione peggiore da sopportare. Vedere i suoi amici fargli la carità, sentirli parlare di lui alle sue spalle con toni sommessi e tristi, dover loro di più solo per la loro amicizia?

No, aveva ancora un po' di orgoglio.

«Non è niente, te lo assicuro» disse Baldwin a bassa voce, voltando il viso in modo che Ewan non insistesse.

Il suo amico sospirò, ma se intendeva indagare ulteriormente, venne interrotto quando Charlotte li chiamò: «Smettetela di fare i musoni là nell'angolo, voi due, e unitevi a noi.»

Ewan lanciò a Baldwin un'ultima occhiata per cui non serviva traduzione scritta. Uno sguardo con cui Ewan gli diceva che era lì per lui. Che lo avrebbe aiutato se fosse stato necessario.

Baldwin gli diede una pacca sulla spalla. «Lo so» disse. «Andiamo adesso. Dovresti sapere meglio di chiunque altro che mia sorella non accetta rifiuti.»

Ewan si illuminò leggermente in viso e si avviarono insieme per unirsi alle signore per il loro tè. Con grande sforzo Baldwin si scrollò di dosso i risentimenti e il peso che gli gravava sulle spalle. Il primo ballo della stagione era di lì a due giorni. Fino ad allora, si sarebbe goduto le sue ultime ore di libertà.

Fino ad allora, avrebbe fatto del suo meglio per dimenticare ciò che il futuro aveva in serbo. E cosa doveva fare per salvarlo, per tutti loro.

CAPITOLO DUE

Il ballo dei Rockford rappresentava il lancio di ogni stagione da cinque anni consecutivi. Lady Rockford provava un grande piacere nello scegliere i temi e nel vestire i suoi poveri servitori con livree coordinate con il soggetto della serata. Quell'anno aveva scelto come tema il paese delle fate e aveva drappeggiato la sua sala da ballo di vaporosi tessuti azzurri e verdi. I suoi valletti erano abbigliati più o meno allo stesso modo, e dal loro cipiglio e dalle loro espressioni vuote non sembravano contenti delle alucce che gli erano state attaccate ai vestiti.

Baldwin avrebbe potuto sorridere di quella stupida esibizione, ma al momento era circondato da amici, amici sposati. I Duchi di Abernathe, Crestwood, Northfield e Donburrow stavano tutti cantando le lodi delle mogli e della vita familiare e, nel caso di James, dei figli.

«Come sta la piccola Beatrice?» chiese Simon, Duca di Crestwood. «Vedo che hai finalmente convinto Emma a lasciarla sola per una sera.»

James, Duca di Abernathe, inarcò un sopracciglio. «Hai visto Bibi non più tardi di ieri. Da allora è cambiata poco. Anche se sta benissimo, quindi grazie per avermelo chiesto. Tuttavia anche dall'altra parte della stanza riesco a vedere Emma che guarda l'ora, ma si agita per niente.»

Baldwin seguì lo sguardo amorevole di James e vide Emma insieme a Charlotte, Meg, la moglie di Simon, e la moglie di Graham, Adelaide. Stavano ridendo tutte insieme, da vere amiche per la pelle. Qualsiasi donna che avesse scelto per il suo portafoglio si sarebbe inserita nel loro gruppo? E se non ci fosse riuscita, lo avrebbero lentamente allontanato dalla loro cerchia?

«Perché sei accigliato?» chiese Graham, Duca di Northfield, scuotendogli gentilmente la spalla.

Baldwin aggrottò la fronte con fare scherzoso. «Semplicemente non capisco come ho fatto a venire risucchiato in una cerchia di vecchi duchi sposati. Sono ancora libero.»

Gli altri ridacchiarono, ma Baldwin vide Simon e James scambiarsi una breve occhiata. Gli si strinse lo stomaco a vederli.

«Sai, si dice che tu sia intenzionato a trovarti una fidanzata questa stagione» disse Simon.

Baldwin inarcò un sopracciglio. «E chi ha messo in giro questa ignobile diceria?»

Si voltarono tutti insieme verso Ewan, che scrollò le spalle e alzò la mano senza mostrarsi minimamente imbarazzato.

Baldwin incrociò le braccia. «Fammi indovinare. Mia madre l'ha detto a mia sorella, che l'ha detto a te, e tu lo hai detto a Simon, che l'ha detto a tutti perché non sa tenere la bocca chiusa?»

Simon lo guardò storto e Graham rise: «È andata essenzialmente così, sì.»

Baldwin alzò gli occhi al cielo e si sforzò di contenere la sua reazione per non rivelare la sua reale situazione. «Be', non serve a niente cercare di nasconderlo. È vero. Questa stagione ho intenzione di trovare moglie. È tempo di sposarsi.»

Graham strinse le labbra. «Il tempo non c'entra niente. Sposati quando è giusto, non quando è il momento.»

Ewan annuì con entusiasmo mentre James diceva: «Graham ha

ragione. Sposati per amore, Baldwin. Ti meriti tutta la felicità che hanno trovato i tuoi amici e anche di più.»

A Baldwin cominciarono improvvisamente a sudare le mani. Se le mise dietro la schiena e si sforzò di sorridere. Dopotutto avevano buone intenzioni. Non sapevano la verità.

«Be', terrò certamente in considerazione il vostro consiglio» disse. «Sapete, sono tutti in città adesso. Be', tutti tranne Lucas. Dovremmo trovarci tra noi, se riuscite a sganciarvi dalle vostre mogli.»

I duchi si scambiarono un'occhiata e poi James annuì. «Un'idea magnifica. Comincerò a organizzare l'incontro e manderò un invito quando avremo sistemato i dettagli.»

Baldwin fece un sospiro di sollievo, perché il suo suggerimento aveva distolto l'attenzione dal suo futuro molto fosco. «E ora vado a prendere un po' d'aria prima di buttarmi in questa impresa. Buona serata. Sono sicuro che ci rivedremo più tardi.»

Si salutarono e Baldwin se ne andò, sentendosi addosso quattro paia di occhi preoccupati che seguivano ogni suo passo mentre si allontanava. Uscì il più velocemente possibile, dirigendosi verso la terrazza dove una fresca brezza tardo primaverile lo colpì in pieno viso e gli rinfrescò le guance ormai accaldate.

Lord e Lady Rockford possedevano una grande veranda, che si estendeva per tutta la lunghezza della loro imponente magione. C'erano coppie e piccoli gruppi sparsi appena fuori dalla sala da ballo, che si godevano l'aria fresca. Baldwin trasalì. L'ultima cosa che voleva in quel momento era essere coinvolto in una conversazione senza senso. Ce ne sarebbero state a bizzeffe nelle settimane a venire.

Sorrise a chi gli stava intorno e si allontanò, proseguendo giù per la veranda, oltre le porte degli altri saloni fino a un punto leggermente più in ombra. Stava per trovarsi un angolo buio e intimo dove rimuginare sui suoi cupi pensieri quando una giovane donna uscì dall'ombra e si appoggiò contro la balaustra dandogli le spalle.

Era snella, con una gran massa di capelli ramati raccolti in uno chignon alto in un finto stile greco. Dalla massa sfuggivano alcune ciocche ricciolute che le scendevano lungo la schiena creando piccole scie che scomparivano alla vista quando si aggiustava lo scialle un po' più in alto.

Non lo aveva ancora notato, a quanto pareva, perché la sua attenzione era rivolta verso l'alto. Era concentrata sul cielo sopra di loro, estasiata. Baldwin seguì il suo sguardo e trattenne il respiro. Era una notte senza luna e il cielo era illuminato di stelle. Si avvicinò di un passo senza far rumore e credette di sentirla sussurrare sottovoce, anche se non riusciva a capire cosa stesse dicendo.

Aggrottò la fronte. Non aveva idea di cosa stesse facendo questa giovane donna, ma era evidente che non desiderava essere interrotta. Stava per voltarsi e allontanarsi quando la ragazza smise di mormorare, si irrigidì e poi si voltò verso di lui.

Gli si fermò il cuore. Era... meravigliosa. Era l'unico modo per descriverla. Aveva lineamenti fini e delicati e occhi verde chiaro del colore delle foglie primaverili. I suoi capelli rossi incorniciavano pelle di porcellana interrotta solo da un attraente rossore che ora le colorava le gote.

«Salve» lo salutò.

Baldwin spalancò ancora di più gli occhi quando sentì l'accento con cui aveva pronunciato il suo saluto. Americano. Questa era l'americana.

«S...salve» ripeté, facendo un passo verso di lei quasi inconsciamente. «Non volevo disturbarvi.»

La giovane sorrise e il suo bel viso si trasformò in qualcosa di squisitamente bello. Era un mezzo sorriso, con qualcosa di malizioso. Sembrava che le piacesse ridere e questo gli fece venire voglia di fare altrettanto.

«Non mi avete disturbato» lo rassicurò. «Mi sono solo sentita sciocca a essere beccata a... be', a essere beccata.»

Baldwin aggrottò la fronte. «Sì, stavate guardando le stelle. Ma credevo di avervi sentito parlare.»

Il rossore su quelle guance si intensificò ancora di più e la giovane distolse lo sguardo mentre si tormentava le mani contro la balaustra di pietra della veranda. «Oh cielo, devo sembrarvi una vera sciocca.»

Lui inclinò la testa. «Niente affatto. Ma sono curioso. Stavate facendo un incantesimo o esprimevate un desiderio?»

Lei rise e il suono echeggiò nell'aria come musica. Baldwin si ritrovò a sorridere immediatamente, e non era uno dei sorrisi forzati o finti che aveva mostrato negli ultimi tempi. Era una semplice reazione alla sua complicata leggerezza. Come se fosse un faro nella sua oscurità da poter seguire. Sbatté le palpebre. Stava imbastendo una poesia? Mentalmente? Su una sconosciuta? Una sconosciuta americana, per di più. La fine del mondo era davvero vicina.

«Né l'uno né l'altro» rispose lei. «Stavo contando le stelle.»

Baldwin sbatté di nuovo le palpebre e alzò lentamente lo sguardo per osservare le migliaia di luci lampeggianti sopra le loro teste, poi lo riportò sul suo viso. «Contavate le stelle?»

Lei annuì, come se fosse una cosa normale. Perfino di moda. «Sì.»

«Sembra un'impresa senza fine» commentò lui.

La giovane si strinse nelle spalle sottili e il suo scialle si abbassò leggermente, rivelando un accenno di pelle esposta dal suo bel vestito. Baldwin trattenne il fiato a quella vista. Quel punto tra il collo e la spalla sembrava proprio... da baciare.

«Senza fine non è sinonimo di senza scopo o inutile» ribatté lei, distraendolo dai suoi pensieri inopportuni. «Dopo tutto, quante volte siamo costretti a fare e rifare qualcosa che non ci piace? Quando conto le stelle, è sempre una gioia. Mi ricorda che ci sono molte cose più grandi di me o dei miei stupidi problemi.»

Baldwin soppesò quelle parole. «Avete ragione, ovviamente. La maggior parte della nostra vita trascorre tra ripetitive sciocchezze. Contare le stelle è un passatempo come un altro, come ricamare all'infinito, suppongo. O suonare o passeggiare in tondo in un salotto.»

La giovane sorrise di nuovo. «Be', mi piacciono anche tutte quelle sciocchezze.»

«Una gentildonna compita non è mai sciocca» la contraddisse.

«E un gentiluomo compito?» ribatté lei.

«Non ne conosco quasi nessuno» le rispose e si ritrovò a ridere quando lei iniziò a fare altrettanto. La risata di Baldwin sembrava arrugginita, fuori uso, tranne quando era finta come di recente.

«Ne dubito» disse lei. «Sembrate uno che la sa lunga. Ma posso chiedervi perché vi nascondete su una veranda mentre c'è una festa dentro?»

«Mi nascondevo?» le chiese.

Lei si strinse di nuovo nelle spalle. «Un po'.»

Baldwin sospirò e riportò la sua attenzione sulla parte più luminosa della terrazza e sulle luci della sala da ballo che la illuminavano. «Forse un po'. Era troppo caldo dentro e troppo... immediato.»

Trasalì alle parole che gli erano uscite dalle labbra. Non aveva avuto intenzione di dirle. Diavolo, non si era quasi mai permesso nemmeno di pensarle.

«Troppo immediato» ripeté lei dolcemente e il sorriso le svanì dalle labbra. «Penso di capire cosa intendiate. C'è un'aria di aspettativa.»

Lui annuì. «Sì.»

Rimasero in silenzio per un attimo, lei a fissarlo, lui incapace di toglierle gli occhi di dosso. Era strano, perché il silenzio sembrava carico di ardore ma in qualche modo era confortevole, come se la giovane non si aspettasse chiacchiere vuote. Scosse la testa, cercando di liberarla da quei pensieri strani.

«Be', ehm, ci si aspetta che io torni al ballo. Così potrete tornare a contare, anche se devo immaginare che abbiate perso il filo per colpa mia.»

Lei rise di nuovo, musica nel vento, e puntò l'indice verso l'alto. «Niente affatto. Mi sono fermata proprio lì.»

Lui scosse di nuovo la testa ridacchiando. «Forse allora vi vedrò dentro.»

«Sì. Buona serata.»

Baldwin inclinò la testa in segno di saluto e si voltò lentamente per tornare alle porte della terrazza che immettevano nella sala da ballo. Fu solo quando le raggiunse che si rese conto di non aver mai chiesto il nome della giovane donna. Non che importasse davvero. Sapeva chi era.

E dopo averle parlato, improvvisamente il futuro sembrava un po' meno orribile.

Helena Monroe osservò il gentiluomo rientrare in sala da ballo e chiudersi la porta dietro di sé. Fu solo quando ebbe lasciato la terrazza che riscoprì la capacità di prendere fiato. Tornò alla balaustra della veranda, afferrandola con forza mentre pensava all'intruso.

Santo cielo, era davvero attraente. Era il tipo d'uomo la cui età era difficile da determinare per via del suo atteggiamento serio e composto, ma dubitava che avesse più di trent'anni. Aveva folti capelli castani, di quelli tra cui una donna avrebbe voluto far scorrere le dita, e occhi castani intensi ed espressivi, quasi tristi. Quando lo aveva guardato per la prima volta, aveva avuto un'espressione molto cupa, ma appena gli aveva strappato una risata, era cambiato.

Era in Inghilterra da diverse settimane e aveva avuto occasione di incontrare diversi uomini. Nessuno le aveva suscitato il benché minimo interesse. Non che avesse importanza, naturalmente, tuttavia... Quando però un uomo come quello arrivava sulla terrazza e ti toglieva il fiato...

Be', era un'occasione memorabile. Si trovò a chiedersi chi fosse. Supponeva che avrebbe potuto scoprirlo abbastanza facilmente se avesse chiesto dopo...

Si portò le mani alla bocca. Non gli aveva chiesto il suo nome né gli aveva mai detto il suo. «Deve considerarti un'idiota» disse scuotendo la testa con lo sguardo rivolto al giardino. «E probabilmente hai parlato troppo.»

«Come tuo solito, Helena!»

Trasalì al tono aspro della voce di suo zio alle spalle. Si voltò verso di lui, cercando di fare buon viso nonostante suo zio fosse lì a braccia conserte che la fissava in cagnesco. Ultimamente sembrava l'unica espressione che riuscisse a fare.

«Oh, zio Peter» disse lei a bassa voce. «Stavo solo prendendo un po' d'aria.»

Lui sbuffò in modo sgradevole e inarcò un sopracciglio. «Be', hai preso abbastanza aria. Vai dentro. Sei qui per tua cugina, non per dedicarti alle tue fesserie. La dama di compagnia di una gentildonna deve restare con la sua protetta.»

Helena abbassò la testa. Le era molto difficile non ribattere di fronte a tale protervia e crudeltà, ma sapeva cosa sarebbe successo se lo avesse fatto. Da quando era stata arruolata come dama di compagnia di sua cugina Charity, aveva sentito più di una volta il dorso della mano di suo zio.

Così trattenne la sua replica impertinente e annuì. «Certo, zio. Torno subito dentro.»

Lui le indicò le porte della sala da ballo, come se non fosse in grado di trovarle da sola, e aspettò che si incamminasse per tornare al ballo. Alla sala troppo calda e troppo rumorosa. Alla cugina che la trattava come una serva. Alla realtà cui era sfuggita solo per un momento con un cielo pieno di stelle e un bell'uomo che l'aveva sorpresa a contarle.

Baldwin se ne stava ai bordi della pista da ballo a guardare gruppi di amici e conoscenti volteggiare l'uno tra le braccia dell'altra. Venendo qui, si aspettava di essere infastidito da queste cose, ma ora...

Be', ora aveva in mente cose molto più piacevoli del disagio provocato dal vedere il vero amore. Con la mente continuava a pensare alla bellezza dai capelli color ambra sulla terrazza e alla breve sintonia che aveva sentito con lei.

Era così perso in quei pensieri che non notò sua madre avvicinarsi finché la duchessa non gli toccò il braccio. «Mamma» disse con un cenno del capo. «Non ti avevo visto.»

«No.» sorrise lei. «Sembravi molto lontano. Ti stai annoiando molto?»

Lui le strinse la mano avvertendo la preoccupazione nella sua voce. Che lei lo spingesse o meno, Baldwin sapeva che sua madre voleva il meglio per lui, tanto quanto per il titolo. Se avesse trovato l'amore con qualcuna che potesse anche risollevare le loro sorti, sarebbe stata al settimo cielo. Per questo le sorrise quando disse: «Sai, ho incontrato la tua americana.»

Lei spalancò gli occhi. «Davvero?»

«Mi è piaciuta» ammise lui alzando le sopracciglia.

Sua madre si illuminò brevemente in viso prima che un'ombra di dubbio lo attraversasse. «Sono... sono felice di sentirlo.»

«Allora perché sembri confusa?» le chiese.

Lei scosse la testa. «Be', mi chiedo solo come hai fatto a incontrarla.»

Baldwin sbatté le palpebre a quella domanda inaspettata. «Come? Cosa intendi per come? Come ci si incontra in queste calche? Sono uscito sulla terrazza per prendere un po' d'aria e l'ho incontrata lì. Non siamo stati presentati formalmente, ma è stata... affascinante.»

Si aspettava che l'espressione di sua madre si illuminasse ulteriormente, ma rimase perplessa. «Non è possibile, caro.»

«Ti assicuro di sì» ribatté lui, e cominciò a sentirsi irritato. Perché mai sua madre continuava a insistere che quello che diceva non era vero?

«Ma la signorina Shephard ha ballato negli ultimi trenta minuti,

Baldwin» disse lei, inclinando la testa verso la pista da ballo. «Da prima che tu uscissi in terrazza.»

Lui seguì il suo sguardo e vide una donna bionda che ondeggiava sulla pista da ballo. Indossava quello che sembrava essere un abito molto costoso che si abbinava perfettamente ai suoi occhi azzurri e stava parlando, a voce piuttosto forte a quanto sembrava, con il suo partner.

Baldwin corrugò la fronte. «Chi?» chiese.

Sua madre fece un cenno più deciso con la testa. «Quella vestita di azzurro, Baldwin. Quella è Charity Shephard. Suo padre è Peter Shephard. È l'ereditiera americana.»

Mentre Baldwin fissava incredulo la dama in questione, notò che la porta della terrazza in fondo alla stanza si era aperta. La donna con cui aveva parlato sulla terrazza entrò quasi di soppiatto, fece un respiro profondo e si guardò intorno.

«Allora chi è la rossa vicino alla porta della terrazza?» chiese.

Sua madre si sollevò in punta di piedi ed esaminò la giovane. «Non ne sono sicura, ma se fosse americana, scommetterei che è la signorina Helena Monroe. Cioè la cugina della signorina Shepherd, che fa da dama di compagnia alla sua parente durante la stagione.» Strinse le mani. «La sua situazione non è... buona, ho sentito dire. Ho sentito accennare a uno scandalo e non ha nessuna dote.»

Tutte le sensazioni positive che Baldwin aveva provato da quando aveva trovato quella donna, Helena, ora lo sapeva, sulla terrazza, svanirono nel nulla. No, non nel nulla. Svanirono e furono sostituite da qualcosa di diverso. Un'orribile, cocente delusione. Una delusione che non avrebbe dovuto provare dopo aver incontrato la giovane donna una sola volta.

«Capisco» disse.

Sua madre si morse il labbro. «Ti era piaciuta la dama di compagnia?»

Lui scrollò le spalle, liquidando ciò che provava con meno facilità di quanto avrebbe dovuto. «Ho parlato con lei solo per pochi istanti.»

La duchessa chinò la testa. «Mi dispiace, Baldwin.»

Lui le diede un'altra piccola pacca sulla mano. «Non ce n'è biso-gno. Non si è mai trattato di affari di cuore comunque, vero? È così e basta.»

Sua madre sembrò accettarlo, anche se Baldwin sentì ancora un accenno di preoccupazione nella sua voce mentre cambiava argomento passando a parlare di altre gentildonne della sua lista di potenziali duchesse. Lui cercò di prestare attenzione alle sue chiacchiere, ma il suo sguardo tornò a posarsi, ripetutamente, sulla signorina Monroe.

E la delusione che lo aveva attanagliato non svanì, anche se voleva. Anche se doveva, e alla svelta.

CAPITOLO TRE

Helena slacciò con attenzione i bottoni d'avorio sulla schiena del costosissimo abito di Charity e poi lo spinse in avanti. Sua cugina se lo strappò di dosso, gettandolo per terra da una parte. Helena lo raccolse con un sospiro, piegandolo con cura così che la cameriera di Charity, Perdy, potesse portarlo in lavanderia.

«...tutte a guardarmi» continuò Charity. «Insomma, gli sguardi gelosi di tutte le altre donne, Helena. Tu non puoi capire, naturalmente, ma è abbastanza stressante sapere che tutti gli uomini ti vogliono e che tutte le donne ti odiano per questo motivo.»

Helena si sforzò di sorridere a sua cugina e disse: «Molto stressante, ne sono certa. Di sicuro hai ballato tanto. C'è stato qualche gentiluomo in particolare che ti è piaciuto?»

Charity scrollò le spalle. «Sono tutti uguali, no? Ricchi, noiosi da morire.»

Helena si morse la lingua. Non aveva alcuna intenzione di parlare a sua cugina dell'uomo che aveva incontrato sulla terrazza, per niente noioso da morire. Tutt'altro.

«Non c'erano duchi a riempire il mio carnet, in ogni caso» continuò Charity. «E papà ci tiene molto. Dice che devo provare ad accalappiarne uno prima che lo faccia qualcun'altra questa stagione. Ma tu sei stata l'unica vicina a un duca.»

Helena sbatté le palpebre. «Un duca? Chi?»

«Il Duca di Sheffield, naturalmente. Eri sulla terrazza con quell'uomo, non lo hai visto? È alto, bello, capelli castani, occhi castani. Espressione severa. È tornato in sala proprio quando papà è uscito a prenderti. Devi averlo visto.»

Helena schiuse le labbra. Charity stava descrivendo un uomo che assomigliava molto al suo affascinante sconosciuto. «Potrei aver visto un tipo del genere, sì.»

Charity annuì. «Be', sembra che stia cercando una sposa. Un'ereditiera, se le fonti di papà hanno ragione. È sulla mia lista di uomini cui dare la caccia. Ci hai parlato? Cosa ne pensi?»

Helena chinò la testa. Allora era un duca. Uno a caccia di ereditiere. Questo la escludeva dai giochi. Non era un'ereditiera. Era una donna con un passato discutibile che faceva poco più che da serva.

«Ero fuori a prendere aria» disse scrollando le spalle. «Temo che il tuo duca... be', temo che non abbia attirato la mia attenzione.»

Charity storse le labbra. «Solo tu potevi perderti l'uomo più importante del ricevimento. Santo cielo, Helena, sei qui apposta per aiutarmi. Se non hai intenzione di farlo, non so che cosa ti abbiamo portata a fare.» Si allontanò con aria indispettita e si sedette al suo tavolino.

«Scusami, Charity» disse Helena. Non era veramente dispiaciuta, ma aveva imparato in fretta che chiedere scusa era il modo migliore per calmare l'animo viziato di sua cugina ed evitare una discussione.

«Be', immagino che non importi» disse Charity, e non c'era più alcun tono aspro nella sua voce. «Ora vieni a spazzolarmi i capelli.»

Helena rimase al suo posto per un momento. «Charity, non potresti chiamare Perdy per pettinarti? Ti dovrà comunque aiutare a metterti la camicia da notte, e sono molto stanca.»

Charity si girò sulla sedia e la trafisse con un'occhiataccia. «Non è affatto divertente parlare con Perdy e c'eri tu con noi stasera, quindi sai a cosa mi riferisco. Comunque, sei tu la mia dama di compagnia, Helena. Ci si aspetta che tu faccia quel che dico, no?»

Helena fece un respiro profondo. Nonostante la sua educazione, o forse proprio per via della sua educazione, aveva sempre cercato di trovare il lato positivo in ogni situazione. Questa ne lasciava intravedere ben pochi, e le bruciavano le guance di umiliazione mentre attraversava la stanza, prendeva la spazzola dal tavolo di Charity e cominciava a passarla tra i capelli di sua cugina.

Nel frattempo, Charity tornò a blaterare del ballo. Helena fece del suo meglio per non stare ad ascoltare, perdendosi nel ritmo della spazzola che aveva in mano. E cercando di dimenticare la fitta di delusione per il fatto che il bell'uomo che aveva illuminato la sua serata era chiaramente fuori dalla sua portata.

Perché una donna come lei non avrebbe mai attirato l'attenzione di un duca. E questo era un fatto che doveva semplicemente accettare.

～

«Sei pronto per il tè, caro?»

Baldwin alzò lo sguardo dall'ultima preoccupante lettera del suo avvocato e vide sua madre in piedi sulla soglia del suo studio. Sbatté le palpebre e si ricordò, finalmente, di cosa stesse parlando.

«Ehm, sì» disse, piegando il foglio e rimettendolo nella busta. Guardò l'orologio da tasca. «Quand'è che cominciamo?»

La duchessa storse le labbra. «Tra venti minuti. E alcune delle madri più impazienti potrebbero arrivare anche prima. Ho appena controllato e Walker ha sistemato la terrazza in modo splendido. Il tempo è perfetto ed è tutto a posto.»

Baldwin si alzò e si stiracchiò la schiena mentre cercava di sforzarsi a sorridere. «Grazie per essere venuta oggi, mamma, e per esserti assicurata che non ci fossero intoppi nei preparativi.»

Lei annuì. «Be', nutro la speranza che presto avrai una duchessa tutta tua che ti aiuterà in queste cose» ribatté. «E io sarò felice di ritirarmi nel ruolo di duchessa madre.»

Baldwin soffocò un sospiro. «Certo, farò del mio meglio.»

Sua madre si avvicinò di più. «So... so che ci proverai, caro. Ma spero che cercherai di metterci un po' di entusiasmo. Non ti ho scelto degli orchi da prendere in considerazione, no? Alcune di loro sono piuttosto carine. L'americana, per esempio.»

Baldwin si bloccò. Sua madre intendeva l'ereditiera, Charity. Nessuno poteva negare che fosse davvero bella, ma quando la duchessa aveva menzionato *l'americana*, lui era riuscito a pensare solo alla sua cugina dai capelli di fuoco. Quella spiritosa, quella bella, quella che senza sforzo lo aveva fatto sorridere in un modo così genuino e naturale che gli sembrava alieno. Helena.

«Sì» rispose con voce strozzata. «È una fanciulla molto bella.»

«Molto bella» ripeté sua madre. «Oh, non esagerare con gli apprezzamenti poetici, mi raccomando.»

Baldwin scrollò le spalle. «Ti prometto che farò del mio meglio con tutte le tue candidate, mamma. Accetto il percorso che ho intrapreso. Non ho intenzione di sottrarmi.»

Sua madre aggrottò la fronte ed era chiaro che desiderava approfondire l'argomento, ma prima che potesse farlo, il suo maggiordomo, Walker, entrò in sala dietro di lei. «Perdonatemi, Vostre Grazie, ma i vostri primi ospiti sono arrivati.»

Baldwin annuì. «Ewan e Charlotte?» chiese.

«No, signore. Sono il Duca di Kingsacre e il Conte di Idlewood. Li ho accompagnati in veranda.»

Baldwin trattenne il fiato. «Kit e suo padre?»

Il conte, Christopher, che tutti chiamavano Kit, era stato uno degli amici di Baldwin fin da quando erano ragazzi. Era un membro del club dei duchi, sebbene fosse l'unico a non aver ancora ereditato il titolo definitivo. Non che nessuno se ne rammaricasse. L'attuale Duca di Kingsacre era un uomo meraviglioso.

«Andremo a salutarli, Walker» disse la madre di Baldwin con un sorriso. «Accompagnate fuori anche gli altri man mano che arrivano, per favore.»

Il maggiordomo si inchinò e Baldwin sospirò profondamente. «La salute di Kingsacre sta peggiorando. Kit lo ha portato in città per vedere altri medici. Sono contento che siano potuti venire entrambi.»

La duchessa annuì. «Io e la madre di Matthew ne stavamo giusto parlando. È molto triste vedere l'inizio del declino di un uomo così brillante. Vieni, andiamo a salutarli prima che arrivino gli altri.»

Si avviarono insieme verso la veranda, e quando uscirono di casa, Baldwin rimase di stucco. Kit e suo padre erano uno accanto all'altro lungo la parete, ma non avrebbe riconosciuto il duca se non avesse saputo che era lui. Il nobile, un tempo bello e robusto, ora era magro come un chiodo, aveva un bastone su cui si appoggiava con tutto il peso ed era molto pallido.

«Kit, Vostra Grazia» riuscì a salutare Baldwin con un nodo in gola. «Sono felice che siate riusciti a venire.»

I due uomini si voltarono e cominciarono a salutare. Era un'atmosfera abbastanza amichevole, ma Baldwin riconobbe la tensione negli occhi di Kit. Amava profondamente suo padre, questa lenta agonia gli stava pesando molto, era chiaro. Baldwin gli strinse la mano un po' più forte del solito, e Kit gli rivolse uno sguardo pieno di gratitudine.

«Che bello essere di nuovo a casa vostra» disse Kingsacre. «Ho sempre detto che avete il giardino più bello di Londra.»

La madre di Baldwin arrossì fino alla radice dei capelli e lui non poté fare a meno di sorridere. Era sempre stata molto orgogliosa del loro giardino londinese e continuava a occuparsene anche se non viveva più nella casa ducale in città. Almeno per il momento. Se le cose peggioravano ancora, era possibile che avrebbero dovuto vendere la piccola casa di città della duchessa.

Kit inclinò la testa per osservare meglio Baldwin, poi lanciò uno sguardo a suo padre. «Vostra Grazia, vi dispiacerebbe aiutarmi a identificare cos'è quella vite dal profumo meraviglioso sopra il vostro traliccio, laggiù?» Tese un gomito alla duchessa mentre parlava.

Lei annuì e i due si allontanarono, lasciando Baldwin con il Duca di Kingsacre.

«Non molto discreto, il mio Kit» commentò il duca ridendo.

«Suppongo che questo significhi che volevate parlarmi da solo?» rispose Baldwin, indicando due sedie lungo il muro esterno che dava sul giardino.

Si sedettero, e Kingsacre fece un respiro profondo prima di parlare di nuovo. «Mio figlio è preoccupato per voi. Dice che non volete parlare con lui, ma speravo che poteste parlare con me.»

Baldwin si agitò e lanciò un'occhiata a Kit. «Sbaglia a preoccuparsi. Non potrei stare meglio.»

Kingsacre inarcò un sopracciglio e, pur nel suo fragile stato, non dava l'impressione di un uomo a cui si potesse mentire. Eppure, la sua voce era gentile quando disse: «Vedevo tuo padre, sai. Nelle case da gioco.»

Baldwin distolse lo sguardo e rivolse gli occhi al prato sottostante. «Be', a molti uomini piace giocare.»

«Era solo questo?» chiese Kingsacre.

Baldwin deglutì. Ancora una volta, desiderava poter spifferare l'umiliante verità a qualcuno, a *chiunque*, per avere un po' di sostegno. Ma c'era il suo orgoglio a ricordargli che non avrebbe rivelato solo i peccati di suo padre, ma anche i suoi. Quell'uomo gli era sempre piaciuto, non voleva che lo vedesse in modo diverso. Né che la sua storia si diffondesse tra tutti i suoi amici per finire a diventare un caso umano cui fare la carità.

«È bello rivedervi in città» disse, rivolgendo al duca un'occhiata significativa. «Resterete per tutta la stagione?»

Kingsacre annuì lentamente, come se avesse capito. Poi rispose: «Ci proverò, perché credo che sarà la mia ultima stagione.»

Baldwin sussultò. «Non dite così.»

L'espressione di Kingsacre si ammorbidì. «Sono vecchio, ragazzo mio. E malato. Non mi faccio illusioni su dove mi conduca il mio cammino. Mio figlio e i suoi amici non vogliono affrontare questa realtà, ma io sono pronto.»

Baldwin si sentì improvvisamente un nodo in gola. Sapeva cosa significava perdere un genitore. Per molti dei suoi amici, quest'uomo era quanto di più simile a un padre avessero mai avuto. Per Kit, era tutto ciò che aveva.

«E vostra figlia?» chiese piano.

A quel punto Kingsacre si rattristò. «Juliet ha solo quattro anni. Non ha idea di quello che sta per succedere. Ma suo fratello si prenderà cura di lei, lo so. Non le mancherà nulla.»

«Anche lei è in città?» chiese Baldwin.

«La tengo il più vicino possibile in questi giorni. Quando si ha l'amore, si dovrebbe apprezzarne ogni istante.»

Baldwin si agitò. L'amore. Sembrava essere un argomento di moda negli ultimi tempi. I suoi amici lo trovavano, lo incoraggiavano a cercarlo. E lui restava a guardare da fuori.

«Baldwin» cominciò Kingsacre, ma prima che potesse dire altro, le porte finestre si aprirono e Walker apparve con diversi ospiti al seguito.

Baldwin si alzò. «Devo occuparmi dei miei ospiti, a quanto pare.»

Kingsacre annuì, ma il suo sguardo rimase fisso su quello di Baldwin. «Sì, lo so. Ma spero che presto avremo di nuovo occasione di parlare.»

Baldwin eseguì un rapido inchino prima di voltarsi per andare a prendere sua madre e salutare i loro ospiti. Ma mentre si allontanava, sentì un crescente senso di disagio. Una sensazione che avrebbe dovuto soffocare se intendeva adempiere al dovere che era l'unica strada che gli restava.

~

La carrozza era troppo piccola. In realtà, non era vero. La carrozza era enorme, un'esibizione di ricchezza ostentata che faceva arrossire Helena ogni volta che lo zio Peter se ne vantava con gentildonne e gentiluomini inorriditi. Ma oggi, con suo zio e sua cugina seduti di fronte a lei a discutere i loro piani e i loro obiettivi, sembrava terribilmente piccola, soffocante e scomoda.

«Ventisettesimo in linea di successione al trono» disse Charity, stringendo le mani. «Pensa, Helena, un giorno potresti fare la cameriera personale della regina.»

Helena scacciò i pensieri che aveva in testa e guardò sua cugina. «Se il re e altre ventisei persone dovessero morire tutti insieme.»

«*Potrebbe* succedere» ribatté Charity al commento di Helena guardandola storto. «Comunque, perché sei così arrabbiata?»

«*Non* sono arrabbiata» disse Helena.

Ed era vero. Non era arrabbiata. Era qualcosa di completamente diverso. *Nervosa* era probabilmente la descrizione migliore. Stava andando a casa del Duca di Sheffield. L'uomo che con quasi assoluta certezza sapeva essere lo stesso con cui aveva parlato in terrazza.

L'idea di rivederlo, be', era eccitante e deludente allo stesso tempo. Era così inferiore a lui. Sarebbe stato ovvio appena l'avesse vista servire sua cugina. Eppure, gli avrebbe potuto guardare di nuovo quel bel viso. Forse avrebbe potuto vedere uno di quei sorrisi che illuminavano il mondo.

«Hai la testa tra le nuvole?» chiese suo zio di scatto.

Lei sbatté le palpebre e si costrinse a tornare alla realtà. «Sì. No. No.»

Lui la fulminò con lo sguardo. «Il tuo dovere è di restare vicino a tua cugina, Helena. Se ha la possibilità di avvicinare quest'uomo o qualcun altro di importante, avrà bisogno di uno chaperon per non sembrare una sgualdrina. Quindi tu devi stare con lei.»

Helena deglutì a fatica prima di annuire. «Certo.»

«Per il resto, stai alla larga il più possibile« continuò lui. «E Charity, quest'uomo potrebbe essere molto importante per il tuo futuro. Potresti diventare una duchessa o, come hai detto tu, persino una regina. Non sarebbe un bel fiore all'occhiello per la nostra famiglia?»

«Cosa sai della situazione di quest'uomo?» chiese Charity.

Lui sorrise. «A parte il suo nobile titolo, ha quattro tenute. Centinaia di lavoratori. Deve valere una fortuna.»

La carrozza girò, e Charity tirò indietro la tenda per vedere dove stavano arrivando. Helena sbirciò sopra la sua spalla, ed entrambe trattennero il fiato.

«Oh, *deve* avere una casa come questa!» disse Charity con una risata di gioia.

Helena era incline ad essere d'accordo. La tenuta era grande e bella, con una splendida vista sul parco di fronte. Non c'era dubbio che questa fosse la casa di un uomo molto importante e ricco. E ancora una volta, fu molto consapevole della disparità delle loro posizioni.

La carrozza si fermò e suo zio e sua cugina scesero. La lasciarono indietro ad affrettarsi a seguirli su per le scale della bella casa. Trasalì quando sentì suo zio rivolgersi con toni aspri al maggiordomo del duca, e poi si diresse giù per i corridoi verso la veranda, dove stavano servendo il tè.

Helena non poté fare a meno di guardarsi intorno mentre camminavano. La casa era bella dentro quanto fuori. L'arredamento era sobrio ed elegante, le pareti dipinte con colori tenui e adornate da alcuni ritratti. Helena rimase senza fiato quando passò davanti a un quadro del duca in piedi vicino a un camino, con due grandi cani al suo fianco.

Era sicuramente l'uomo che aveva incontrato in terrazza. *Baldwin Undercross, quindicesimo Duca di Sheffield*, recitava la targhetta.

«Sta' al passo, ragazza!» la richiamò suo zio mentre entravano in un salotto.

Lei si affrettò a raggiungerli, anche se la sua mente andava a mille. *Baldwin*. Il nome gli si addiceva. Non era affatto comune.

Nemmeno lui lo era. Ovviamente lei non lo avrebbe mai chiamato per nome dandogli del tu. Cielo, probabilmente non gli avrebbe parlato affatto. Quel momento sulla terrazza non sarebbe mai dovuto succedere. Di sicuro lui non ci stava pensando. E anche lei avrebbe dovuto dimenticarsene.

Il maggiordomo aprì la porta della veranda e uscì. Annunciò i nomi dello zio e di sua cugina ai vari presenti. «Il signor Peter Shephard e la signorina Charity Shephard.»

Helena strinse le labbra mentre uscivano, Charity guardava la folla come se fosse già la regina che immaginava di poter diventare sposando il poveruomo in quel ritratto.

La sola idea le fece rivoltare lo stomaco. Cercò di non pensarci, scacciò la sensazione e li seguì sulla terrazza, dove si trovò di nuovo faccia a faccia con il Duca di Sheffield.

Con sua grande sorpresa, lui non stava guardando Charity o suo zio mentre andava loro incontro dall'altra parte della veranda, con un'anziana signora al fianco.

Stava guardando lei.

CAPITOLO QUATTRO

La madre di Baldwin stava chiacchierando con il signor Shephard e sua figlia, ma lui non sentiva quasi i convenevoli che si stavano scambiando. Era troppo occupato a guardare Helena Monroe.

Era ancora più bella alla luce del sole di quanto lo fosse stata alla luce delle stelle. Aveva un viso magro ed espressivo. In quel momento però sembrava a disagio. Quando aveva messo piede per la prima volta in veranda, aveva incrociato il suo sguardo, e lui aveva sentito la sintonia che aveva provato la prima volta che si erano incontrati.

Ma ora si guardava i piedi invece di guardarlo in faccia. E la cosa non gli piaceva.

«Baldwin» disse sua madre, piuttosto bruscamente.

Riportò di scatto l'attenzione su di lei e sui loro ospiti. «Scusatemi. Benvenuti, benvenuti. Ho sentito che si occupa di spedizioni, signor Shephard.»

Le labbra di Shephard si assottigliarono leggermente. «Sì, come ho appena detto a vostra madre, le mie proprietà a Boston sono davvero vaste. E mio padre ha combattuto dalla parte giusta della guerra quarant'anni fa: la vostra.»

Baldwin aggrottò la fronte, incerto se quest'affermazione dovesse fargli una buona impressione. Era d'accordo sul fatto che l'Inghilterra fosse stata dalla parte della ragione, ma l'idea che un americano voltasse le spalle alla propria nascente nazione gli dava comunque fastidio.

«Molto bene» disse inarcando un sopracciglio. «Vi prego, accomodatevi e divertitevi. Sono sicuro che troveremo molti argomenti di conversazione oggi.»

Sua madre gli rivolse un'occhiata, poi disse: «Sì, lasciate che vi accompagni ai vostri posti.»

Il signor Shephard e sua figlia la seguirono e Helena si avviò per andare con loro, ma Baldwin si mise sulla sua strada. Non aveva programmato di farlo, era semplicemente successo.

Helena sollevò lentamente lo sguardo su di lui e Baldwin si sforzò di sorridere. «Ci incontriamo di nuovo, signorina Monroe.»

«Sì, Vostra Grazia»

«Siete riuscita a contare tutte le vostre stelle?» le chiese.

Un lieve rossore le soffuse il volto, ma gli sorrise comunque. Quel sorriso. Dio, quanto era attraente. Luminoso, spontaneo e gentile.

«Non tutte. Ne ho ancora un po' da contare la prossima volta che sarò su una terrazza. Siete il benvenuto se vorrete venire anche voi.»

Appena quelle parole le uscirono dalle labbra, con la mente Baldwin si immaginò di fare proprio così. Di stare su una terrazza, la *sua* terrazza, con questa giovane donna. A contare le stelle con lei come se non avesse nessuna preoccupazione al mondo. E a fare più di contare. Più di baciare quelle labbra morbide. Più di quanto fosse concesso fare a un gentiluomo.

Trattenne il respiro mentre i suoi pensieri vagavano all'impazzata e indietreggiò di un passo. «Be', devo occuparmi del resto dei miei ospiti. Vostro zio e vostra cugina sono lì.»

Fece un cenno con la mano e poi si inchinò leggermente prima di allontanarsi a grandi passi. Ma non prima di aver visto un guizzo di dolore e imbarazzo attraversare quel bel viso. Quanto avrebbe voluto riparare il danno che aveva fatto, ma non poteva.

Così come non poteva lasciarsi piacere Helena Monroe o permettere che questa strana, istantanea attrazione dai risvolti molto fisici si sviluppasse ulteriormente. Era un'impossibilità che doveva accantonare.

~

Helena mantenne un sorriso tirato sul viso e annuì seguendo la conversazione al suo tavolo. Normalmente non sarebbe stato un compito ingrato. Era seduta con suo zio e sua cugina, sì, ma erano anche stati fatti accomodare con la bella Duchessa di Donburrow, la sorella di Baldwin, e suo marito, il duca silenzioso ma di una bellezza devastante. Accanto a loro c'erano il Duca e la Duchessa di Crestwood, anch'essi di compagnia affascinante.

Eppure, nonostante la buona conversazione e la discreta interazione con quello zoticone di suo zio, Helena non riusciva a sentirsi a suo agio. Continuava a rivivere il suo incontro con Baldwin... dannazione, *Sheffield*... subito dopo il suo arrivo.

Era umiliante pensare a come lui l'aveva avvicinata e poi respinta quando era stata così sfrontata. Come aveva cambiato espressione ed era quasi scappato da lei. Aveva immaginato di piacergli, almeno un po', quando avevano parlato di stelle qualche sera prima.

Ora non era nemmeno sicura che la tollerasse.

«Signorina Monroe, voi siete cugina della signorina Shephard, vero?» chiese la Duchessa di Donburrow mentre versava altro tè.

Helena deglutì a fatica e ignorò lo sguardo pungente di suo zio. Se fosse stato per lui, non le sarebbe stato chiesto nulla. Non voleva nemmeno che fosse notata e continuava a ricordare a tutti che era al totale servizio di sua cugina.

Un'altra umiliazione.

«Sì» rispose. «Mia madre è la sorella del signor Shephard.»

«Dev'essere stato difficile per la vostra famiglia separarsi da voi» disse la Duchessa di Crestwood. «È un viaggio molto lungo, e ho sentito che resterete con noi almeno per tutta la stagione.»

Helena esitò. La sua famiglia non era un argomento facile, e stava cercando una spiegazione semplice quando zio Peter sbuffò scoppiando a ridere.

«La sua famiglia può cavarsela piuttosto bene senza di lei» disse, con la bocca piena di biscotti. «Sono stati più che felici di vederla impiegata in una professione di valore piuttosto che...»

«Avevo bisogno di una dama di compagnia e Helena non aveva niente di meglio da fare, così eccoci qui» lo interruppe Charity, e Helena non era mai stata così felice per qualcosa in vita sua. Suo zio era stato davvero sul punto di insinuare o addirittura dire apertamente ciò che l'aveva allontanata dalle grazie della sua famiglia?

Improvvisamente la terrazza, pur con tutte le sue deliziose brezze primaverili e i bei fiori, le sembrò fin troppo confinata. Non poté fare a meno di notare come gli altri a tavola la fissavano, completando secondo la loro opinione qualsiasi cosa lo zio fosse stato sul punto di dire, senza dubbio. Le girò la testa e le tremarono le mani.

«Siamo molto felici che siate *tutti* qui» disse la sorella di Baldwin con un caloroso sorriso. «E ora vedo mia madre alzarsi dal suo tavolo. Ha in programma alcuni giochi da fare sul prato per passare il resto del nostro tempo insieme.»

Helena aveva la mente annebbiata, ascoltò solo in parte quando la Duchessa di Sheffield annunciò che era tempo di passare ai giochi. Poi tutti cominciarono ad alzarsi e a trascinarsi verso la grande scalinata di pietra che portava al giardino sottostante. Helena rimase in disparte, fissando la casa da sopra la spalla. Aveva bisogno di un momento per riprendersi. Per cercare di assumere quell'espressione amichevole e felice necessaria per sopravvivere alle infinite umiliazioni che comportava essere a servizio di suo zio e sua cugina.

Così si allontanò, felice che lo zio sembrasse più interessato a chiacchierare con i Duchi di Donburrow e Crestwood che ad accorgersi della sua scomparsa. Si voltò ed entrò in casa, facendo dei bei respiri profondi. Attraversò il salotto alla cieca, e scese lungo il corridoio, girando verso un'altra stanza in modo da avere più possibilità di sfuggire alla scoperta dei servitori mandati a riordinare la veranda dopo il tè.

Quando girò dietro l'angolo ed entrò nella stanza, si fermò di colpo. Questo non era un salotto dove poteva stare un momento da sola. Questo era lo studio del Duca di Sheffield, e lui in persona era seduto a una grande scrivania di mogano dall'altra parte della stanza, lo sguardo concentrato su una lettera che aveva in mano. Non si era nemmeno accorta che avesse lasciato la festa, ma eccolo lì.

Avrebbe dovuto girarsi e scappare seduta stante. Così lui non avrebbe mai saputo che fosse arrivata fino lì. Ma non poteva. Si ritrovò a fissarlo, a studiare la sua espressione severa, il modo in cui sollevò una mano e se la passò tra i capelli stringendo le labbra.

E il cuore le batté all'impazzata.

Lui alzò lo sguardo, e l'attimo che le era stato concesso per fuggire senza essere scoperta svanì. Il duca schiuse le labbra, posò la lettera e si alzò in piedi.

«Scu... scusate l'intromissione» balbettò lei, e cominciò ad allontanarsi barcollando e scuotendo la testa mentre ritornava alla realtà. «Non avrei dovuto entrare.»

Lui sollevò una mano. «Non dovete scusarvi, signorina Monroe. Vi prego, non scappate.»

Lei deglutì e smise di indietreggiare. Meno di un'ora prima si era sentita messa da parte da quell'uomo. Ora lo vedeva girare intorno alla scrivania e non c'era nessun altro al mondo che lui.

«Non... non sapevo che foste un duca quella sera sulla terrazza al ballo dei Rockford» sbottò.

Lui aggrottò la fronte e la fissò confuso. «Mi sono reso conto dopo che nessuno di noi due si era presentato. Suppongo che la nostra conversazione fosse troppo interessante per pensarci. Avrebbe fatto differenza se l'aveste saputo?»

Helena si agitò. «Ho continuato a fare discorsi da vera sciocca, vero? E vi ho trattato senza la deferenza richiesta dal vostro titolo.»

Il duca sbuffò ridacchiando. «Mi viene offerta fin troppa deferenza, sia falsa che reale, Helena, te lo assicuro.»

Lei sbatté le palpebre. L'aveva appena chiamata per nome? Evidentemente sì, perché quella parola era rimasta sospesa tra loro come una carezza. Non lo corresse. «In ogni caso, non avrei dovuto essere così informale.»

«Sei stata affascinante.» Le si avvicinò di un altro passo, e lei non poté fare a meno di trattenere il fiato. Era piuttosto alto e sicuro di sé. Sembrava che riempisse lo spazio, ma non in modo intimidatorio. In realtà era quasi confortante. «Mi è piaciuta la nostra conversazione.»

«Anche a me» ammise lei, perché non riusciva a pensare a nessuna bugia adeguata per creare la distanza di cui aveva così evidentemente bisogno.

Lui inclinò la testa mentre si fermava a meno di un braccio da lei. Non fece alcuna mossa per toccarla. Probabilmente era meglio così, considerando la tensione che ora scorreva nella stanza tra loro.

«Perché hai lasciato la festa in giardino?» La sua voce era improvvisamente roca, bassa, non accusatoria, ma incontestabile.

Helena si mordicchiò un attimo il labbro. Non c'era alcun motivo per dire la verità a quest'uomo, a questo sconosciuto, a questo duca che era completamente fuori dalla sua sfera. Ma se la sentiva sulla punta della lingua. Mille parole che spiegavano la sua posizione precaria e il disagio e la vergogna che le gravavano addosso per questo motivo.

«Avevo bisogno di stare da sola» disse. Non una bugia. Non tutta la verità. Il viso di lui si illuminò di interesse mentre lo diceva, e lei riuscì a malapena a pensare o a respirare mentre continuava: «E ho sbagliato strada. Ho pensato che questo fosse un salotto dove avrei potuto trovare un po' di pace.»

«Per mia fortuna» mormorò lui, sostenendo saldamente il suo sguardo con quei suoi occhi castani.

Helena deglutì a fatica. «E voi, Vostra Grazia...»

Lui trasalì. «Baldwin.»

«Volete che vi chiami *Baldwin*?» ripeté lei, la sua voce poco più di uno squittio che a malapena fece breccia perfino nella limitata distanza tra loro. «Volete che... che vi dia del tu?»

«Se siamo soli, sì. Lo preferisco. Il titolo non è... comodo. Non lo è mai stato.» Sbatté le palpebre come se non avesse avuto intenzione di dirlo. «Suppongo che tu mi stia chiedendo perché non sono alla mia stessa festa?»

Lei annuì, anche se in verità aveva quasi dimenticato di essere stata sul punto di fargli proprio quella domanda.

Lui si passò di nuovo la stessa mano tra i capelli e le venne voglia di farlo anche lei. Di sentire quelle ciocche corte con i polpastrelli. Di accertarsi se i suoi capelli fossero morbidi, se le avrebbero solleticato il palmo.

«Mi è saltata fuori una questione di affari» spiegò lui. «Qualcosa che pensavo non potesse aspettare. Alla fine era...» Si interruppe e guardò dietro la scrivania di sé. «Non era quello che speravo.»

Helena vide la tensione sul suo volto. Non l'attrazione che scorreva così inaspettatamente tra loro, ma qualcosa di meno piacevole. Qualcosa di sgradevole che gli fece abbassare le labbra e assumere un cipiglio più profondo.

«Mi dispiace» disse lei lentamente, e desiderò essere in una posizione in cui poter dire di più. Dopotutto, conosceva la delusione, conosceva il rimpianto. Li riconosceva entrambi. Si rendeva conto di quando un uomo aveva bisogno di un orecchio comprensivo.

«Non deve dispiacerti» iniziò lui scrollando le spalle per scacciare tutte quelle emozioni che probabilmente non aveva avuto intenzione di rivelare. «Non è un tuo problema, in fondo.»

«Questo non significa che non mi dispiaccia che sia un tuo problema» rispose lei.

Lui inclinò la testa e il silenzio tra loro si protrasse, un silenzio non spiacevole, ma anche non privo di tensione o calore. Lui aprì la bocca come se stesse per dirle qualcosa, ma prima che potesse farlo arrivò un suono dal corridoio.

«Maledizione, Helena, dove sei?»

Helena strinse gli occhi per un attimo. «Mia cugina» mormorò.

«Potremmo chiudere la porta» suggerì Baldwin.

Helena aprì gli occhi di scatto e lo fissò. Sembrava serio. Troppo serio. E l'idea che lui allungasse la mano e chiudesse la porta dietro di lei per restare da soli nel suo ufficio era oltremodo allettante.

E oltremodo inopportuna.

«Non posso» sussurrò lei.

Ulteriore disappunto gli attraversò i lineamenti prima che si stringesse nelle spalle. «Ovvio.»

Helena trasse un respiro affannoso, poi chiamò: «Sono qui, Charity.»

Ci furono dei passi e poi Charity apparve sulla porta. «Insomma, a papà sta per venire un... oh, Vostra Grazia.»

Il suo tono cambiò da severo a dolce in un battibaleno. Charity si lisciò l'abito, passò davanti ad Helena ed entrò nell'ufficio di Baldwin, dondolando i fianchi ad ogni passo. Helena osservò la reazione del duca, vide il suo sguardo scivolare sulla sua bella cugina, dai suoi perfetti capelli biondi alle sue costose scarpine. Che cosa pensasse, Helena non era in grado di dirlo. Si era chiuso e non condivideva più alcuna emozione.

«Signorina Shephard» disse con un tono indecifrabile quanto la sua espressione. «Buon pomeriggio, ancora una volta.»

«Spero che mia cugina non vi abbia dato fastidio» disse Charity con un'occhiata a Helena che la fece diventare paonazza. «Evidentemente non sa stare al suo posto se si aggira per casa vostra da sola.»

«Al contrario, sono stato felice di imbattermi in vostra cugina» disse Baldwin. «E altrettanto felice che sia venuta a salvarmi dalla distrazione che mi ha allontanato dalla festa. Torniamo insieme dagli altri, signore?»

Guardò verso Helena, ma prima che lei potesse rispondere,

Charity gli si avvicinò e gli fece scivolare la mano nell'incavo del braccio. «Fate strada, Vostra Grazia» cinguettò sbattendo i suoi begli occhi azzurri.

Baldwin si schiarì la voce. «Certo.»

I due si diressero verso la porta, ed Helena si fece da parte mentre uscivano dalla stanza. Li seguì, con il cuore in gola, e Baldwin le riportò sulla terrazza e giù in giardino, dove i giochi erano già iniziati.

Ma si guardò indietro quando raggiunsero il prato. E la fissò. I loro occhi si incrociarono. Lei sostenne il suo sguardo e si sforzò di fargli un piccolo sorriso. Lui ricambiò con qualcosa di simile, poi liberò sua cugina e tornò alla parte da signore del maniero che doveva recitare.

Ma Helena aveva visto qualcosa di autentico in lui. Qualcosa che non avrebbe dovuto vedere. E non lo avrebbe dimenticato tanto presto, né avrebbe dimenticato i sentimenti che quell'uomo irraggiungibile le ispirava.

~

Dalla gradinata d'ingresso Baldwin osservò allontanarsi l'ultima carrozza che riportava i suoi ospiti da dove erano venuti. Lasciandolo finalmente in pace. Solo che non si sentiva in pace.

«È andata bene.»

Sobbalzò, perché sua sorella Charlotte aveva parlato proprio accanto a lui. Non sapeva nemmeno che si fosse avvicinata così tanto.

Si voltò verso di lei scrollando le spalle. «Bene per come possono andare queste cose.»

Charlotte lo fissò un attimo e poi si voltò. «Ewan, tu e la mamma non volevate parlare delle migliorie da apportare al giardino di Donburrow? Hai portato anche un diagramma, credo.»

Ewan era rimasto dietro di loro, ma a quel punto inarcò un

sopracciglio rivolgendosi alla moglie. Poi annuì e offrì il braccio alla Duchessa di Sheffield. Lei lo prese donando un sorriso caloroso al suo genero tanto amato e disse: «Ottimo, non vedevo l'ora di passare del tempo con voi più avanti quest'estate. Se avremo completato tutti i nostri piani prima di allora, la visita sarà ancora più piacevole. Tu e Charlotte venite con noi, Baldwin?»

«No, penso che mi piacerebbe fare una passeggiata con Baldwin» rispose Charlotte per lui. Gli occhi verde scuro di sua sorella continuarono a sostenere il suo sguardo, poco propensa ad accettare un rifiuto.

Baldwin sapeva quando veniva sconfitto e tese un gomito. «Andiamo in giardino, allora» disse.

Ewan e la duchessa entrarono insieme in casa, e Baldwin accompagnò la sorella giù per le scale e per un bel sentiero che li portò nel suo giardino. Quando furono abbastanza lontani da non essere sentiti, disse: «Ewan vuole davvero parlare di azalee con la mamma?»

Charlotte rise dolcemente. «Sì, davvero. Ha veramente intenzione di ridisegnare il giardino e la mamma ha molto talento in quel campo. Ma sa anche quando cerco una scusa per stare da sola con mio fratello.»

«E ti dà sempre quello che vuoi» osservò Baldwin.

Lei alzò gli occhi per guardarlo con un sorriso tenero e pieno di gioia. «Sì. Gli ultimi cinque mesi del nostro matrimonio sono stati i più felici della mia vita. Lo amo, Baldwin. Fa un'enorme differenza.»

Baldwin annuì lentamente. «Sono molto felice per te, allora, Charlotte. Sono stato duro con lui durante il vostro... be', chiamiamolo corteggiamento, nonostante quanto fossimo sempre stati uniti. Ma è solo perché volevo evitare che tu soffrissi.»

«È lo stesso motivo per cui mi menti adesso?» chiese lei, lasciandogli il braccio mentre entravano finalmente in giardino. «Per non farmi soffrire?»

Baldwin esitò. Charlotte lo aveva incalzato perché le confidasse i suoi problemi per molto tempo. Anni, probabilmente. Lui aveva sempre schivato la questione. Ora sentiva ancora di più la spinta a parlargliene. Ma se lo avesse detto a Ewan, lo avrebbero saputo tutti nel loro gruppo di amici.

Ne sarebbero seguite umiliazioni a bizzeffe, anche se con le migliori intenzioni da parte loro.

«Mentirti?» le fece eco, mantenendo un tono allegro. «Così mi ferisci.» Si allontanò, ma sentì che lo guardava. La preoccupazione di sua sorella era tangibile.

«Non sono una stupida» disse lei dolcemente. «È così grave che non puoi fidarti di me?»

Baldwin si voltò di scatto. «Tu parti dal presupposto che io sia gravato da qualche pesante segreto. Non puoi semplicemente credere che io sia solo una persona più seria dei miei amici e lasciar perdere?»

Charlotte inclinò la testa. «Carissimo fratello, osservo il tuo comportamento con grande attenzione da venticinque anni. Sei cambiato negli ultimi cinque. Da quando è morto papà.»

Lui trasalì. «Be', come potrei non essere cambiato? Sono diventato duca, no? Ci sono responsabilità…»

«È più di questo» lo interruppe lei, prendendogli le mani. Baldwin glielo lasciò fare, anche se si sforzò di mantenere un'espressione neutrale. Charlotte lo fissò per un attimo, poi sospirò. «Molto bene, vedo che con la mia indiscrezione sto peggiorando le cose piuttosto che migliorarle. Sai che ti voglio bene e che per te ci sono sempre se cambi idea.»

Lui annuì prima di chinarsi a baciarle la guancia. «Lo so. E lo apprezzo, te lo assicuro.»

Charlotte aveva ancora un'espressione preoccupata, ma sorrise comunque. «Lascia che cambi argomento, allora.»

«Prego!» la incoraggiò lui con una risata mentre le faceva cenno di incamminarsi insieme.

«Mamma sembra decisa a farti sfilare davanti uno stuolo di donne questa stagione. Ho visto così tante candidate oggi da farmi girare la testa. Qualcuna di loro ha attirato la tua attenzione?»

Baldwin deglutì mentre gli veniva in mente l'unica donna presente che aveva catturato il suo interesse: Helena. Quando lo aveva sorpreso nel suo ufficio, aveva desiderato certe cose. Cose a cui il suo cervello, normalmente molto corretto, non gli permetteva di pensare. Era un gentiluomo, cresciuto da un gentiluomo. Un gentiluomo non pensava ad afferrare gentili donzelle per baciarle. Né pensava a chiudere la porta dell'ufficio per... be', fare qualcosa di più di un semplice bacio.

Era francamente scioccante che quegli impulsi si risvegliassero quando era vicino a Helena.

«Ti giro la domanda» ribatté. «Hai incontrato tutte le mie potenziali fidanzate oggi. Ce n'è qualcuna che potresti chiamare sorella senza storcere il naso?»

L'espressione di sua sorella si addolcì. «Accetterei chiunque tu sposassi, purché ti renda felice.»

Baldwin chinò la testa. La felicità non era tra i fattori in gioco al momento. «Questo non conta come risposta. Hai pur sempre un'opinione.»

«Conosco la maggior parte di quelle donne da anni» disse lei lentamente. «Sono tutte persone abbastanza perbene. Nessuna ha la... scintilla che pensavo avresti cercato. L'unica estranea tra noi era quella ragazza americana, Charity Shephard.»

Baldwin deglutì. Ecco Charlotte che si avvicinava sempre di più alla verità. «È interessante, direi.»

Charlotte alzò le sopracciglia. «La si può vedere così. È differente, ma suppongo che dipenda dal fatto di essere cresciuta in un ambiente molto diverso dal nostro.»

«Non ti piace» disse Baldwin senza mezzi termini, e dall'espressione di sua sorella capì di aver fatto centro.

«Forse mi piacerà» disse lei scrollando le spalle. «Sai chi mi è piaciuta oggi?»

«Chi?» la incoraggiò.

«Sua cugina, Helena.»

Baldwin buttò lentamente fuori il fiato. Ma certo. Ovvio che a

Charlotte sarebbe piaciuta Helena. Perché l'universo era palesemente ingiusto. «Sì, è molto simpatica. Eri seduta con lei e la sua famiglia, vero?»

«Sì.» Charlotte fece un sorriso smagliante. «In lei c'è questa piccola scintilla da cui non posso fare a meno di essere attratta. Dà l'impressione di essere una persona con cui si può stringere una bella amicizia. Che starebbe bene anche con Emma, Meg e Adelaide.»

Parlava delle mogli dei suoi amici sposati, e Baldwin si ritrovò ad annuire. Riusciva a immaginare facilmente Helena tra le loro fila. Emma e Adelaide sarebbero state attratte dalla sua dolcezza, e a Meg sarebbe piaciuto molto il fatto che fosse il tipo di donna che contava le stelle senza cercare giustificazioni.

«Be', è a servizio di sua cugina come dama di compagnia» disse, un promemoria a se stesso tanto quanto un'informazione per sua sorella. «Dubito che possa essere considerata una candidata.»

Charlotte aggrottò la fronte. «Non ti facevo così snob, Baldwin. La sua famiglia a Boston sembra essere all'altezza di quella di sua cugina. E noi non ci siamo mai formalizzati per queste cose nel nostro ambiente.»

Baldwin scosse la testa. Ancora una volta, erano tornati a un argomento che non poteva... non voleva discutere. «Be', sono sicuro che troverà un buon partito, se lo desidera. Perché non raggiungiamo la mamma e Ewan?»

Sua sorella lo fissò un attimo, ma poi fece spallucce. «Certo, se ti fa piacere. Suppongo che abbiamo tutti preso aria più che a sufficienza oggi.»

Si voltò verso la terrazza e Baldwin si mise al suo fianco. Ma anche se cercava di rifocalizzarsi sul presente, di accantonare gli argomenti che aveva sollevato sua sorella, scoprì che continuava a tornare a immagini di capelli rosso fuoco, occhi verdi e un sorriso che lo faceva sentire più leggero.

Immagini di una donna che non poteva corteggiare, per quanto fosse un pensiero piacevole.

CAPITOLO CINQUE

«Dobbiamo discutere di una cosa.»

Helena alzò lo sguardo dal suo piatto e vide suo zio che la fissava. Deglutì. «Dobbiamo? Vuoi dire tu ed io?»

«Tutti noi» si intromise Charity.

Helena lottò contro l'impulso di sospirare e appoggiò il tovagliolo accanto al piatto da colazione che non aveva ancora toccato. «Di cosa si tratta?»

Sapeva già la risposta. Ma avrebbe fatto qualsiasi cosa pur di rimandare l'inevitabile.

«Charity mi ha detto che ieri ti ha trovata da sola con il Duca di Sheffield quando sei sgattaiolata via dalla festa» disse zio Peter, trafiggendola con un'occhiataccia.

Helena guardò Charity. C'era da aspettarselo che sarebbe corsa a spifferare tutto. Era nella sua natura, incoraggiata da suo padre e dalla sua defunta madre, focalizzarsi su qualsiasi ingiustizia o piccolo affronto che sentiva di aver subito per poi raccontarlo al mondo intero. Charity era stata così fin dalla nascita, e si aspettava che si sarebbe comportata così fino alla tomba.

«Non sono proprio sgattaiolata via» disse Helena con cautela.

«Avevo solo bisogno di stare da sola un momento. C'era così tanta gente, così tanti estranei.»

Suo zio sbatté una mano sul tavolo per interromperla. «Come posso essere più chiaro con te, stupida? Sei qui per far brillare tua cugina, non per attirare l'attenzione su di te o per cercare di metterti nei guai come hai fatto a Boston.»

Charity distolse il viso mentre le lacrime inondavano gli occhi di Helena, seguite da un dolore che raramente si permetteva di provare. «Non… non è quello che è successo a Boston» sussurrò lei, cercando di allontanare immagini terrificanti. Immagini dolorose che le avevano cambiato la vita e alterato lo spirito.

Lui alzò le sopracciglia. «È quello che sta succedendo ora. Farai il tuo dovere, ragazza. E sii felice che ti abbiamo incluso nel futuro di tua cugina. Per te è una fine di gran lunga migliore di quella che avresti potuto avere, non è vero?»

Helena deglutì. Non aveva tutti i torti. La sua vita con Charity e zio Peter poteva essere difficile, ma non era niente in confronto a quello che la sua famiglia le aveva fatto a casa.

«Sì» sussurrò lei. «Ti chiedo scusa, zio. Resterò al mio posto d'ora in poi.»

Suo zio si alzò in piedi con un grugnito. «Io e tua cugina usciamo» sbottò. «Staremo via tutto il giorno, quindi ti suggerisco di pensare a quello che hai fatto e di ponderare molto attentamente i tuoi prossimi passi.»

Helena immaginò che questa notizia volesse essere una punizione per lei, ma in cuore ne fu sollevata anche se mantenne un'espressione cupa e riflessiva. «Certo. Capisco perfettamente.»

«Bene.» Si rivolse a Charity. «Vai di sopra e mettiti il tuo vestito migliore. Andiamo a fare visite.»

Charity sospirò e fece cenno a Helena. «Andiamo, allora.»

Helena si alzò e la seguì fuori dalla stanza quasi saltellando. Avrebbe avuto un'intera giornata tutta per sé per leggere e rilassarsi, per essere libera dai vincoli opprimenti che le imponeva la sua posizione. E forse suo zio aveva più ragione di quanto sapesse. Un giorno lontani l'avrebbe probabilmente messa nello spirito giusto per ridedicarsi ai suoi doveri.

Dopo tutto, non aveva altra scelta.

~

«Chiedo scusa, signorina Monroe.»

Helena alzò gli occhi dal libro e sorrise al maggiordomo di suo zio, Aniston. Era un uomo piuttosto gentile. Aveva notato che la trattava sempre con lo stesso rispetto con cui trattava Charity, nonostante le loro posizioni differenti.

«Cosa c'è?» chiese lei, mettendo da parte il libro e alzandosi in piedi.

«Avete ospiti, signorina.»

«Ospiti? Chi sono?» chiese meravigliata.

«Le Duchesse di Abernathe, Crestwood, Northfield e Donburrow» spiegò lui mentre si torceva delicatamente le mani davanti a sé.

Helena rimase a bocca aperta per lo stupore. «Io...oh! Che sorpresa. Non aspettavo nessuno, certamente non qualcuno di tale importanza.»

«Devo dire alle signore che non siete a casa?»

La giovane ci rifletté un attimo. Era una scusa per nascondersi, per proteggersi. Ma poi pensò alla Duchessa di Crestwood e alla sorella di Baldwin, la Duchessa di Dunborrow. Erano state entrambe molto amichevoli e gentili alla festa in giardino del giorno prima. Avrebbero saputo che le aveva rifiutate se Aniston fosse andato a dire che non era in casa.

Non voleva ferire i sentimenti di nessuno, né incorrere nell'ira dello zio più di quanto non avesse già fatto. Poteva ben immaginare la sua reazione se avesse mandato via quattro duchesse.

«Certo che sono a casa. Fatele entrare per favore e fateci portare del tè, se si fermano.»

Il maggiordomo annuì, e in pochi istanti tornò con le quattro dame. Helena non poté fare a meno di ammirarle quando entrarono in salotto. Erano tutte così belle, anche se in modi molto diversi. Scure e chiare, timide ed estroverse. Naturalmente, tutti i loro abiti erano perfetti, il che la rendeva più consapevole del suo, che aveva ereditato da Charity e che aveva dovuto farsi aggiustare.

«Buon pomeriggio» disse, costringendosi ad andare loro incontro con un sorriso. «Mi dispiace molto se ho dimenticato che sareste venute a farci visita.»

La Duchessa di Donburrow le prese le mani, stringendole delicatamente. «Non vi siete dimenticata, cara Helena. Eravamo fuori a fare compere insieme e siamo passate qui davanti con la carrozza. È stata una cosa molto scortese da fare, piombare qui senza invito, ma volevo tanto vedervi e presentarvi alle mie amiche.» Fece cenno alle altre. «Conoscete Meg, naturalmente, vi siete viste alla festa di mio fratello l'altro giorno. Queste sono Emma, Duchessa di Abernathe, e Adelaide, Duchessa di Northfield.»

Helena deglutì. «Buon pomeriggio a tutte. Benvenute, anche se temo che mio zio e mia cugina non siano in casa per ricevervi al momento.»

Con sua grande sorpresa, gli occhi della Duchessa di Crestwood si illuminarono. «Oh, che peccato» disse, ma era evidente il sarcasmo nel suo tono.

La Duchessa di Abernathe la guardò con la coda dell'occhio. «Lo sapevamo, in realtà. Eravamo dallo speziale e abbiamo sentito un'amica dire che vostro zio era in giro con vostra cugina a fare visite. Siamo venute perché volevamo vedere voi.»

«Me?» ansimò Helena.

«Sì» confermò la Duchessa di Northfield con un sorriso caloroso. «Meg e Charlotte hanno parlato così bene di voi che Emma e io volevamo conoscervi subito.»

Helena fu assalita da una sensazione di calore legato sia all'imbarazzo che alla gioia. La sorella di Baldwin e la Duchessa di Crestwood le erano piaciute molto. Che la apprezzassero a loro volta era davvero molto bello.

«Be', venite a sedervi, Vostra Grazia? Vostra Grazia, Vostra...»

«Oh, cielo!» interruppe la Duchessa di Crestwood. «Così non va. Quando siamo tutte insieme in una stanza, si fa troppa confusione a usare il titolo o "Vostra Grazia". Siamo *amiche*, o lo saremo presto, scommetto. Perché non ci chiamiamo per nome e ci diamo del tu?»

Helena esitò. Suo zio aveva inculcato a lei e a sua cugina l'importanza del rango. Le aveva insegnato che ai nobili piaceva sempre essere chiamati con il loro titolo, che fare diversamente era considerato impertinente, ma quest'affermazione era stata smentita prima da Baldwin e ora da queste dame. «Non so...»

«Ma *noi* sì!» disse Adelaide con una risata. «Siamo Emma, Meg, Adelaide e Charlotte, e tu sarai Helena e basta!»

Helena rise insieme alle altre donne. Era impossibile fare altrimenti. Alla fine annuì. «Renderà tutto più facile, suppongo. Prego, sedetevi. Aniston sta preparando il tè mentre parliamo.»

«Ottimo» disse Charlotte, andando ad accomodarsi su una delle sedie.

Le altre presero posto con Helena sul divano. Emma raccolse il libro che era scivolato tra i cuscini quando Helena era stata interrotta, e sorrise.

«Oh, questo è uno dei miei preferiti!» disse, sfogliando delicatamente le pagine. «Dov'eri arrivata?»

Helena arrossì. «Solo fino al punto in cui lei scappa dalla finestra.»

Emma annuì con entusiasmo. «Ti piace di più Lord Evans o Lord Winter?»

«Lord Winter, ovviamente. È davvero diabolico.»

«Hai i nostri stessi gusti» disse Adelaide ridendo. «Penso che siamo *tutte* la prova vivente che gli uomini diabolici sono i migliori.»

Charlotte incrociò le braccia fingendosi arrabbiata. «Il mio Ewan è diabolico solo quando è opportuno.»

«Il tuo Ewan è un diavolo travestito da duca, credimi» scherzò Meg.

Helena guardò tutto quello scambio sorpresa. Si aspettava che dame di quel rango fossero noiose. Queste donne erano tutt'altro. Ridevano e si prendevano in giro e lei non si sentiva mai esclusa, anche se era ovvio che quelle quattro erano amiche per la pelle. Era la prima volta che si sentiva a suo agio da... be', da molto tempo.

«Ma non siamo qui per parlare di mariti diabolici» disse Emma, arrossendo graziosamente. «Non è un argomento appropriato, per quanto sia piacevole. Siamo venute per conoscerti, Helena.»

In quel momento entrò una cameriera ed Helena si alzò in piedi per aiutare a sistemare le tazze sulla credenza. Quando la domestica se ne fu andata, cominciò a versare il tè. Fu sorpresa quando Charlotte venne ad aiutarla, zuccherandolo come piaceva alle sue amiche e distribuendo le tazze.

«Non devi sentirti obbligata a rispondere alle nostre domande sfacciate» la rassicurò Charlotte mentre tornavano dalle altre.

Helena si agitò sotto il loro sguardo. «Non sono sicura che ne abbiate fatte. Cos'è che vorreste sapere?»

«Boston è molto lontana da qui» cominciò Emma. «Hai nostalgia di casa?»

Helena fece un sospiro. «In verità, non molto. Non ero molto felice in America negli ultimi tempi. Vedo questo viaggio come un'avventura.»

Adelaide sorrise. «Mi piace questo atteggiamento. Dato che il tuo cognome è diverso, presumo che tuo zio sia...»

«Da parte di mia madre» disse Helena con un cenno del capo. «È il fratello maggiore di mia madre. Lui, ehm, be', mi ha preso con sé.»

Non era del tutto vero, ma era molto meno umiliante di dire quello che era successo veramente. Scorse Adelaide ed Emma scambiarsi una breve occhiata, e arrossì.

«Ti ha portato da noi» disse Meg. «Quindi gliene siamo grate. È evidente che tu ed Emma condividete l'amore per i libri. Hai altri passatempi?»

«Suono un po' il piano. Molto poco e abbastanza male.»

Emma alzò una mano con una risata. «Credo che insieme potremmo torturare un'intera stanza!»

Helena scosse la testa. Era difficile guardare la Duchessa di Abernathe con la sua espressione dolce, i suoi capelli e vestiti perfetti, la sottile raffinatezza che sembrava trasudare da tutti i pori, e pensare che non fosse perfetta in tutto.

«È vero» disse Meg facendo l'occhiolino a Emma. «Una volta Emma provò a suonare alcune melodie irlandesi e...» Si sciolse in risatine, insieme alle altre donne.

Emma alzò il mento, ma anche se si fingeva offesa, era ovvio dalle scintille nel suo sguardo che lo trovava divertente come le sue amiche. «E il gatto cominciò a lamentarsi. Non me ne vergogno. Secondo me eravamo un duo incantevole.»

Helena sollevò una mano per coprire le proprie risatine. «Mi è successa la stessa cosa. Solo che erano i segugi di mio zio a farmi da accompagnamento. Finché...» Si interruppe quando il ricordo da divertente divenne più amaro. Zio Peter si era molto arrabbiato.

Adelaide la guardò con attenzione e poi sorrise comprensiva. Si affrettò a cambiare argomento, e per l'ora successiva Helena fu rapita dalle sue quattro nuove amiche. Le duchesse erano gentili e coinvolgenti, divertenti e amichevoli. Emma raccontava storie della sua preziosa bambina Beatrice, che tutti chiamavano Bibi, e Helena pensò di aver intravisto Meg toccarsi la pancia ogni volta che se ne parlava. Helena si sentiva a suo agio e scoprì che non voleva che la visita finisse.

Ma alla fine, Charlotte si alzò e disse: «Oh, perbacco, abbiamo approfittato del tuo tempo molto più di quanto avremmo dovuto.»

Si alzò anche Helena e disse: «Vi assicuro che non dovete preoccuparvi. Mi è piaciuto molto il nostro tè.»

Charlotte diede un'occhiata alle altre e disse: «Bene. Allora spero che verrai a cena a casa mia fra tre giorni.»

Helena la fissò, sorpresa dell'invito. E consapevole che non avrebbe potuto in alcun modo accettarlo anche se avesse voluto. Ma non c'era modo di fingere, dopo quella giornata, di appartenere al mondo di quelle donne. Né che suo zio le avrebbe mai permesso di occuparvi anche solo un posticino.

«Io...» cominciò, spostando il peso da un piede all'altro in preda al disagio mentre cercava un modo per rifiutare senza offendere una gentildonna che le piaceva davvero.

L'espressione di Meg si addolcì, e si avvicinò per prendere la mano di Helena. «Mia cara, è chiaro che sei a disagio e Charlotte non vorrebbe mai e poi mai farti sentire così. Di' solo quello che devi dire e non preoccuparti di differenze che non esistono.»

Helena diede un'occhiata a Charlotte e la vide annuire. Fece un respiro profondo e disse: «Mi piacerebbe venire, naturalmente. Più di ogni altra cosa dopo oggi. Ma non potrei... non potrei mai senza mio... senza...»

Emma annuì. «Capisco. Non potresti farlo senza la tua famiglia.»

Charlotte aggrottò la fronte. «C'è una soluzione semplice a questo problema. Vi inviterò tutti, compresi tuo zio e tua cugina. Non c'è bisogno che sappiano che in realtà sei tu quella con cui vogliamo passare del tempo.»

Helena spalancò gli occhi. «Non so cos'ho fatto per ispirare la vostra gentilezza, ma la apprezzo molto. Non posso parlare per mio zio, ma dubito che oserebbe rifiutare un invito da persone così importanti.»

Charlotte sorrise. «Allora sono felice di poter far leva sul titolo di Ewan. Invierò un invito formale non appena arriverò a casa. Fai del tuo meglio per sembrare scioccata e impressionata quando arriverà.»

Helena rise. «Farò pratica.»

Si spostarono nel foyer, dove Aniston tornò con i cappelli e i guanti. Mentre le duchesse si riunivano, Charlotte lanciò a Helena un'altra occhiata. «Potrebbe interessarti sapere che anche mio fratello sarà presente al mio piccolo ricevimento.»

Helena si sforzò di mantenere un'espressione calma di fronte alla piccola esplosione che era appena avvenuta nel bel mezzo del foyer. Non aveva idea del perché Charlotte avesse pensato di citarle espressamente Baldwin. Tutto quello che Helena sapeva era che stare vicino al duca la rendeva... nervosa. Agitata.

«Be', sono sicura che anche mio zio sarà molto felice di saperlo», riuscì a dire con voce soffocata. «Grazie ancora per essere passate.»

La carrozza si fermò davanti all'ingresso e le duchesse salutarono un'ultima volta, poi si diressero verso il veicolo. Helena uscì sulla scalinata per salutarle da lontano, ma si rese conto che le tremava la mano.

E che non vedeva l'ora di rivedere Baldwin ancor più di quanto non vedesse l'ora di passare del tempo con le sue nuove amiche.

CAPITOLO SEI

Baldwin fece nuovamente scorrere la punta della penna stilografica sulla fila di numeri, facendo la somma a mente. Si accigliò e ricominciò daccapo. Era inutile. Poteva rifare i calcoli quanto voleva, ma il problema rimaneva lo stesso.

Avevano un'emorragia di denaro e c'erano ancora quei tre debiti in sospeso, che gli pendevano sulla testa come una spada di Damocle onnipresente. Intinse la penna nell'inchiostro e scarabocchiò un numero nella colonna, poi mise da parte l'intera pila di fogli e strumenti di scrittura imprecando.

«Pessimo inizio» disse Charlotte entrando nel suo ufficio con un sorriso in volto. Un sorriso che svanì rapidamente quando lo guardò. «Non è un buon momento?»

Baldwin saltò in piedi e fece il giro della scrivania. «Charlotte, non avevo idea che fossi venuta a trovarmi. Perdonami per il mio pessimo comportamento.»

Lei scosse la testa mentre gli dava un leggero bacio sulla guancia. «Ho insistito io stessa per venire da te senza essere annunciata. C'è qualcosa che posso fare?» gli chiese facendo un cenno alla sua scrivania

Lui si guardò alle spalle, poi scosse la testa. «No, no. Sono solo infastidito da alcuni...» Cercò una bugia. «Da notizie che mi arrivano dai fittavoli di Sheffield. Niente per cui debba preoccuparti.»

Charlotte aggrottò la fronte come se non gli credesse del tutto, così la prese per un braccio e la guidò verso il caminetto dove le fece cenno di sedersi. «Fammi compagnia. Vuoi dello sherry?»

«Alle undici del mattino?»

Baldwin sbatté le palpebre. Non aveva pensato all'ora. «Ah, le mie scuse. Certo che no. Ma ci dev'essere un motivo per cui sei venuta a trovarmi.»

«Sì in effetti» disse lei, e la sua espressione si illuminò. Baldwin ne fu felice. Charlotte era così felice da quando si era sposata, non voleva rovinarle l'umore con i suoi problemi. O farle scoprire cosa aveva fatto per aumentarli.

«E quale sarebbe?» le chiese.

«Ewan e io daremo un piccolo ricevimento domani. Cena e forse qualche gioco di società. Volevamo che ti unissi a noi.»

Baldwin si appoggiò allo schienale. «*Ewan* voleva dare un piccolo ricevimento?»

«È sempre stato un tipo solitario, naturalmente, ma sta davvero cercando di uscire dal guscio da quando ci siamo sposati.» Fece un sorriso smagliante. «Tutto il suo discorso sul fatto di entrare a far parte di quello che lui percepisce come il "mio" mondo e di non nascondersi più a causa del suo mutismo è... be', è vero.»

Baldwin la osservò mentre parlava, vide la sua gioia per il comportamento di Ewan. E le fece un sorriso sincero quando le disse: «Credo che sia tu a dargli la forza.»

«Lo spero» sospirò lei. «Certamente lui contraccambia in abbondanza dando forza a me. Quindi, anche se non direi che è *entusiasta* all'idea di un ricevimento, lo ha suggerito lui.»

Baldwin alzò le sopracciglia. «È magnifico.»

Sua sorella annuì. «Devo incoraggiarlo. A dire il vero, saranno per lo più amici.»

C'era qualcosa nel modo in cui aveva pronunciato l'ultima frase che spinse Baldwin a esaminarla con più attenzione. Conosceva molto bene sua sorella e riusciva a capire quando stava complottando. In questo momento aveva davanti Charlotte la Complottatrice che cercava di sembrare dolce come il miele e innocente come un agnellino appena nato.

«*Per lo più?*» ripeté lui già in allerta.

Charlotte scrollò le spalle. «Sì. Ci sarà la mamma, James ed Emma, Simon e Meg, Graham e Adelaide. Ci sarà Matthew. Sto cercando di convincere anche Hugh. Gli hai parlato di recente? L'ho visto alla Libreria Mattigan e...»

«Charlotte!» la interruppe Baldwin. «Cosa significa *per lo più?*»

Sua sorella arricciò le labbra. «Non c'è bisogno che ti arrabbi così tanto. A parte i nostri amici, abbiamo invitato... gli... americani.»

Baldwin rimase impietrito. «Gli americani» ripeté lentamente. «Vuoi dire il signor Shephard e sua figlia. Come si chiama? Cora? Cassandra?»

«Charity. E verranno con la cugina di Charity, Helena Monroe» aggiunse Charlotte, guardandolo attentamente mentre diceva il nome di Helena.

Gli fu quasi impossibile nascondere la sua reazione. *Helena.* Pensava a lei da giorni, dalla festa in giardino. Da quando lo aveva trovato nel suo studio e gli aveva fatto venire voglia di farle cose incredibilmente scandalose.

«In verità» continuò sua sorella, «volevamo solo Helena, ma vengono anche Charity e suo padre, quindi bisogna fare dei sacrifici, a quanto pare.»

Baldwin la fulminò con lo sguardo. «Volevate solo Helena.»

«Perché no?» disse lei con una risata allegra. «È una delizia, Baldwin, hai avuto modo di parlarle?»

«Molto poco» disse lui alzandosi in piedi per poi allontanarsi. «E *tu* quando hai avuto l'occasione di parlarle?»

«Eravamo sedute allo stesso tavolo alla tua festa qualche giorno fa, naturalmente. Poi l'altro giorno ero in giro con le altre duchesse e ci siamo fermate a salutarla. Abbiamo preso il tè e fatto una bella chiacchierata.»

Baldwin scosse lentamente la testa. Naturalmente non era contrario all'idea che Helena diventasse amica di sua sorella e delle mogli dei suoi amici. Solo che era consapevole dei secondi fini che sua sorella era capace di escogitare. Soprattutto quando non aveva idea delle circostanze in cui si trovava suo fratello. «Charlotte, perché sei così coinvolta in tutto questo?»

Lei si appoggiò allo schienale fingendosi insultata. «Coinvolta? Cosa vuoi dire, Baldwin?»

«*Cosa vuoi dire Baldwin?*» ripeté lui cantilenando. «Ti stai immischiando. Hai spinto questa ragazza sulla mia strada più di una volta.»

Ora Charlotte aveva davvero un'espressione offesa. «Spinto? Mi sembra che tu abbia fatto del tuo meglio per metterti sulla sua strada.»

Baldwin incrociò le braccia e cercò di non pensare alla sua proposta di chiudere la porta dello studio quando lui ed Helena si erano trovati insieme. Quello si poteva sicuramente definire mettersi sulla sua strada, non lo poteva negare. Almeno a se stesso.

«Stiamo disquisendo di sfumature semantiche» sbottò.

«No invece» ribatté sua sorella con una risata ignorando il suo malumore. «Ti piace?»

Baldwin esitò, tanto a lungo che avrebbe scommesso che Charlotte aveva indovinato la risposta. Era sempre riuscita a decifrarlo. «A malapena le ho parlato» ripeté, la stanchezza evidente nella voce e nel corpo. «Una volta al ballo dei Rockford, due volte alla festa in giardino. Non so se mi piace o non mi piace. Non la conosco.»

Ma voleva conoscerla. Disperatamente.

Charlotte assunse un'espressione preoccupata e gli si avvicinò. Gli prese le mani e le tenne delicatamente tra le sue mentre lo fissava in viso. «Sei molto angustiato, Baldwin. Ti prego, ti prego, parlami.»

Lui scosse la testa e distolse lo sguardo. «È... complicato.»

«Papà è morto anni fa» disse lei dolcemente. «È complicato da allora. Ti ho visto cambiare, Baldwin. Ti ho visto diventare sempre più serio, sempre più preoccupato. Non sono così stupida da non collegare la sua morte e la tua lenta discesa in un abisso di preoccupazione e rimpianto.»

Baldwin fece un respiro profondo. «Non direi mai che sei stupida, mia cara. La tua lingua tagliente e la tua prontezza di spirito sono innegabili quando le rivolgi contro di me. Ma tu non... sai.»

Sua sorella fece una leggera smorfia. «Perché non me lo dici. Né a me né a nessun altro.»

Lui percepì la frustrazione che Charlotte stava cercando di tenere a bada, di attenuare nel tentativo di immedesimarsi nella sua situazione. Nel tentativo di scoprire tutto.

Si detestava per essere causa di quello stato d'animo, ma l'altra opzione era quella di devastarla, di farle mettere in dubbio ciò che sapeva di suo padre, di lui.

«Ti voglio bene» le disse invece, chinandosi a baciarle la fronte.

Charlotte stava chiaramente cercando di restare in tema, ma alla fine sospirò. «Lo so. E spero che tu sappia che anche la mia intromissione, se così vuoi chiamarla, nasce dall'amore.»

«Lo so» le rispose, e diceva sul serio. «Verrò domani, anche se penso che dovresti lasciar perdere qualsiasi idea tu abbia in testa su me e la signorina Monroe. È affascinante, come dici tu, ma non c'è futuro. Ho altri obblighi da assolvere.»

Le passò un lampo di delusione sul viso, ma lo scacciò. «Come vuoi, Baldwin. Sei certamente in grado di prendere le tue decisioni. Non vediamo l'ora di vederti domani. Ora devo andare, devo fermarmi a far visita alla mamma e poi Ewan mi aspetta.»

Baldwin soffocò a malapena un sospiro di sollievo all'idea che se ne sarebbe andata. Gli piaceva vederla, ma senza nemmeno volerlo metteva a nudo i problemi della sua vita. La seguì nell'atrio dove le diede un bacio sulla guancia. Ma quando Charlotte si voltò per andarsene, le chiese: «Perché non fai parlare me con Brighthollow?»

«Se pensi che Hugh ti ascolti e che accetterà il nostro invito, te lo lascio fare volentieri. Fammi sapere la sua risposta, però, così che io possa organizzarmi di conseguenza.»

Lui annuì e lei gli strinse la mano ancora una volta prima di affrettarsi a raggiungere la sua carrozza lasciandolo in una nuvola di dolce profumo e amare preoccupazioni. Per il futuro. Per il passato. E per una donna che non poteva avere.

Hugh Margolis, Duca di Brighthollow, alzò lo sguardo dalla lettera che aveva sulla scrivania e sorrise quando Baldwin girò intorno al suo maggiordomo ed entrò nella stanza. Baldwin ricambiò il sorriso anche se studiò il volto del suo vecchio amico.

Brighthollow era sempre stato austero. In lui c'era una durezza, una spigolosità che nessuno degli altri loro amici aveva. Naturalmente, era inevitabile che ci fosse. Era duca da più tempo di tutti gli altri, avendo assunto il titolo a soli diciassette anni, dopo che suo padre e sua madre erano morti in un terribile incidente. Era rimasto solo con una sorella di dodici anni più giovane a carico.

Brighthollow era cresciuto molto in fretta.

«Hai un aspetto orribile» disse Hugh con una risatina.

Baldwin lo fulminò con lo sguardo. «Grazie. Apprezzo il gentile interessamento, zoticone.»

«Entra, siediti, bevi qualcosa. Sono stato felice di ricevere la tua lettera e ancora più felice di ricevere *te*.» Hugh andò alla credenza mentre parlava e versò dello scotch in un bicchiere che gli porse.

«Altrettanto» disse Baldwin sollevando il bicchiere. «Ci sono sempre meno scapoli tra le nostre fila: dobbiamo restare uniti.»

Lo aveva detto a mo' di battuta, ma Hugh si rabbuiò in viso e bevve un profondo sorso del suo liquore prima di dire: «Ah sì, i nostri amici in balia del *vero amore*.» Alzò gli occhi al cielo.

A quelle parole dure Baldwin esaminò il viso del suo amico con più attenzione. C'era più della solita serietà nei suoi occhi. C'era... rabbia. Qualcosa di oscuro.

«Sei così contrario al vero amore?» chiese Baldwin, scegliendo ogni parola con cura.

Hugh scrollò le spalle. «Sono certo che qualcuno lo incontri e non si può trovare nulla da ridire sulle mogli che hanno scelto i nostri amici, ma...»

Si interruppe, e Baldwin si protese in avanti. «Ma?»

«Non tutti sono quello che sembrano» finì Hugh. «Ho dei dubbi che una cosa così frivola come il vero amore possa durare.»

Baldwin trasalì. «Non posso contestare l'idea che alcune persone non siano quello che sembrano.» Si agitò. «Charlotte ha detto di averti visto da Mattigan.»

Hugh sollevò lo sguardo dal bicchiere. «Sì, l'ho vista, ieri credo. Te ne ha parlato?»

«Sì, e mi ha detto che stava cercando di convincerti a venire a cena domani, con noi e alcuni altri amici fuori del nostro gruppo.»

«Temo di non essere dell'umore giusto per stare in mezzo alla gente.»

Baldwin ridacchiò. «Ha accennato anche a *questo*.»

Hugh si alzò in piedi. «Se l'ho offesa...»

«No, l'hai fatta preoccupare, per essere precisi, e a stare qui con te, devo ammettere che stai facendo preoccupare un po' anche me.»

Hugh lo fulminò con lo sguardo. «Quindi questa non è una visita di cortesia, ma una spedizione di caccia.»

«Non sarà una spedizione di caccia se non ti fai catturare» disse Baldwin, alzandosi anche lui. «Ti va di parlare di quello che ti preoccupa?»

Hugh si passò una mano sul viso e la rabbia si trasformò in apprensione, persino in paura. «Solo qualche... qualche problema con Lizzie.»

Baldwin aggrottò la fronte. Lizzie aveva solo sedici anni, non aveva ancora fatto il suo debutto in società. Lei e Hugh erano sempre andati d'accordo, la ragazza lo considerava un padre più che un fratello. A tutti gli effetti, lo era stato. Lizzie era molto giovane quando aveva perso i genitori.

«C'è qualcosa che posso fare?»

«No» disse Hugh, e il suo tono si fece di nuovo cupo. «Ho... ho fatto del mio meglio per gestire la cosa. Ora mia sorella è di nuovo al sicuro a Brighthollow.»

Baldwin inclinò la testa. «Al sicuro?»

«E tu?» disse Hugh, ignorando la domanda. «Ti ho visto col muso lungo per un bel po' di tempo. Ti piacerebbe che ficcassi il naso nei *tuoi* affari?»

Baldwin si accigliò. «No» rispose alla fine.

«Sono sicuro che gli altri ti stiano facendo pressione perché ti confidi. È quello che fanno, dopo tutto, e hanno buone intenzioni. Ma io so meglio di altri che alcuni segreti non devono essere discussi o svelati. Non oserei importunarti sui tuoi problemi. Se riterrai opportuno parlare di ciò che ti preoccupa, lo farai. Io ti chiedo solo di usarmi la stessa cortesia. Almeno tra noi possiamo essere sereni.»

Baldwin si agitò. L'idea di non dover fingere o nascondersi per evitare domande indiscrete era certamente allettante per certi versi. Ma la freddezza di Hugh lo infastidiva.

Tuttavia, alzò entrambe le mani in segno di resa. «Se non ti va di parlare, non parleremo. Ma cosa dirò a Charlotte per la sua festa?»

Hugh abbassò la testa. «Ho sempre ammirato tua sorella. E adoro Ewan, perché è impossibile non adorarlo. Ma non... non posso stare in mezzo agli altri in questo momento. Guardami, lo vedi come sono adesso. Concedimi qualche settimana di pace e ti prometto che sarò più propenso a vedere i nostri amici.»

Baldwin annuì. «Molto bene. Troverò una scusa per evitare che Charlotte insista.»

Hugh apparve visibilmente sollevato e sorrise ancora una volta. «Bene. Molto bene. Ora che ne dici di fare una partita a biliardo?»

Baldwin sorrise e seguì il suo amico fuori dalla stanza. Ma anche se passarono ad argomenti più innocui e meno problematici, non poté fare a meno di sentirsi turbato. Per Hugh, sì, perché era chiaro che era oppresso da qualcosa di terribile.

Ma anche per se stesso. Perché nell'umore cupo di Hugh, temeva di vedere il proprio futuro. Un futuro in cui i suoi segreti gli dilaniavano il cuore e alla fine lo trasformavano in una persona che non voleva essere.

CAPITOLO SETTE

Helena tirò l'abito di fine sartoria sulle spalle snelle di Charity e si mise al lavoro per abbottonarle la lunga fila di perle lungo la schiena. Era una cosa che avrebbe potuto fare la cameriera di sua cugina, naturalmente, ma Charity aveva chiesto di lei.

Ed Helena non aveva modo di rifiutare. Così ingoiò l'umiliazione per il modo in cui la cameriera di Charity l'aveva guardata male, e fece del suo meglio per recitare il ruolo di serva.

Non che Charity sembrasse notarlo. Aveva chiacchierato senza sosta da quando Helena era entrata nella stanza un quarto d'ora prima.

«Ma papà si è fissato su un duca» continuò, e per la prima volta Helena alzò lo sguardo e si interessò alle parole di Charity.

«È il titolo più alto finché non si arriva ai principi» disse Helena, sperando di sembrare allegra e disinteressata all'argomento. Anche se non era vero. I duchi le interessavano eccome. Be', un duca. Un duca che sarebbe stato presente quella sera.

«Oh, si è informato anche sui principi» disse Charity scrollando le spalle tanto forte che a Helena sfuggirono i bottoni dalle dita. «Non ce ne sono di disponibili.»

«Mmmh, allora che un duca sia» mormorò Helena tornando al suo lavoro.

«Ci saranno duchi in abbondanza stasera. Anche se molti di loro sono già sposati, che spreco. Sapevi che il loro gruppo ha una specie di *club*?»

Helena deglutì. «Davvero? Dove lo hai sentito?»

«Quando siamo andati a fare le nostre visite l'altro giorno. Mi sono annoiata da morire: gli inglesi sono così soffocanti. Ma a te deve essere andata peggio, Helena. Dover stare qui a leggere?»

Helena trattenne un sorriso. Non solo sua cugina non aveva capito minimamente che le piaceva leggere, ma non aveva accennato alla visita che aveva ricevuto dalle Duchesse, come le chiamava. Nemmeno la servitù ne aveva parlato, così il suo pomeriggio con Emma, Meg, Adelaide e Charlotte era rimasto il suo prezioso segreto.

«Ce l'ho fatta» disse, finendo finalmente di abbottonare e facendo un passo indietro per esaminare la cugina. Di sicuro nessuno avrebbe potuto trovare da ridire sul suo abbigliamento. Zio Peter se ne era assicurato personalmente, perché le aveva concesso una somma assurda per comprarsi abiti nuovi.

Helena non poté fare a meno di dare un'occhiata al suo vestito. Era funzionale quanto bastava, concepito per partecipare a una festa come quella di quella sera. Ma non si sarebbe fatta notare con un semplice abito verde scuro senza fronzoli. Non che ne avesse bisogno. Non era destinata a catturare l'attenzione di un duca, dopo tutto.

«Sei bellissima. Devo chiamare Perdy per acconciarti i capelli?»

Charity inarcò un sopracciglio. «Voglio parlarti. Fallo tu.»

Helena la fissò per un attimo. Non riusciva a capire se Charity si comportava così in un impeto di potere o se era davvero così egoista da non rendersi conto della posizione in cui metteva Helena. Cosa ci fosse dietro le sue richieste aveva poca importanza, ovviamente. Helena doveva obbedire in un modo o nell'altro.

«Molto bene, anche se dubito che sarò brava come la tua cameriera» disse, e contenne a malapena un sospiro mentre si infilava qualche forcina tra le labbra e prendeva la spazzola e il pettine di Charity.

«Comunque, non ci sono solo duchi» disse Charity, riprendendo quasi allo stesso punto in cui si era interrotta un attimo prima. «Papà non sta lasciando perdere gli altri, a dispetto di quel che dice. Mi ha fatto fare visita al Conte di Grifford due giorni fa, te l'ho detto?»

Helena scosse la testa e bofonchiò come poté con le forcine in bocca: «No, non credo che quel nome sia venuto fuori.»

«Oh, Helena» disse Charity con un sospiro. «È... vecchio.»

Helena raccolse insieme alcune ciocche di capelli e le trattenne con una forcina. «Quanto vecchio?»

«Vent'anni più di me» rispose Charity con una smorfia. «Insomma, è nobile. E ammetto che non è del tutto orribile. È piuttosto affascinante, in realtà, per un uomo della sua età. Però...»

Non per la prima volta, Helena sentì una fitta di pietà per sua cugina. Charity aveva poca scelta sul suo futuro, quasi come Helena. E anche se Charity era frivola e a volte anche scortese, di base non era una persona terribile. Era stata semplicemente viziata; Helena l'aveva osservata per anni. E per una persona abituata ad avere tutto ciò che voleva, essere trasformata in una merce di scambio doveva essere stato un enorme shock.

«Be', sembra che Zio Peter abbia in mente dei duchi, quindi forse vede Lord Grifford solo come una soluzione di riserva.»

«Immagino di sì.» Charity sporse il labbro inferiore facendo il broncio per un attimo prima di raddrizzarsi. «Ci saranno alcuni buoni partiti stasera. I Duchi di Sheffield e Tyndale, dice. Non ho ancora incontrato Tyndale, anche se ho sentito che è piuttosto bello. Un po' malinconico, a quanto dicono. Ma Sheffield è molto bello.»

Helena a momenti si strozzò con le forcine tra le labbra, così le tolse di bocca prima di parlare di nuovo. «Suppongo che nessuno possa negare che lo sia.»

«Oh, dai, Helena» sbottò Charity. «È ovvio che pensi che sia bello, altrimenti non avresti fatto in modo di trovarti da sola con lui.»

Helena rimase a bocca aperta. «Non ho fatto proprio niente! Come ho detto a te e a zio Peter almeno una dozzina di volte, ho semplicemente sbagliato strada e mi sono trovata nello studio di quell'uomo! È stato un errore, tutto qui.»

Charity non sembrava del tutto convinta. «Può darsi. Ma ti consiglio di fare attenzione, Helena. A papà non piace essere... *provocato*.»

Helena si accigliò. «Non... non so cosa intendi dire.»

Invece lo sapeva. Sapeva che suo zio non le voleva bene. L'aveva portata con loro perché era tirchio e voleva una dama di compagnia da non dover pagare. Ma se fosse uscita dal ruolo che le aveva assegnato, sapeva che ci sarebbero state delle conseguenze.

Charity si alzò in piedi scrollando le spalle. «Se non fai niente di male, non ci sarà niente di cui rendere conto, suppongo.» Si avvicinò allo specchio, girandosi per ammirarsi da ogni lato. «Be', sono molto carina nonostante le tue scarse capacità con i capelli. Accalappierò un duca nonostante tutto. Se non Sheffield, forse il suo amico o uno degli altri. Sono tutti uguali in fondo.»

Passò accanto a Helena e uscì. Quando se ne fu andata, Helena emise un profondo sospiro e si fissò allo specchio.

«No» sussurrò. «Non sono affatto tutti uguali.»

Poi seguì Charity sulla strada verso la prossima tappa del suo viaggio. Un viaggio che sperava, per il suo bene, non la mettesse troppo sulla strada di un uomo che era completamente fuori dalla sua portata.

Se Helena aveva sperato di non finire sulla strada del Duca di Sheffield, i suoi sogni si infransero appena arrivò a casa di Charlotte ed Ewan. Mentre salivano le scale, lei dietro e suo zio e sua cugina davanti, lo trovò nel foyer con la sua famiglia a salutarli.

Il cuore di Helena, apparentemente scollegato da tutte le promesse che la sua mente le aveva fatto, cominciò a palpitare come se fosse l'eroina di uno dei suoi libri.

Non era una sensazione spiacevole. Osservò Charlotte ed Ewan stringere la mano alla sua famiglia. Quando fu il turno di Helena, la duchessa la attirò a sé per un breve abbraccio.

«Siamo così felici di vederti!» giubilò Charlotte. «Ti ricordi di Donburrow, vero?»

Helena si voltò, alzò lo sguardo e incrociò gli occhi del duca, robusto ed estremamente bello. Lui sorrise, un'espressione calorosa e accogliente, e poi fece un gesto, che Charlotte tradusse: «Siete la benvenuta, Miss Monroe. Mia moglie vi ha scelto come amica e non si sbaglia mai con le persone.»

Helena arrossì, non solo per il caloroso complimento, ma per il fatto stesso di essere con Charlotte e Ewan. Stavano così vicini l'uno all'altra, esibivano la loro sintonia non solo apertamente, ma con orgoglio. Persino il loro linguaggio dei segni, quello che collegava Donburrow al resto del mondo, era qualcosa di molto intimo. Per un istante si trovò ad essere gelosa della sua nuova amica e dell'amore che aveva trovato.

Gli sorrise e si costrinse a dire: «Sono molto felice di essere qui, Vostra Grazia. Grazie per averci invitato.»

Passò al prossimo membro della famiglia della fila, la madre di Baldwin, la Duchessa di Sheffield. Suo zio aveva appena terminato di salutare la gentildonna, e lanciò a Helena uno sguardo curioso che le fece venire un nodo allo stomaco. Il caloroso benvenuto di Charlotte aveva ovviamente suscitato l'interesse di suo zio. Forse avrebbe dovuto confessare alla sua amica di non aver detto allo zio del loro incontro.

Sarebbe stato interessante vedere la reazione di Charlotte a quella notizia.

«Buona sera, signorina Monroe» disse la Duchessa di Sheffield, prendendole la mano con gentilezza. «Siamo molto felici di avervi qui con noi.»

Helena deglutì a fatica mentre esaminava la bella donna davanti a lei. Baldwin aveva i suoi occhi, caldi, scuri e castani. Ma come aveva notato nel figlio, anche sua madre sembrava... turbata. Cos'era che li rendeva entrambi così ansiosi?

«Buona sera, Vostra Grazia» salutò Helena mettendo da parte la sua curiosità. Non era un sentimento opportuno con questa estranea che non le doveva nulla. Per la duchessa, lei era poco più di una serva e avrebbe fatto bene a ricordarlo, che Charlotte e le sue amiche fossero aperte con lei o meno.

E ora mancava Baldwin. Il maggiordomo di Donburrow stava già scortando suo zio e sua cugina in un salotto per bere qualcosa prima di cena. E gli altri avevano cominciato a seguirli, chiacchierando tra loro.

Lei restò, per un breve attimo, da sola con Sheffield.

Lui la fissava in viso con un'espressione seria, per cosa non lo sapeva. Ma Helena arrossì sotto il suo sguardo intenso.

«Buonasera, Vostra Grazia» riuscì a farfugliare.

Lui inarcò un sopracciglio. «Helena. Sono felice che tu sia venuta.»

«Come si fa a rifiutare un invito della Duchessa di Donburrow?» disse lei con una risatina.

«Non si può» concesse lui, e il suo viso finalmente si rilassò in un sorriso. «Giusta osservazione.»

Il duca esitò e poi le porse il braccio. Helena trattenne il fiato. Un duca che accompagnava una dama di compagnia non poteva essere opportuno, ma negarsi a quello stesso duca sembrava un gesto ancora più maleducato. Così allungò la mano e gliela fece scivolare nell'incavo del braccio.

La reazione fu immediata. Incandescente. Inaspettata. Era la prima volta che si toccavano, e la consapevolezza del contatto le provocò una scossa che la attraversò da capo a piedi mentre il calore del suo corpo la avvolgeva. Profumava di quello stesso calore, un profumo coriaceo che le mise lo stomaco sottosopra e le fece tremare le gambe. E il suo braccio, buon Dio, era forte. Le sembrava di stringere una barra d'acciaio e non si era mai sentita così... al sicuro in vita sua.

Sbatté le palpebre quando entrarono nel salone e lo lasciò andare immediatamente. Non era giusto né opportuno.

E di sicuro non portava a un esito che potesse auspicarsi. Baldwin stava cercando una sposa tra le gentildonne. Nel migliore dei casi lei era una serva. Nel peggiore... be', non lo avrebbe mai saputo. Tuttavia, il suo passato le precludeva le attenzioni del duca.

«Grazie» balbettò, e si allontanò da lui andando dall'altra parte della stanza senza voltarsi indietro. Camminò alla cieca, cercando di trovare un angolo tranquillo dove potersi nascondere fino a quando non fosse stata chiamata da sua cugina. Un posto dove poter calmare il suo cuore palpitante e distruggere con cura tutti i pensieri inopportuni che la stavano tormentando.

Invece, sentì la voce di Meg emergere dal chiacchiericcio sommesso degli altri. «Helena!»

Si voltò verso di lei, e non riuscì a trattenere un sorriso quando Meg le si rivolse con un'espressione raggiante, facendole cenno di unirsi a lei, a suo marito e a un altro bell'uomo. Andò da loro, sforzandosi di apparire serena.

«Buona sera, Meg, e Vostra Grazia.»

Il marito di Meg agitò la mano. «Non così, ti prego. Se lei è Meg, io sono Simon.»

Helena rimase sbalordita. «Davvero non capisco il vostro gruppo. Mio zio mi ha detto chiaro e tondo di non essere mai troppo informale con chi ha un titolo. Eppure mi dite di chiamarvi tutti per nome e di darvi del tu. Se non state attenti, mi ritroverò decapitata quando chiamerò il vostro principe reggente "George".»

Simon si mise a ridere. «Oh no, mia cara, devi chiamarlo Prinny. Lo chiamiamo tutti così.»

«Suppongo che siamo più informali di altri» disse l'altro uomo del loro piccolo gruppo. «Probabilmente perché gli uomini della nostra cerchia sono stati amici molto più a lungo di quanto chiunque di noi abbia mai pensato al titolo. Simon è sempre stato

Simon per me. Quando lo chiamano Vostra Grazia, mi vengono i brividi.»

«Posso presentarti la signorina Helena Monroe?» disse Meg con un sorriso. «Sempre che tu non abbia già conosciuto il Duca di Tyndale.»

«O Matthew, se vogliamo essere informali» disse il gentiluomo prendendo la mano di Helena e portandosela alle labbra per un breve bacio sulle nocche guantate. «E non ci siamo già conosciuti, ma ho sentito parlare molto di voi, signorina Monroe.»

Helena sbatté le palpebre. Erano tutti così gentili. Si sentiva benvenuta. Era bello e strano allo stesso tempo.

«Vostra Grazia» cominciò. «Santo cielo, è difficile, siete un intero gruppo di Vostre Grazie. Immagino che sarebbe molto più facile usare i nomi di battesimo.»

«Giusto» disse Matthew. «Ma se chiamarmi con il mio nome di battesimo è troppo seccante, accetto anche Tyndale.»

«Forse sarebbe meglio» disse Helena arrossendo. «Posso solo immaginare cosa direbbe mio zio se sapesse che Baldwin e tutti i suoi amici mi hanno chiesto di chiamarli per nome.»

Sentì le parole uscirle di bocca e dovette fare uno sforzo per non tapparsi le labbra con la mano. Specialmente quando Tyndale inarcò leggermente il sopracciglio davanti al suo lapsus.

Ma prima che dovesse dire altro, il maggiordomo apparve sulla porta, suonando un campanellino per comunicare che la cena era servita. Gli altri cominciarono ad uscire, ed Helena aspettò per seguirli, ma con sua grande sorpresa, Tyndale le offrì il braccio.

«Charlotte mi ha detto che saremo seduti vicini stasera. Posso scortarvi?»

Lei annuì, perché non poteva rispondere diversamente, e gli prese il braccio. Ma mentre si avviavano a lasciare la stanza, non poté fare a meno di notare che Baldwin li stava osservando, anche se aveva sua cugina al braccio. E non sembrava troppo contento di ciò che vedeva.

～

Helena si sorprese a fissare Baldwin a capotavola per la decima volta da quando era iniziata la cena, e si costrinse a concentrarsi sul suo piatto. Non aveva il diritto di guardarlo. Nessun diritto di chiedersi di cosa stesse parlando con Charity. In un mondo perfetto, almeno per la sua famiglia, lui avrebbe sposato sua cugina.

Un pensiero che le faceva rivoltare lo stomaco.

«Sembrate angustiata, signorina Monroe.»

Alzò di scatto la testa e trovò Tyndale che la fissava attentamente. Scosse subito la testa. «Oh no, certo che no, io...»

Il duca si sporse in avanti. «Conosco l'angustia, signorina Monroe, è inutile negarlo.»

Lei si schiarì la gola e scrollò le spalle. «Suppongo che abbiamo tutti dei problemi.»

Lo sguardo del duca scivolò verso la fine del tavolo. «Suppongo di sì.»

Helena seguì il suo sguardo e aggrottò la fronte. Baldwin aveva un'espressione del tutto accettabile mentre ascoltava sua cugina che blaterava incessantemente, ma c'era qualcosa nei suoi occhi. Sembrava preoccupato e distante.

Scosse la testa. «Sapete che cosa angusti *lui*?»

Tyndale si appoggiò allo schienale. «Sembra che capiate molto bene il mio amico dopo una così breve conoscenza. Lo chiamate per nome, vedete che c'è qualcosa nei suoi occhi che non sembra... a posto.»

Helena trattenne il fiato e guardò di nuovo Tyndale. La stava osservando con un'espressione inoppugnabile ma gentile, così come lui sembrava essere molto gentile.

«Non sapevo chi fosse la prima sera che l'ho incontrato» si ritrovò a dire e provò sollievo nel dire qualcosa di vero dopo tutte le settimane passate con suo zio e Charity. «Sono sicura che mi abbia trovato molto sciocca. Ma fu molto... attento nei miei confronti. E ammetto che non lo provavo da molto tempo. Ma ora sono troppo sfacciata.»

«Sono stato io a fare la domanda» disse Tyndale scuotendo la testa. «Mi interessava la risposta, dopotutto.» Sembrò studiarla per un attimo, poi aggiunse: «Avete chiesto perché è angustiato. Non lo so. Non si confida molto. Una volta lo faceva, un tempo. Ma dalla morte di suo padre... be', lo ha cambiato.»

Helena cercò di non guardare Baldwin. «Suppongo che fosse inevitabile. Ha una grande responsabilità.»

«Forse più di quanto sappiamo» rifletté lui. «Vorrei che avesse un amico a cui rivolgersi, ma a tutti quelli che gli sono vicini nega di avere dei problemi. Se solo potesse confessare quei problemi ad alta voce, mi chiedo se gli sarebbe di aiuto.»

Helena considerò quell'idea. Doveva credere che fosse vero. A volte avrebbe voluto urlare i suoi problemi ai quattro venti. A volte desiderava un confidente che la stesse a sentire, che la *ascoltasse* e basta.

I servitori portarono via gli ultimi piatti da dessert e Helena si alzò con gli altri. Matthew le sorrise e le offrì il braccio una seconda volta. Helena arrossì. «Spero di non aver parlato a sproposito.»

Lui scosse la testa. «Niente affatto.»

La condusse fuori dalla sala da pranzo e giù per un lungo corridoio fino al salotto dove era iniziata la serata. Erano stati disposti dei tavoli per i giochi, e nel camino ardeva un fuoco vivace davanti al quale era stato posizionato uno schermo per giocare a ombre cinesi più tardi.

Matthew la liberò e le strinse la mano. «Grazie per la compagnia, signorina Monroe. Ho apprezzato molto la nostra chiacchierata durante la cena.»

Helena annuì, perché doveva farlo. Fino alla fine, era stato molto piacevole. Tyndale era stato di buona compagnia. Solo che non... voleva stargli vicino come voleva stare vicino a Baldwin. Non che nessuno dei due fosse nella sua sfera.

Tyndale si allontanò, e lei fece un bel respiro godendosi il suo primo momento da sola quella sera. In quel momento sua cugina si avvicinò a Tyndale con passo leggero per parlargli. Suo padre era a portata di mano, quindi Helena non pensava che avrebbe dovuto farle da dama di compagnia. Si avvicinò alla finestra e rimase lì, a fissare la notte nera come l'inchiostro.

«Salve.»

Si irrigidì quando sentì la voce di Baldwin, proprio accanto a lei. Voltandosi, gli rivolse il sorriso più smagliante che le riuscì a dispetto del cuore che le batteva all'impazzata. «Vostra Grazia.»

Lui ricambiò il sorriso, ma ancora una volta Helena scorse quel lampo di preoccupazione nel suo sguardo. Insieme a qualcosa di più oscuro, più intenso. Per reazione le venne un nodo allo stomaco, e cercò qualche argomento, qualsiasi argomento, per far diminuire un po' quella strana attrazione.

«Vostra sorella sembra molto soddisfatta» proruppe.

Baldwin la fissò un altro istante, poi il suo sguardo scivolò fino a Charlotte, dall'altra parte della stanza. Era in piedi accanto a Ewan e chiacchierava con Emma e James.

«Sì» confermò lui, con un tono un po' distante. «E ne sono felice. Non ha avuto un periodo facile. Il suo primo matrimonio fu combinato e credo sia stato piuttosto vuoto. Ma Ewan è il suo primo e più grande amore.»

«Davvero?» chiese lei, e guardò i due sposi.

Baldwin sorrise dolcemente. «Lei lo ama da quando aveva sette anni, credo, e lui non era molto più grande.»

«Cosa li ha tenuti separati?» chiese Helena, poi scosse la testa. «Santo cielo, sto passando l'intera serata a parlare a sproposito. Mi scuso, Vostra Grazia.»

Lui le lanciò un'occhiata. «Be', non so che cosa abbiate detto a sproposito prima da richiedere un'assoluzione. Suppongo che dovrete parlarne con... presumo Tyndale.» C'era qualcosa di fragile nel suo tono mentre pronunciava il nome del suo amico. «Ma non sono offeso dalla domanda e dubito che lo sarebbe anche Charlotte.

Lei e Ewan sono aperti su queste cose. Non è che il suo mutismo sia un segreto.»

Helena sbatté le palpebre. «Capisco.»

«A Charlotte non importava, naturalmente» continuò Baldwin. «Ma Ewan fece a lungo resistenza e rischiò di perderla. Per la seconda volta.»

Helena fece un lungo respiro. «È un bene che non sia successo. Che siano riusciti ad abbattere i muri che li separavano. Alcune barriere non sono così facili da superare.»

L'espressione di Baldwin cambiò appena e annuì, diventando all'improvviso molto solenne. «Infatti. Ma sono perfetti l'uno per l'altra. Di sicuro non devo preoccuparmi, con mia sorella così ben accasata.»

Helena lo guardò. Ancora una volta fu colpita da quanto sembrasse sconsolato. Oh, era chiaro che era felice per sua sorella, ma non riusciva a nascondere quella nota leggermente malinconica nella sua voce.

Deglutì a fatica, la pena che provava per qualsiasi cosa lo stesse angustiando era più forte di tutto in quel momento. «Sembrate... turbato» disse lei. «Vi piacerebbe... fare una passeggiata con me?»

Lui sbatté gli occhi. «Non spetterebbe a me, chiedere di fare una passeggiata?»

Helena rimase senza fiato quando si accorse di quanto fosse impertinente la sua proposta. «Mi dispiace. Se non...» Fece per allontanarsi, ma lui allungò la mano e le prese il gomito.

«Volete fare una passeggiata con me, signorina Monroe?»

La sua voce era così bassa, quasi ipnotica, e lei si ritrovò ad annuire. «Sì» sussurrò.

Baldwin sorrise e le prese il braccio. Mentre si avviavano verso la porta, diede un'occhiata alle sue spalle. «Bene» disse. «Sono tutti così impegnati che non si accorgeranno nemmeno della nostra sortita. Questo significa niente sguardi o spiegazioni imbarazzanti.»

Helena si sentì venire leggermente meno il sorriso. Anche se era felice per le sue stesse ragioni, non le piaceva l'idea che il duca sentisse di dover sgattaiolare via con lei. Ma in fondo, perché no? Lei non era, dopo tutto, il tipo di donna da corteggiare.

E doveva ricordarselo, anche se toccarlo le faceva battere più forte il cuore e le faceva sembrare la vita un po' più luminosa.

CAPITOLO OTTO

«Dove andiamo?» chiese Helena cercando di mantenere un tono brillante dopo che il silenzio tra loro si era allungato troppo.

Baldwin continuò a condurla attraverso i tortuosi corridoi della casa. «Ewan e Charlotte hanno un giardino bellissimo sul retro» disse. «Con una fontana che, a quanto si dice, il Reggente stesso cercò di sgraffignare quando Ewan ereditò il suo titolo. L'ha tenuta perché una volta Charlotte ha detto che le piaceva. È stato molto tempo prima che si sposassero.»

Helena sorrise mentre la conduceva fuori dalla porta d'ingresso per immettersi su un sentiero che portava al giardino. Alla luce della luna, tutto sembrava morbido e quasi onirico, dalle siepi perfettamente curate alle graziose panchine di pietra e alle lanterne che non erano state accese visto che non ci si aspettava che degli ospiti sarebbero sgattaiolati fuori.

«Lo conoscete davvero da molto tempo.»

Baldwin annuì. «Sì, è così. La famiglia di Matthew era molto vicina alla nostra, e Ewan era suo cugino e poi fu preso in affido dalla famiglia di Matthew. Trascorrevamo tutte le estati insieme.»

«Ed è così che avete fondato il vostro club di duchi?» chiese lei, pensando alla dichiarazione di Charity di prima.

Lui le lanciò un'occhiata. «Si è sparsa la voce, vero?»

Lei rise. «È un fatto che rimane impresso nella mente.»

Baldwin sospirò, ma fu un sospiro di piacere piuttosto che di tristezza. «È vero, la nostra piccola cerchia di amici sono tutti duchi. O lo saranno. Kit... ehm, il Conte di Idlewood non ha ancora ereditato. Credo che possiate esservi incontrati al mio ricevimento la settimana scorsa.»

Helena annuì. «Mi ricordo di lui e di suo padre. Molto gentili.»

«È vero.» Il cipiglio di Baldwin si fece più profondo, poi sembrò scrollarsi di dosso la malinconia. «Ma non fummo noi tre a fondarlo. Sono stati James, Simon e Graham. Ci hanno semplicemente trascinato tutti dentro.»

«Siete tutti così uniti» osservò Helena scuotendo la testa mentre pensava a quegli uomini. Quelli che aveva visto insieme erano quasi come fratelli. «Lo invidio.»

L'espressione di Baldwin si irrigidì, ma prima che lei potesse chiedergli perché, le fece fare un'ultima curva nel labirinto di siepi e a quel punto Helena restò senza fiato. Lì, al centro del giardino, c'era una splendida fontana di marmo con una dama greca mezza svestita che versava acqua da una brocca.

Helena si allontanò da Baldwin e andò verso la meraviglia spumeggiante davanti a lei. «Oh, è bellissima. Ha un viso così... così incantevole.»

«Sì.» La voce di Baldwin arrivò piano. «Bellissima.»

Helena si sentì avvampare le guance e non osò voltarsi per paura di trovarlo a guardare lei e non la statua. E per paura di quello che avrebbe potuto fare dopo. Lì fuori, avvolti dal buio e dal silenzio, al chiaro di luna, tutto sembrava possibile.

«Hai nostalgia dei tuoi amici in America» disse lui, un'affermazione, non una domanda.

Lei continuò a guardare la statua, anche se il piacere nell'ammirarla si affievolì un po'. «Da dove viene questa idea?»

«Perché hai detto che invidiavi i miei amici. Così ho pensato che ti dovessero mancare i tuoi.» Le si avvicinò e fissò il volto perfettamente scolpito della statua.

Eppure, Helena percepì la sua tensione. Stava aspettando la sua risposta. Deglutì. «Avevo una cerchia di amiche a Boston» disse lei, e lacrime improvvise le bruciarono gli occhi. «Ma ci siamo allontanate negli ultimi anni.»

Ricordava ancora come la sua migliore amica le aveva voltato le spalle dopo la sua caduta. Era un momento che non avrebbe mai dimenticato.

Baldwin si voltò verso di lei con un'espressione improvvisamente curiosa. «Suppongo che succeda» disse dolcemente. «Quando le nostre vite cambiano.»

Era troppo vicino ora. Troppo vicino e troppo caldo nell'aria fresca della tarda primavera. Si ritrovò protesa verso di lui, il suo corpo faceva ciò che voleva piuttosto che ciò che era prudente. Si fermò e si allontanò.

Con sua grande sorpresa, Baldwin la seguì, riducendo la distanza che aveva creato. Helena si sentì un nodo in gola e il mondo cominciò a girarle intorno mentre fissava il suo bel viso. Il suo viso così bello e irraggiungibile.

«Baldwin» sussurrò con voce soffocata.

Lui mormorò qualcosa sottovoce e poi allungò la mano, le afferrò il braccio e la attirò contro di sé. Il petto di Baldwin era solido come la roccia e il suo corpo vi si modellò contro come se fosse stato fatto apposta. Avrebbe potuto allontanarsi, probabilmente avrebbe dovuto, ma invece gli afferrò i bicipiti, ancorandosi a lui.

La sua bocca si abbassò con una lentezza straziante. Quando Helena sentì il suo respiro caldo sulle labbra, sussultò, e fu in quel momento che lui rivendicò la sua bocca. Quello che era iniziato come un bacio gentile sfuggì rapidamente di mano. La circondò con le braccia, attirandola ancora più vicino, e le accarezzò la bocca con la lingua.

Il suo mondo si fermò. Cessò di esistere sostituito dalla sensazione del suo corpo sodo contro quello morbido di lei, del suo sapore, dell'odore della sua pelle. Le affondò la lingua in bocca con finezza e una perfetta combinazione di comando e gentile persuasione.

Lei non poté fare a meno di rilassarsi. Erano secoli che non veniva baciata, e mai così. Mai così... a fondo. Gli si aprì e intrecciò la lingua con la sua. Baldwin emise un suono roco nel profondo della gola e sfregò i fianchi contro i suoi.

Helena si inarcò contro di lui, sollevandosi per avvolgergli le braccia intorno al collo mentre si sforzava di riacquistare controllo e di avvicinarglisi ancora di più in qualche modo.

Ma all'improvviso come l'aveva presa tra le braccia, Baldwin si staccò. La sostenne perché non cadesse, poi si allontanò di alcuni passi, passandosi le mani tra i capelli. Lei lo guardò, desolata e confusa e in parte grata per la sua discrezione quando lei non ne aveva avuta nessuna.

«Mi spiace infinitamente Helena» disse alla fine, voltandosi verso di lei.

Tutto sembrava quasi magico al chiaro di luna e il suo cuore palpitava dal desiderio. Un desiderio che non aveva mai provato prima e che la rendeva più coraggiosa di quanto fosse. Giunse le mani davanti a sé, sfregandole tra loro mentre sussurrava: «Davvero? Suppongo che sarebbe molto sfacciato da parte mia dire che a me non dispiace.»

Baldwin spalancò gli occhi e un'espressione di puro desiderio gli attraversò il viso spigoloso. «No, sarebbe onesto.» Chinò la testa. «L'onestà è un bene prezioso in cui sono tristemente carente.»

Lei lo fissò, confusa e incuriosita. «Non riesco a immaginare che tu non sia onorevole o onesto.»

Baldwin scoppiò in una risata priva di allegria prima di voltarsi. «Nessuno riesce a immaginarlo. È così che sono riuscito a farla franca per così tanto tempo. Ed eccomi qui, nel giardino di mia sorella, a sedurti davanti alla fontana e tu non hai idea di chi io sia.»

Helena non poteva negare di essere coinvolta dal suo dolore. Dal conflitto interiore così evidente in ogni muscolo teso del suo corpo. Gli si avvicinò, muovendosi in modo che lui non potesse evitare di guardarla. Allungò il braccio, esitante, e gli prese una mano.

«Cosa c'è?» sussurrò. «Non puoi dirmelo?»

Lui sembrò riflettere un attimo, poi annuì. «Se devo cercare di sedurti in giardino e poi allontanarmi, suppongo che meriti di sapere perché.» Esitò, e lei lo vide sbiancare. Poi Baldwin sfilò la mano dalla sua e disse: «Quello che devi capire, Helena, è che io non ho *niente*.»

Baldwin sentì le parole uscirgli di bocca, parole che erano rimaste inespresse per molti anni. Eppure non riusciva a fermarle. Guardava questa donna, questa bella donna che lo affascinava, e *voleva* dirle la verità. Aveva bisogno che lei capisse perché quello che avevano appena fatto, quel bacio stupefacente, era impossibile.

Forse doveva ricordarlo anche a se stesso.

Osservò la sua reazione, ma la sua espressione rimase passiva, aperta, pronta ad accettare piuttosto che a giudicare, e questo lo spronò. Non che avrebbe potuto fermarsi. Dirlo ad alta voce aveva spalancato porte che aveva cercato di tenere chiuse per anni.

«Non lo sa nessuno» continuò, mettendosi a sedere sulla panchina di fronte alla fontana. «Nemmeno mia madre comprende la reale entità del danno alla nostra posizione, anche se ne è in parte consapevole.»

Helena prese posto accanto a lui. «Com'è successo?»

Baldwin fece una smorfia. «È una lunga storia.»

«Non c'è bisogno che me la racconti se non vuoi» disse lei. Allungò il braccio e gli mise la mano sopra la sua. «Sono un'estranea, dopo tutto.»

«Dopo quel bacio, direi che sei molto di più» pensò lui, guardando le dita pallide di lei intrecciarsi con le sue. «Il nocciolo della questione è questo: mio padre ci amava, è innegabile, ma era egoista. Giocava d'azzardo e perdeva. Lo guardavo farlo e mi si rivoltava lo stomaco. Ma era sempre rassicurante, lasciava credere sempre che avevamo più che abbastanza perché le sue stupide decisioni avessero conseguenze. E quando morì...»

Si interruppe scuotendo la testa. Helena annuì lentamente. «Hai scoperto la verità.»

«Sì» sussurrò lui. «Ero già in lutto per il padre che amavo, oppresso dal dolore e dalla responsabilità, e poi ho cominciato a trovare i libri mastri.»

«I libri mastri?» ripeté lei.

«A dozzine, tutti concepiti per nascondere una bugia o un'altra, un debito o un altro.» Pronunciò quelle parole con un groppo in gola. «Per sei mesi, man mano che esaminavo il contenuto del suo ufficio, ogni singolo giorno portava qualche nuovo incubo. I creditori venivano alla porta e io ero impegnato in una partita a scacchi con un morto. Ogni mossa mi portava più vicino al mio destino.»

«Dev'essere stato devastante» disse lei.

«Assolutamente sì. Ma io... ho peggiorato le cose, Helena. *Io*.»

«Come?» gli chiese aggrottando la fronte.

«Uno degli uomini a cui mio padre doveva dei soldi, mi ha avvicinato con una proposta. Giocare ancora d'azzardo per saldare il debito. Io ero contrario. Ormai mi veniva la nausea solo a pensarci. Ma sentivo di non avere scelta, così giocai e vinsi. Quel piccolo debito fu cancellato. Fu inebriante.»

Smise di parlare e piegò la testa mentre veniva travolto dalla vergogna. Non poteva dire cosa aveva fatto dopo, non lo aveva mai fatto. Non lo aveva raccontato a nessuno, nemmeno a sua madre.

Helena gli scostò una ciocca di capelli dalla fronte. «Hai giocato ancora» disse lei dolcemente, completando il discorso che lui non riusciva a fare. «Hai cercato di riparare il danno usando gli stessi strumenti con cui tuo padre lo aveva creato. E presumo che non sia andata bene.»

Lui annuì senza guardarla. «No. Anche se ho saldato alcuni debiti, ne ho contratti altri. Ho smesso dopo qualche mese, ma il danno era fatto. Da lui. E da me.»

Le sfuggì un sospiro tremolante il cui suono echeggiava quello che Baldwin aveva sempre in testa. «Dev'essere terribile per te.»

Quando finalmente osò alzare lo sguardo, la trovò che lo fissava. Helena era sensibilità e sostegno personificati. Ma non aveva ancora finito.

«Ti dico questo, non per suscitare la tua solidarietà» disse lentamente. «Ma perché devo. Non sono il tipo d'uomo che va in giro a baciare giovani donne in un giardino. Normalmente non sarei così avventato, ma dal momento in cui ti ho vista sulla terrazza al ballo, sono stato attratto da te. Quando ti guardo voglio... be', *voglio*. Ma ci sono ancora debiti insoluti che non riesco nemmeno a trovare e un futuro che può essere risolto solo in un modo. Quindi non... non posso assecondare i miei desideri. Devo fare quello che occorre, che io lo voglia o meno.»

Helena spalancò leggermente gli occhi, e annuì. «Devi sposarti per soldi.»

Baldwin avrebbe voluto urlare dal dolore a quelle parole. Voleva distogliere lo sguardo dal disgusto che di lì a poco le avrebbe inondato il viso. Solo che non successe. L'espressione di Helena rimase calma e indecifrabile.

«Sì» le confermò con voce soffocata.

«Hai un peso enorme sulle spalle» sussurrò lei, accarezzandogliene una.

«In gran parte ce l'ho messo io. È colpa mia.»

«Non del tutto» gli ricordò lei, stringendo la presa sul suo braccio. Lui la fissò, e per un attimo una minuscola frazione del peso che portava si attenuò. Poté respirare di nuovo.

Ma non poteva durare. «In ogni caso, il risultato è lo stesso.»

Lei rimase immobile, e poi lentamente fece scivolare via la mano, con suo enorme dispiacere. «Capisco. Devo confessarti che non mi piace.»

«No?» sussurrò lui.

Helena sorrise, un'espressione triste e contenuta che lo colpì allo stomaco. «Se la mia reazione al bacio non è stata chiara, lascia che te lo spieghi. Anch'io *voglio*, Baldwin. Sono rimasta scioccata dalla profonda sintonia che ho sentito con te, anche dopo quella prima notte. Ma conosco la mia posizione da molto tempo. Non ho mai pensato di poterla migliorare. Non era questo il mio scopo nel venire qui. Quindi sembra che dovremo essere solo... *amici*.»

Quella gentile offerta gli causò una fitta di dolore da capo a piedi. Un'offerta che non meritava, ma che significava tanto per lui. «Sarei onorato di essere tuo amico, Helena Monroe.»

Lei si alzò in piedi e lui la imitò. Gli infilò la mano nell'incavo del braccio e gli sorrise. Sapeva che era un sorriso falso. Vedeva il dolore che nascondeva. Rispecchiava il suo, ma cosa poteva fare? La vita non era giusta.

Lo sapeva molto bene.

«Allora saremo amici» disse lei, e fece cenno alla casa. «Sarà abbastanza.»

Lui annuì mentre cominciava a riportarla in casa, e alla festa. Ma ad ogni passo, sentiva la pressione delle sue dita intorno al bicipite. Il calore del suo corpo accanto a lui. Sentiva il sollievo che la confessione gli aveva dato. Non una confessione a chiunque, ma a *questa* donna che aveva ispirato la sua fiducia con tanta facilità.

E sapeva che essere sua amica non era abbastanza. Non sarebbe mai potuto essere abbastanza. Ma era l'unica opzione.

CAPITOLO NOVE

«Hai qualche novità da raccontarmi?»

Baldwin stava fissando il suo tè, mescolandolo senza prestare attenzione, ma la voce di sua madre fece breccia nei suoi pensieri nebulosi e alzò di scatto la testa per guardarla. La trovò che lo fissava, con la preoccupazione stampata in volto.

«Novità?» chiese lui. «Riguardo a cosa?»

«È passata una settimana dal ricevimento di tua sorella» disse la duchessa, aprendo e chiudendo le mani visibilmente nervosa. «So che sei andato a qualche ricevimento da allora e io non sono stata a tutti. Mi stavo semplicemente chiedendo se ti fosse piaciuta la compagnia di qualcuna delle nostre… candidate?»

Baldwin esitò prima di rispondere, perché la sua mente era consumata da una sola donna: Helena. Dalla festa di Charlotte, dal loro bacio appassionato in giardino, c'era stata solo lei. E anche se non poteva spiegare tutta la verità a sua madre, quella era una parte importante del motivo per cui non riusciva a concentrarsi su nessun'altra cosa o persona.

«Sai com'è l'inizio della stagione» spiegò sventolando la mano. «Una calca, tutti che si girano intorno. Tra qualche settimana si calmerà e potrò trovare più tempo per accostare ogni damigella una alla volta.»

Sua madre storse le labbra. «Baldwin, sono molto preoccupata.»

Fu travolto dalla tensione, i piacevoli pensieri di Helena alla fine svanirono restando sullo sfondo. «Lo so. Mi dispiace. Non ho alcuna intenzione di non fare ciò che desideri.»

«Certo che no» disse la duchessa, allungandosi per toccargli il braccio. «Non intendevo insinuare il contrario.» Si allontanò, e per un attimo Baldwin pensò che la conversazione fosse giunta al termine. Ma poi sua madre tornò indietro, con un'espressione determinata. «Credo che dovremmo fare una festa in campagna.»

Baldwin si appoggiò allo schienale. «Una festa in campagna? Adesso?»

«Sì» disse lei. «Basterebbe una settimana per i preparativi. Sono solo due giorni di viaggio da Londra per chiunque invitiamo.»

«E tu vuoi avere le tue candidate tutte per te» disse lui, incrociando le braccia e rivolgendole un'occhiataccia.

La duchessa scosse la testa. «Non c'è bisogno di farla sembrare una cosa così inquietante! Non sarebbero sole. Inviteremmo altri ospiti. Invitare solo ereditiere in età da marito sarebbe troppo ovvio. Inviterei i tuoi amici sposati.»

«Molto meno ovvio, certo» sbuffò lui.

Sua madre lo fulminò con lo sguardo. «Ho sentito dire che il Conte di Grifford è tornato a guardarsi intorno dopo la morte della moglie. Potrei invitarlo. È più vecchio e non interferirà con i tuoi obiettivi. E Matthew o Hugh o... be', non Robert. Rovinerebbe tutte le giovani donne con cui entrasse in contatto.»

Baldwin la fissò sgomento. Sua madre non aveva sbagliato nel giudicare Robert, Duca di Roseford. Oltre ad essere un amico leale e una mente incredibilmente brillante, era anche noto per essere un libertino di prim'ordine. Eppure, non ci si aspettava che una gentildonna lo riconoscesse apertamente.

«Intendi invitare gentiluomini che non credi possano intromettersi nei miei vari corteggiamenti» disse.

La duchessa schiuse le labbra. «So che sembra tutto molto mercenario e non mi piace più di quanto piaccia a te. Tua sorella ha sposato l'amore della sua vita. Non sono insensibile al fatto che la vita ti chieda di non poter fare altrettanto.»

Ancora una volta, Baldwin rivide in un lampo immagini di Helena, le sue braccia che lo circondavano mentre gemeva di piacere. Si schiarì la gola. «Molti non sono fortunati come la nostra Charlotte» disse, cercando di sembrare disinvolto.

«Be', come minimo voglio che tu cerchi di capire se ti potrebbe piacere una di queste donne. Sarebbe un inizio.» La duchessa chinò la testa. «Una festa in campagna risolve i nostri problemi.»

Baldwin capì che era determinata e che fare quel che chiedeva le avrebbe tolto un po' di pressione di dosso. Glielo doveva. «Molto bene. Manda un messaggio a Sheffield e spedisci i tuoi inviti alle tue candidate e ai nostri amici. Una settimana in campagna potrebbe farci bene.»

La duchessa sorrise, visibilmente sollevata. «Eccellente. Inviterò le signorine e gli altri di cui abbiamo parlato.»

Baldwin esitò. «Compresa la signorina Shephard?»

Sua madre cambiò leggermente espressione. «Mi rendo conto che hai passato un po' più tempo con le americane che con chiunque altro. Stai dicendo che Charity non ti piace affatto?»

Baldwin deglutì. Non aveva prestato molta attenzione alla cugina di Helena. Cinquantamila sterline o no, non poteva immaginare di corteggiarla con Helena vicino per tutto il tempo. Sembrava pura crudeltà per entrambi.

«Abbi pazienza, caro» disse la duchessa. «Suo padre è un po' prepotente, lo so. In privato, senza che lui interferisca e cerchi di gestire i suoi corteggiatori, la ragazza potrebbe essere più... appetibile.»

Baldwin frugò nella mente, cercando di trovare un argomento contro Charity. Ma l'unico che gli echeggiava in testa era Helena. E non poteva certo spiegarlo a sua madre. Sarebbe rimasta sconvolta dal fatto che avesse trascinato in giardino una ragazza su cui non poteva avere progetti concreti e poi l'avesse baciata. Un altro punto nella lista dei suoi cattivi comportamenti.

«Invitali, ovviamente» disse con un sospiro. «Anche se non vorrei illuderti rispetto alle possibilità di un'unione con Charity.»

Lei annuì. «Capisco. Bene, andrò a scrivere lettere e a fare preparativi. Ti manderò un resoconto di tutti quelli che hanno detto di sì una volta finito.» Lui la riaccompagnò nel foyer, e lei gli diede un bacio sulla guancia mentre Walker chiamava la sua carrozza. «So che è difficile per te, caro» disse lei dolcemente. «Ma ci stai provando ed è tutto quello che ci si può aspettare.»

Baldwin sorrise mentre la carrozza si fermava davanti all'ingresso. «Buon pomeriggio, mamma. Grazie ancora per tutto il tuo aiuto.»

La duchessa si congedò, e lui rimase a guardare mentre la aiutavano a salire in carrozza. Ma mentre la salutava, la sua mente tornò a Helena Monroe. A dire il vero, non gli sarebbe dispiaciuto passare un po' di tempo con lei in campagna. Era l'unica persona al mondo a conoscere fino in fondo il suo segreto. Supponendo di non esserle venuto a disgusto dopo che avesse ripensato a quello che le aveva raccontato di quanto aveva fatto, sarebbe stato bello avere un'amica che capisse veramente la sua posizione.

Anche se quando pensava a lei, alla bella Helena, non era l'amicizia quello che aveva in mente. Il che significava che avrebbe dovuto cambiare atteggiamento. Il più in fretta possibile.

Helena fissò il piatto della cena che non aveva toccato e cercò di costringersi a pensare a qualcosa di diverso dall'argomento che le dominava la mente. Baldwin. Era il suo unico pensiero, il suo unico assillo, il suo unico sogno da sette lunghi giorni. Dalla festa di Charlotte. Dal suo bacio incandescente e dalla sua devastante confessione.

«È arrivato un invito, signore» disse Aniston entrando nella stanza per porgergli una busta piegata su un piatto d'argento.

Suo zio alzò lo sguardo e spalancò gli occhi vedendo il sigillo sul davanti del foglio: una S con un tripudio di grano intorno. Helena strinse più forte la forchetta, perché aveva memorizzato quello stesso sigillo, e lo aveva persino disegnato nelle pagine del suo diario segreto.

Sheffield.

Zio Peter congedò Aniston con fare sgarbato e aprì il foglio rivolgendo un'occhiata penetrante a Charity. «Ecco, ragazza mia, qualcosa da festeggiare. Lo leggerò ad alta voce. *'È richiesta la vostra presenza al ricevimento di campagna del Duca di Sheffield. Sarete nostri ospiti per una settimana a partire da domenica prossima'.*» Gli scintillarono gli occhi. «E c'è di più, ma questa è la parte importante.»

Charity fece scivolare la forchetta lungo il piatto vuoto. «Non so perché dovrei festeggiare. Il Duca di Sheffield non ha mostrato alcun interesse per me alla festa di sua sorella la settimana scorsa. E il suo amico Tyndale è piuttosto bello, ma sembrava più innamorato di *Helena*.»

Helena sobbalzò a quell'accusa così ingiusta. «Charity, ti giuro che Tyndale è stato solo gentile con me. Non ha alcun interesse.»

Suo zio la fulminò con lo sguardo. «Charity ha ragione, però, hai attirato l'attenzione del Duca di Tyndale troppo a lungo. Noi andremo, Charity, perché Sheffield è troppo importante per dirgli di no, e chissà a chi altro potrai esibirti.»

Helena sentì il cuore balzarle in petto. Andare nella tenuta di campagna di Baldwin? Una settimana in sua compagnia? Il pensiero era allo stesso tempo eccitante e straziante dopo il loro ultimo incontro. Eppure desiderava tanto vederlo. Non erano stati a nessun evento insieme nei sette giorni successivi al loro bacio, e voleva vederlo. Chiedergli se si fosse pentito della sua confessione in giardino. Scoprire se poteva aiutarlo in qualche modo, anche se non avrebbe mai potuto intrattenere niente di più di un'amicizia con lui.

«Helena, tu non verrai» disse suo zio con tono aspro interrompendo i suoi pensieri.

Lei si voltò di scatto verso di lui, scioccata. «Che cosa? Zio, non puoi dire sul serio! Sono la dama di compagnia di Charity, è per questo che mi hai portato...»

«Sì, ma da quando siamo qui hai solo dimostrato che tua madre e tuo padre avevano ragione. Stai diventando un peso, e penso che tu debba essere mandata a casa prima di rovinare le chance di Charity come hai rovinato le tue.»

Helena si mise le mani in grembo, pregando che le lacrime roventi che le pungevano gli occhi non cadessero. Suo zio aveva torto quando la accusava a quel modo per il suo comportamento, ma non importava. Nulla importava se non il fatto che lui avesse deciso che lei non era degna e che quella era la fine della storia.

«Papà!» disse Charity, scuotendo la testa. «Non puoi mandare Helena a casa.»

Helena la guardò sorpresa. Charity che la difendeva? Era una novità.

«E perché no?» Zio Peter sbuffò.

Charity incrociò le braccia. «Le dame distinte hanno bisogno di una dama di compagnia. Quanto sarebbe umiliante dover spiegare che abbiamo mandato la mia a casa? Non vuoi che faccia la figura della sciocca, vero? Helena si comporterà bene, specialmente ora che sa che fai sul serio.»

Helena aveva le guance in fiamme, ma non disse nulla mentre zio Peter rifletteva sulle parole di Charity. Alla fine annuì. «Pagare una dama di compagnia sarebbe comunque uno spreco di denaro. Bene, Helena, resterai e verrai con noi. Ma ti concentrerai sui tuoi doveri. È chiaro?»

Helena represse la vena ostinata che era in lei. Quella che voleva urlare a suo zio ciò che era realmente accaduto per causare la sua rovina e quanto valeva come persona. Ma non poteva farlo. Qualsiasi cosa avesse detto sarebbe comunque caduta nel vuoto. A lui non importava nulla di lei.

Raddrizzò le spalle e ricacciò in gola il suo orgoglio. «Certo. Mi... mi scuso per qualsiasi cosa disdicevole tu pensi che io abbia fatto. La mia attenzione è tutta per Charity. Mi comporterò come ti aspetti da me.»

Suo zio annuì e poi si rivolse a Charity per discutere come accalappiare un duca. Helena si rimise comoda sulla sedia con un profondo sospiro. Suo zio e sua cugina non avevano idea di quanto avrebbe dovuto concentrarsi sui suoi doveri se stava per rivedere Baldwin.

Sarebbe stata un'impresa davvero ardua. Una prova che doveva assolutamente superare per sopravvivere.

CAPITOLO DIECI

Non c'era mai stata una settimana che fosse passata così lentamente, soprattutto gli ultimi due giorni che Helena aveva trascorso in carrozza ad ascoltare lo zio che blaterava all'infinito. Ma ora che il veicolo percorreva le lunghe e tortuose stradine della tenuta di Baldwin, non poteva fare a meno di essere eccitata. Lei e Charity guardavano insieme fuori dal finestrino, mentre sua cugina faceva commenti sui graziosi alberi che costeggiavano il viale.

Ma quando la carrozza svoltò, entrambe rimasero a bocca aperta quando la casa della tenuta di Baldwin si erse davanti a loro. Non una semplice casa, però, un castello! Con alte mura di pietra e torrette a completarlo. Era tutto come nelle leggende di Re Artù che l'avevano affascinata da bambina in America.

Chiunque avesse sposato Baldwin sarebbe stata davvero una principessa, sempre che avesse portato abbastanza denaro per tenere a galla il regno.

«Dev'essere ricco sfondato» disse Charity ridendo.

Helena serrò le labbra addolorata. Questa era la visione che Baldwin voleva dare, ovviamente: che la sua situazione era sicura e solida. Lei sapeva che non era così.

«Non avrà nemmeno bisogno dei tuoi soldi, papà» continuò Charity con una risatina.

Zio Peter grugnì con un'espressione cupa e scontrosa, come al solito. «Li prenderà, ne sono sicuro. Ora preparati, stanno venendo ad accoglierci.»

Helena si trattenne, cercando di calmare i palpiti del cuore, mentre i servitori di Baldwin aprivano le portiere e aiutavano a scendere Charity e suo padre. Naturalmente, entrambi iniziarono a salire le scale senza aspettarla, mettendo in chiaro ancora una volta la sua posizione in famiglia. Helena sospirò e sorrise al cameriere che venne ad aiutarla. Infine, si permise di alzare lo sguardo verso l'ingresso in cima alla scalinata.

Vide Baldwin con sua madre, Charlotte e il Duca di Donburrow. Stava parlando con suo zio e Charity, ma le lanciò uno sguardo mentre saliva lentamente le scale, e i suoi occhi scuri la accarezzarono fino a farla avvampare dalla testa ai piedi.

Vederlo era una sensazione potente, come aveva temuto. Riportava a galla tutti i sentimenti che si era detta di poter soffocare. E tutti i ricordi della fiducia che lui aveva riposto in lei e il dolore che aveva visto durante la sua disperata confessione.

Si sforzò di sorridere nella speranza di alleviare le sue preoccupazioni per averle rivelato i suoi segreti. Li avrebbe protetti bene.

Mentre suo zio e sua cugina si allontanavano per salutare la duchessa, Baldwin le venne incontro. «Salve» disse dolcemente.

Helena sorrise di nuovo, ma questa volta si sentì molto più debole. Era impossibile essere forti quando lui era *proprio lì* ed era così dannatamente bello.

«Vostra Grazia» disse lei. «Avete una casa bellissima.»

Baldwin alzò lo sguardo e lei vide quel lampo di preoccupazione attraversargli il volto. Solo che ora sapeva esattamente perché aveva paura. Perché esitava. Perché si accigliava così spesso.

«Grazie, Helena» rispose alla fine. «Sono felice che tu sia potuta venire.»

«Sono felice di essere qui» lo rassicurò.

Avrebbe voluto prendergli la mano. La sua in realtà si contorceva come se volesse muoversi di propria iniziativa, e dovette stringersela al fianco per evitare che accadesse. Baldwin non si mosse, si limitò a guardarla. Il momento si protrasse appena un po' troppo a lungo, e Helena si costrinse ad allontanarsi.

«Helena!» la chiamò Charlotte con un ampio sorriso.

Helena guardò Baldwin un'ultima volta, poi si diresse verso la sua amica. Fu sorpresa quando Charlotte la attirò a sé per un abbraccio e Ewan le strinse la mano con gentilezza mentre chiacchieravano. Ma prima che potesse farsi coinvolgere troppo da loro, zio Peter ringhiò: «Helena, vieni qua. Tua cugina ha bisogno del tuo aiuto!»

«Mi spiace, con permesso» mormorò arrossendo, poi si precipitò su per le scale per mettersi al passo con Charity. Non osò voltarsi a guardare né Charlotte né Baldwin. Temeva che entrambi la stessero osservando. Uno compatendola o addirittura giudicandola. L'altro ammirandola con passione.

Non poteva sopportare né l'uno né l'altro in quel momento.

I domestici li accompagnarono in cima alle scale e in fondo al corridoio. Zio Peter fu portato in una stanza, mentre Charity ed Helena in un'altra. Quando il maggiordomo aprì la porta, Helena sussultò. Era bellissima, con una vista che dava sul vasto giardino e un enorme letto a baldacchino.

«Adatto a una *regina*» ridacchiò Charity quando Walker si scusò e le lasciò da sole per un attimo. Andò dal letto e si buttò sul copriletto fittamente ricamato. «O una duchessa. Questa dev'essere la stanza più bella della casa. Spero che significhi che gli piaccio più di quanto non lasci intendere.»

Helena si agitò. Era davvero una camera bellissima. C'erano molte tonalità di verde nell'elegante arredamento intorno a loro. Era bello e rilassante.

«O forse sei *tu* che gli piaci.»

Helena era alla finestra a guardare il giardino e si bloccò. Deglutì a fatica e cercò di rasserenarsi in volto prima di voltarsi verso sua cugina. «Non ho idea di cosa tu stia parlando. Io piaccio al duca di Sheffield?»

Charity incrociò le braccia. «Non ho detto niente, ma vi ho visti sgattaiolare via insieme dalla festa dei Donburrow la settimana scorsa.»

Helena schiuse le labbra. Il fatto che nessuno avesse notato la loro breve assenza era stato un grande sollievo. Non aveva mai conosciuto Charity come una persona discreta, quindi era scioccata che sua cugina avesse mantenuto quel segreto.

Non poteva essere di buon auspicio.

«Aggiungi quando ti ho trovata da sola con lui nella sua casa di Londra» continuò Charity, contando sulle dita le prove dei peccati di Helena. «Poi oggi, quando sei salita per le scale e lui ti ha salutato? Ho visto una specie di... sintonia tra di voi.»

A Helena batteva il cuore all'impazzata. L'ultima cosa di cui aveva bisogno era che Charity riferisse a suo padre qualsiasi cosa credesse di aver intuito. Suo zio l'aveva già minacciata. Non aveva bisogno che lo facesse un'altra volta.

«Sono certa che ti sei immaginata tutto. È un uomo educato, ecco tutto.» Helena sembrava senza fiato suo malgrado.

Sua cugina la affrontò con occhi che lampeggiavano di fastidio. «Come papà ha detto tante volte, tu sei qui per *me*. Ti ho difeso prima, ma non lo farò più se insisti a metterti dove non dovresti.»

Helena deglutì. «Certo.»

Charity scosse la testa fulminandola con lo sguardo. «Vedo che qui c'è una stanza comunicante. Probabilmente è il mio salottino. Se c'è un divano, puoi dormirci sopra. Non ho voglia di condividere il letto grande. Ora ho intenzione di fare un sonnellino finché non arrivano le mie cose e poi potrai aiutarmi a scegliere i vestiti per la cena di stasera.»

Helena sospirò e si ritirò nel salotto comunicante. «Molto bene.»

Chiuse la porta e fece una linguaccia come avrebbe voluto fare in faccia a sua cugina. Ma non poteva. Si diresse verso il divano che a quanto pareva sarebbe stato il suo letto e ci si sdraiò sopra. Almeno era comodo ed era posizionato in modo da poter vedere fuori dalla finestra a tutta altezza che dava su un altro bello scorcio dei giardini di Baldwin.

Cominciò a pensare mentre se ne stava lì sdraiata a guardare quel meraviglioso mare di verde. In un certo senso, Charity aveva ragione. Helena non aveva il diritto di legarsi a un duca che aveva messo in chiaro che non poteva corteggiarla, anche se entrambi sentivano l'attrazione reciproca.

Ma questo non significava che l'attrazione fosse svanita. L'aveva sentita nello sguardo di Baldwin, nel modo in cui le si era avvicinato sulle scale. Nel modo in cui il suo corpo aveva risposto a lui anche se non voleva.

E non significava nemmeno che lei non sentisse ancora il desiderio di offrirgli sostegno. Visto come aveva custodito gelosamente i suoi segreti, lei era probabilmente l'unica a cui il duca potesse rivolgersi.

Così, nonostante gli avvertimenti di sua cugina e la furia di suo zio, sapeva che a un certo punto, durante questa settimana di ricevimento, avrebbe cercato di incontrare Baldwin. Come amica e confidente.

E non c'era niente che potessero fare per fermarla.

Baldwin non doveva fare altro che stare lontano da Helena. Se lo era ripetuto fin dal loro imbarazzante incontro all'ingresso, quando era mancato poco che la prendesse tra le braccia per baciarla fino a farle mancare il respiro. Quel momento di acuto desiderio era stato un monito del fatto che non riusciva a controllarsi.

Quindi era fondamentale evitarla.

Solo che ora, mentre si trovava nella sua sala da ballo, circondato da coppie che piroettavano e amici di lunga data, il suo voto sembrava impossibile da mantenere. Helena era ovunque. Quando guardava tra la folla, la trovava in compagnia di sua cugina. O peggio, con i suoi amici, con cui rideva e sorrideva e sembrava essere perfettamente a suo agio.

Quando si girava per parlare con un domestico, lei era lì, a prendere bevande per la sua orribile famiglia, che la trattava come se non fosse una gentildonna.

Quando camminava tra la folla, doveva schivarla cambiando percorso per stare lontano dal suo.

Helena era ovunque, sia fisicamente che nella sua testa confusa, e sembrava che non ci fosse nulla che potesse fare per diminuire l'ardente desiderio che provava per lei. Anche se ballava con ogni singola damigella che sua madre aveva invitato per lui, l'unica cosa a cui pensava quando erano tra le sue braccia era che nessuna di loro era Helena Monroe.

«Credo che Charity Shephard sia la prossima.»

Baldwin trasalì, perché non si era accorto che sua madre gli si era avvicinata mentre lui se ne stava a fissare Helena rimuginando sull'ingiustizia di quella maledetta situazione.

«Charity?» ripeté guardando la duchessa.

Lei inclinò la testa con un'espressione confusa. «Hai ballato con tutte le altre. Charity è l'ultima delle tue candidate.»

Gli si rivoltò lo stomaco. Non solo non gli piaceva particolarmente Charity Shephard dopo aver visto come aveva trattato Helena, ma l'idea di corteggiarla era la cosa peggiore che potesse mai prendere in considerazione. Cosa avrebbe fatto, avrebbe sposato Charity e lasciato entrare Helena in casa sua come dama di compagnia di sua moglie? Avrebbe passato la vita tra le braccia di una donna, mentre quella che voleva davvero si aggirava per i suoi saloni?

Cinquantamila sterline avrebbero creato più problemi di quanti ne avrebbero risolti a quel punto.

Ma non c'era modo di dirlo a sua madre, così fece un cenno con la testa. «Certo. Sembra che al momento stia finendo un giro di danza con il Conte di Grifford. Quando avranno finito, vedrò se il suo carnet è libero per il prossimo ballo.»

Sua madre allungò la mano per prendergli il braccio mentre lui cominciava ad allontanarsi, così tornò a rivolgerle la sua attenzione. «Sei pallido» disse lei dolcemente. «Va tutto bene? Ti è piaciuta qualcuna delle ragazze?»

Gli venne da ridere, ma si trattenne e cercò di apparire sereno. «Certo, sono tutte molto belle.»

La duchessa strinse le labbra, come se non le piacesse quel vago elogio, ma lo liberò per permettergli di andare dall'ultima della sua odiata lista.

La musica finì, e Charity e il suo partner lasciarono la pista da ballo insieme. Vide il conte inchinarsi per baciarle la mano. Con sua grande sorpresa, lei fece un risolino mentre lo salutava. Ma alla fine rimase da sola. Era grato di averla sorpresa tra un ballo e l'altro. Suo padre era anche peggio di lei, uno sciocco sbruffone che pensava che i suoi soldi gli dessero classe, anche se non era certo così. Baldwin non aveva alcun desiderio di parlargli.

Charity gli sorrise mentre lui si avvicinava, e ci fu un momento in cui poté ammettere che era bella. Aveva capelli biondi e occhi azzurro chiaro. Il suo vestito era perfetto, non troppo scollato ma comunque provocante.

Sì, avrebbe fatto una splendida figura al braccio di qualsiasi uomo. E con il suo patrimonio, un centinaio di mercenari avrebbero presto bussato alla sua porta.

Baldwin detestava dover essere uno di loro.

«Buona sera, signorina Shephard» disse con un rigido inchino mentre raggiungeva il suo fianco.

«Vostra Grazia» disse lei con un timido sorriso. Non c'era niente di autentico, era tutta messa in scena. A differenza di Helena, che era solo autentica. «Mi chiedevo quando mi avreste cercato.»

Lui sbatté le palpebre davanti alla scherzosa sfrontatezza delle sue parole. «Davvero?»

«Ho visto che avete ballato con tutte le ragazze nubili presenti.»

Baldwin si accigliò. Bene, poteva aggiungere *perspicace* alla lista delle qualità di questa giovane donna. Qualcosa a cui avrebbe dovuto fare attenzione.

«Ho tenuto il meglio per ultimo, a quanto pare» disse, e non sopportò quanto quelle parole suonassero false. Ma a Charity piacquero, perché arrossì. «Siete libera per il prossimo ballo?»

Lei annuì e gli prese il braccio per permettergli di condurla ai loro posti. Lui la fissò mentre aspettavano che gli altri venissero sulla pista da ballo. Non riusciva a pensare a niente da dire o chiedere a quella donna. Niente che volesse sapere.

Era bestiale da parte sua, naturalmente, infischiarsene a quel modo. Ma come poteva osare quando sapeva cosa sarebbe successo se Charity fosse diventata l'oggetto del suo corteggiamento?

La musica cominciò e lui si lasciò sfuggire un leggero sospiro. Un dannato valzer. C'era da aspettarselo. Charity si lasciò prendere tra le braccia e cominciarono a girare intorno in quella che sembrava una prossimità eccessiva.

«Avete una casa incantevole» disse lei, strappandolo dai suoi pensieri e ricordandogli ancora una volta quanto si stesse dimostrando scortese.

«Grazie» rispose.

«Non posso credere che la preferiate a Londra, però» continuò lei.

Lui alzò le spalle. «Entrambe hanno i loro vantaggi.»

Charity rise. «Davvero? Londra è così eccitante. C'è sempre qualche avventura da vivere, qualche nuovo negozio da trovare o cose da vedere.»

«Suppongo di sì» disse lui. Onestamente, non pensava a Londra in quel modo da molto tempo. Era un posto dove i creditori potevano presentarsi alla porta senza preavviso e fare una scenata che un giorno avrebbe fatto crollare tutto intorno a lui.

«Mio padre è sempre stato ossessionato da questo paese» continuò lei. «Faceva il tifo per voi durante la rivoluzione, anche se a casa non ne parla mai molto, per ovvie ragioni.»

«Sì, presumo che verrebbe considerato un traditore» osservò Baldwin.

La giovane non sembrò offendersi. «Oh, sì, deve tenere le sue opinioni per sé. Sussurrarle ad altri che la pensano come lui, mentre in pubblico gioca a fare il patriota per continuare ad attirare fondi.»

A Baldwin si rivoltò lo stomaco di fronte a tanta doppiezza. Ma in fondo lui stesso non era certo meglio. Tutto quello che stava facendo era falso, studiato per tenere a galla la sua famiglia.

Charity era ignara dei suoi sentimenti e continuò: «Quando ha detto che ci avrebbe portato qui per una stagione, ero titubante, ma suppongo che ora ne sia felice. Ha portato me ed Helena via dalla vecchia e noiosa Boston!»

Baldwin abbassò lo sguardo su di lei. Non aveva avuto intenzione di ballare con lei, ma ora vedeva un'opportunità unica nel farlo. Poteva farle delle domande e scoprire qualcosa di più su Helena.

«Dev'essere utile avere una dama di compagnia quando viaggiate» suggerì con cautela.

«Suppongo di sì» disse lei, storcendo il naso. «Anche se Helena non è stata di grande compagnia durante il viaggio. Ha passato la maggior parte della traversata a rimettere dalla prua della barca.»

Baldwin soffocò un sorriso a quel pettegolezzo. Anche se non gli faceva piacere sentire che era stata male, quell'informazione poteva venirgli utile. Niente barche.

«E voi due condividete gli stessi... interessi?» chiese, procedendo ancora con molta cautela.

«Direi di no» disse Charity ridendo. «Helena è un topo di biblioteca. Dovreste vederla mentre divora libri, uno dopo l'altro. Leggerebbe le istruzioni di una bottiglia di tonico e ne rimarrebbe affascinata. Io preferisco cose più eccitanti. Mio padre ha un cavallo da corsa e mi ha portato alle gare decine di volte. Ci ho anche vinto un po' di denaro.»

Pronunciò l'ultima frase facendo l'occhiolino e a Baldwin si rivoltò lo stomaco. Una ragione in più per evitare di sposare

Charity. L'ultima cosa di cui la sua famiglia aveva bisogno era un altro giocatore d'azzardo. Aveva fatto fin troppe esperienze eccitanti ai suoi tempi, non aveva bisogno che lei lo trascinasse fuori e insistesse per spendere i loro soldi ai cavalli.

«Alcuni hanno fortuna» disse mentre la faceva piroettare ancora una volta. Quando sarebbe finita questa canzone? Sembrava che andasse avanti da una vita. «Voi e la signorina Monroe siete cresciute insieme?»

Charity strinse gli occhi. «Siete molto interessato a mia cugina.»

Baldwin si bloccò. Maledizione, si era spinto troppo oltre. Ora doveva fare marcia indietro senza destare altri sospetti. «Niente affatto» mentì. «Sono interessato a voi, naturalmente, visto che stiamo ballando. Ho solo fatto una domanda sulla vostra infanzia.»

Lei non sembrava convinta, ma si lanciò in un monologo sui suoi giorni a Boston da ragazza. Non menzionò mai una volta Helena, e Baldwin si ritrovò a divagare con la mente, contando i passi e le battute del ballo mentre aspettava che finisse.

E finalmente la musica cessò. Sorrise sollevato a Charity mentre la conduceva fuori dalla pista portandola da suo padre. «Grazie ancora per il ballo, signorina Shephard.»

Lei lo guardò attentamente mentre la portava da suo padre. «E io ringrazio voi, Vostra Grazia. Forse la prossima volta che parleremo, potremo conversare di cose più interessanti di mia cugina.»

Baldwin strinse le labbra al suo tono tagliente, fece un cenno a suo padre e si allontanò. Era come se fosse stato liberato da una prigione, e fece un bel respiro. Ora aveva compiuto il suo dovere, almeno per quella sera. Aveva ballato con le candidate, placato sua madre e raccolto qualche informazione su di loro.

Quindi era libero di fare ciò che voleva. Si guardò e vide Helena in piedi lungo la parete. Era sola, aveva un'espressione visibilmente malinconica, e guardava le coppie che erano tornate sulla pista da ballo in attesa dell'inizio della prossima canzone. Voleva ballare. E lui voleva disperatamente ballare con lei.

In quel momento, sapeva che l'avrebbe fatto. Sarebbe stata la sua ricompensa per aver sopportato la serata fino a quel momento. Che male c'era?

Fece un passo verso di lei, ma prima che potesse attraversare la stanza, Walker si precipitò al suo fianco. «Vostra Grazia?»

Si voltò verso il maggiordomo con un gemito. «Sì, Walker, cosa c'è?»

«Mi dispiace disturbare nel bel mezzo della festa, ma avete un messaggio.»

«Non può aspettare?»

Walker scosse la testa. «Non credo, signore. È del signor Deacon.»

Baldwin rimase impietrito. Deacon era l'uomo che aveva assunto per indagare sui debiti insoluti della tenuta. «Quando è arrivato?»

«Proprio adesso, Vostra Grazia» disse Walker. «E poiché prima mi avevate detto che ogni corrispondenza di quell'uomo era...»

«Urgente, sì» disse lui. «Lo confermo. Suppongo che abbiate portato il messaggio nel mio studio.»

Walker annuì e Baldwin sospirò voltandosi per dare un'altra occhiata a Helena. Era ancora sola, ma ora lo stava osservando dall'altra parte della stanza. Rabbrividì sotto il suo sguardo concentrato e desiderò ardentemente andare da lei per abbracciarla e dimenticare i problemi che lo opprimevano così tanto.

Ma sembrava che il suo momento con lei non dovesse realizzarsi. Almeno non in quel momento. Non lì.

CAPITOLO UNDICI

Helena vide Baldwin lasciare la sala da ballo e le si strinse il cuore. La sua *espressione*. Oh, era terribile. Come un uomo condotto al patibolo. Non che fosse apparso contento per il resto della serata. Aveva visto la tensione sul suo volto mentre interagiva con i suoi ospiti, ma questo era qualcosa di diverso.

Qualcosa di terribile.

Desiderava andare da lui e offrirgli l'amicizia che entrambi avevano giurato di poter condividere. Era una sciocca.

«Helena.»

Si voltò e sorrise quando Adelaide, Duchessa di Northfield, le si mise a fianco e le diede una piccola stretta.

«Adelaide, oh, sei bellissima!»

Ed era vero. La duchessa era la quintessenza della raffinatezza con il suo abito di colore oro e argento con intricati ricami e una gonna fluente che ondeggiava quando si girava. A differenza delle altre gentildonne presenti, i cui capelli erano tirati in alto per accentuare gli zigomi e il collo, le ciocche bionde della sua amica erano acconciate in modo che ricadessero più morbide e le incorniciassero il bel viso alla perfezione.

«Grazie» disse Adelaide arrossendo leggermente. «È ancora strano per me uscire in società con una tale... fanfara.»

Helena corrugò la fronte. «Prima non succedeva?»

«Oh no» rispose Adelaide ridendo. «Ho fatto da tappezzeria per molti anni. È Graham che mi sprona a essere...» La duchessa guardò dall'altra parte della stanza dove Graham rideva di cuore con Simon. «...di più.»

Helena si agitò, perché era innegabile l'amore che quella donna provava per suo marito. In realtà, era questo il filo conduttore che sembrava legare tutti i membri del club dei duchi che si erano sposati. Tutti amavano profondamente, appassionatamente, sinceramente.

Era davvero una cosa ammirevole.

«Faccio fatica a immaginarti a fare da tappezzeria» disse Helena con una risata. «Sei così bella e sicura di te.»

«L'amore aiuta» disse Adelaide, distogliendo lo sguardo dal marito. «E la pratica. Più ballo e, come dice Graham, mi *esibisco*, più diventa facile.»

Helena scosse la testa. «Mi piaceva ballare. Non esibirmi, ma ballare era uno dei miei passatempi preferiti prima che...»

Si interruppe. Era stata davvero sul punto di raccontare a questa donna, a questa sconosciuta, del suo passato? Un passo falso di prim'ordine. Suo zio si sarebbe infuriato, nonostante il fatto che gli piacesse sempre insinuare che sua nipote fosse uno scandalo ambulante. Ma raccontare i particolari era un'altra cosa. Per non parlare del fatto che se l'avesse rivelato, la storia si sarebbe diffusa nella loro ristretta cerchia, e poi cosa sarebbe successo?

Le sue belle nuove amicizie si sarebbero dissolte rapidamente come quelle di Boston.

Adelaide la esaminò con un po' più di attenzione, ma non insistette. «Se ti piace ballare, mi sorprende che tu non l'abbia fatto. Sembra che Baldwin abbia fatto un giro di danza con tutte le gentildonne nubili, anche se non lo vedo qui al momento.»

Helena deglutì. «Sheffield ha ballato con le ragazze giuste.»

«Tu non vai bene? Sei sposata e non lo sapevamo?»

«No.» Helena scosse la testa. «Siete tutti adorabili a fingere che io appartenga alla vostra stessa sfera, ma non è vero. Non vado bene perché sono qui come dama di compagnia. Anche se non lo fossi Baldwin, ehm, volevo dire Sheffield è certamente fuori dalla mia portata.»

Adelaide scrollò le spalle. «Emma la pensava allo stesso modo su James. Di sicuro io la pensavo così su Graham. Saresti sorpresa di quanto poco si sa degli uomini e di quello che vogliono in fondo al cuore. Penso che siano spesso sorpresi loro stessi quando tutto questo li investe come un carro fuori controllo. Almeno è così che Graham descrive i sentimenti che nutre per me. Romantico, anche se un po' violento, come gli dico sempre.»

Helena guardò dritto davanti a sé. «Ho visto Emma con Abernathe. Sono profondamente innamorati. E in questo momento suo marito la sta fissando come se lei fosse un cioccolatino e lui stesse morendo di fame.»

Adelaide si voltò a dare un'altra occhiata dietro, e rabbrividì leggermente quando notò lo sguardo sul volto di Graham. «L'amore che vedi ora non cambia le circostanze che abbiamo affrontato all'inizio. Ti sto solo dicendo di non pensare di essere fuori dai giochi quando si tratta di Baldwin.»

«Con me è diverso» sussurrò Helena abbassando la testa. «Con noi.»

Adelaide sollevò una mano e si coprì un attimo la bocca. Quando Helena schiuse le labbra, scosse la testa. «So che sto ridendo, ma non è per te. È solo che ho scommesso una sterlina con Meg che avresti detto proprio così. Quindi adesso è in debito con me e ti ringrazio, perché glielo rinfaccerò spudoratamente.»

Helena si sforzò di sorridere. Capiva che fosse divertente, ma Adelaide non conosceva le circostanze. Le barriere che non potevano mai e poi mai essere superate.

«Le occasioni di essere felici arrivano così di rado, Helena» disse Adelaide più dolcemente prendendole entrambe le mani. «Non scartare anche la possibilità che ci siano, o non ci sarà nulla che valga la pena di auspicare.»

Helena sospirò, e con la mente andò per un breve momento a quelle possibilità. Ad altri baci in giardino. A quella sintonia istantanea e potente che l'aveva lasciata di stucco.

«Suppongo che tu abbia ragione» si ritrovò a sussurrare. «Apprezzo comunque il sostegno.»

«Di nulla» disse Adelaide sorridendo. «Da parte di tutti noi. Ora arrivano Simon e il mio splendido marito.»

Helena scacciò le proprie emozioni e sorrise quando i due uomini le raggiungesero. Graham mise immediatamente la mano in vita ad Adelaide. Il loro amore era tangibile in quel momento, ed Helena fu ancora più gelosa dell'evidente felicità della sua nuova amica.

«Helena mi stava giusto dicendo quanto le piace ballare» riferì Adelaide.

«Ah» commentò Simon sorridendole. «Be', io sono il ballerino migliore del nostro gruppo.»

«E il più modesto» disse Graham con una risata.

«Il bue che dà del cornuto all'asino» disse Simon alzando gli occhi al cielo.

«Questo non te lo permetto, mio marito non è affatto cornuto» disse Adelaide.

Helena assistette allo scambio meravigliata. Erano tutti così divertenti e pronti a scherzare, e la includevano senza sforzo. Ed era affascinante fingere di poter appartenere alla loro cerchia. Ora o in futuro.

Simon scosse la testa. «Non starli ad ascoltare, sono semplicemente gelosi. Sarei lieto di ballare la prossimo danza con te, a meno che tu non abbia un altro partner in mente.»

Helena guardò verso la porta da cui Baldwin aveva lasciato la sala da ballo pochi istanti prima. Poi sorrise a Simon. «Ne sarei onorata, Vostra Grazia, purché a Meg non dispiaccia.»

«Oh, non le dispiacerà» rispose lui, le offrì il braccio e la condusse sulla pista da ballo. Ma mentre iniziavano gli intricati passi della giga che l'orchestra cominciò a suonare, Helena non poté fare a meno di pensare ancora una volta alla faccia di Baldwin quando aveva lasciato la sala da ballo.

E desiderare di poter trovare un modo per aiutarlo. Anche se non stava a lei farlo.

~

Baldwin fissò la lettera sulla scrivania per quella che doveva essere la decima volta in mezz'ora. Le parole fluttuavano, proprio come avevano fatto dal primo momento in cui le aveva lette. Ora riusciva a malapena a vederle, ma non importava.

Erano impresse nella sua anima, dichiarazioni che non avrebbe mai dimenticato anche se ci avesse provato con tutte le sue forze.

«*I debiti scomparsi sono stati ritrovati*» disse ad alta voce, trasalendo quando le sue mani cominciarono a tremare. «*Ovvero si è risaliti ai tre gentiluomini che li detenevano in precedenza.*»

Deglutì mentre si alzava e mise la lettera da parte. Aveva atteso a lungo di sapere chi aveva in mano il suo destino, chi poteva fargli cadere la ghigliottina sul collo.

Solo che gli uomini che avevano avuto in possesso quei debiti non li avevano più. Li avevano venduti, tutti lo stesso giorno, tutti attraverso lo stesso avvocato.

Il che significava che probabilmente ora li possedeva un solo uomo. Qualcuno che aveva scoperto e acquistato i debiti in modo calcolato e aveva protetto la sua identità attraverso l'avvocato, che si era rifiutato di dare all'uomo di Baldwin qualsiasi altra informazione, compresi i termini per ripagare il debito.

Gli si rivoltava lo stomaco al pensiero di quali potessero essere le intenzioni di un tale soggetto. A pensare agli incubi che avrebbe potuto creare con uno schiocco di dita.

Baldwin andò verso la credenza e tirò fuori una bottiglia di scotch. Non si preoccupò di prendere un bicchiere, ma si stravaccò sulla poltrona davanti al fuoco e bevve un lungo sorso. Avrebbe dovuto tornare alla festa, ma in quel momento non riusciva nemmeno a pensare di stare in compagnia di giovani nubili e amici, fingendo di stare bene quando la testa gli girava e il cuore gli scoppiava.

In quel momento voleva dimenticare. E quello era il modo migliore che conosceva per riuscirci.

~

Helena percorse il silenzioso corridoio con la gonna stretta in mano mentre guardava da una porta chiusa all'altra, cercando di trovare qualche indizio su dove dovesse andare.

Erano passate ore da quando Baldwin aveva lasciato la sala da ballo con il volto teso e sofferente. Aveva aspettato che tornasse, cercando di far finta che i suoi spostamenti non significassero nulla per lei. Era diventato sempre più difficile quando gli ospiti avevano cominciato a mormorare. A chiedere perché il loro ospite avesse abbandonato la festa così bruscamente.

Aveva visto la preoccupazione sul volto di Charlotte e della Duchessa di Sheffield mentre si scusavano e si scambiavano sguardi tra di loro. Ogni minuto che passava, il desiderio di Helena di aiutare Baldwin cresceva. E ora, con la festa che volgeva al termine e sua cugina che tornava in camera per essere aiutata ad andare a letto dalla sua cameriera, Helena sapeva che era la sua unica occasione per farlo.

Girò un altro angolo in quel corridoio infinito e si fermò. Mentre la maggior parte delle stanze erano buie, c'era una piccola luce che filtrava da sotto una porta alla fine del corridoio. Le cominciò a battere forte il cuore mentre si dirigeva in quella direzione, sperando di aver trovato Baldwin. Temendo di averlo trovato. Senza avere idea di cosa avrebbe fatto se lo avesse trovato dietro quella porta.

Bussò, ma non ci fu risposta. Sospirò. La stanza era probabilmente vuota. Fece per andarsene, ma prima che potesse allontanarsi sentì il rumore di qualcosa caduto per terra e un'imprecazione ovattata da dentro la stanza.

Helena allungò la mano e aprì la porta.

Se c'era stata una lampada ad illuminare la stanza, si era spenta da tempo. Era rimasto solo il fuoco, che tremolava e mandava lunghe ombre in tutta la stanza. Era uno studio, molto simile a quello della casa londinese di Baldwin.

Quando si voltò verso il fuoco, lui era lì. Era rimasto seduto davanti al camino, ma ora si era alzato, piuttosto goffamente, e la fissava.

Stringeva in mano una bottiglia. Una bottiglia mezza vuota, per giunta. Non aveva più né giacca né cravatta e la camicia era mezza slacciata, e rivelava una sconvolgente distesa di pelle del petto punteggiato di peluria che una gentildonna non avrebbe dovuto vedere. Non quando aveva pensieri così passionali su un gentiluomo, in ogni caso.

Prese fiato e lo fissò. Lui la fissò a sua volta, senza battere ciglio, immobile, indecifrabile.

«Sei un sogno?» chiese infine lui, biascicando appena un po' le parole.

Lei gettò un'occhiata dietro di sé. Baldwin non avrebbe voluto che gli altri lo trovassero così. Entrò nella stanza e chiuse la porta. Per un momento esitò, poi girò la chiave nella serratura, concedendo loro privacy e una buona dose di solitudine assolutamente inopportuna.

«No» sussurrò lei in risposta quando riuscì a trovare la voce.

«Addirittura peggio» mormorò lui, e crollò di nuovo sulla poltrona con un grugnito. La bottiglia che aveva in mano gli scivolò dalle dita e rotolò via, rovesciando il resto del contenuto sul tappeto. «Se tu fossi un sogno, potrei avere quello che voglio.»

Helena si fece avanti, confusa e determinata, attratta e terrorizzata allo stesso tempo. «Hai lasciato la tua festa, Baldwin» disse dolcemente. «Mi sono preoccupata quando non sei tornato.»

«Tutti gli altri ottengono quello che vogliono» disse lui, ignorando quello che gli stava dicendo. «L'hai mai notato?»

Lei si accomodò sulla poltrona accanto alla sua e si chinò in avanti, esaminandogli attentamente il viso. Aveva pensato che fosse indecifrabile, ma si sbagliava. No, le emozioni c'erano. Solo che erano così tante che era difficile analizzarle tutte.

«Alcuni sono fortunati» concesse lei.

Baldwin rise, ma non c'era piacere né allegria né felicità in quella risata. Era un suono duro e freddo. «Oh sì, molti. I miei amici sono fortunati. La metà di loro è sposata e mooolto felice.»

Helena aggrottò la fronte. «Non puoi portare loro rancore per questo, Baldwin. So che sei affezionato a loro.»

L'espressione dura che aveva in viso si ammorbidì un po', e scrollò le spalle. «No, non porto loro rancore. Se lo sono meritato. Meritano la loro gioia. Ma devo comunque averla sotto gli occhi, no? Quei piccoli sguardi tra loro, i loro infiniti commenti su come dovrei sposarmi per amore. "Sposati per *amore*, Baldwin." Non sanno di cosa parlano.»

Lei deglutì a fatica. «No, non lo sanno. Non hai detto loro la verità.»

Lui la fissò, e fu come se la vedesse di nuovo per la prima volta. «Hai intenzione di essere molto razionale, vero?»

Lei sorrise nonostante la situazione precaria. «Suppongo di sì.»

«Perché?» le chiese. «Nemmeno tu hai quello che vuoi. Eccoci qui, due persone che non avranno *mai* quello che vogliono per colpa di quello che ha fatto qualcun altro. Per colpa di quello che abbiamo fatto a noi stessi.»

Helena trasalì. Baldwin non aveva idea di quello che stava dicendo, ma era terribilmente vicino alla verità, ai segreti che doveva tenere nascosti per trovare un po' di pace con il suo passato. Chinò la testa. «Suppongo che esista una cosa chiamata accettazione, Baldwin. Torturarmi non serve a niente.»

«Sì, mi sto torturando» concordò lui. Con sua grande sorpresa, Baldwin si sporse improvvisamente in avanti, quasi alzandosi dalla poltrona. Il suo viso era molto vicino ora, troppo vicino. «Sei qui, vero? Sei qui sotto il mio tetto. In un letto a dieci o dodici porte dal mio. Nel mio studio con la porta chiusa a chiave. Sei una tortura, Helena Monroe. Perché quello che voglio, più di ogni altra cosa al mondo in questo momento... sei *tu*.»

Non biascicò più le parole mentre le diceva. Come se quello che aveva detto fosse abbastanza vero da vincere lo stordimento dell'ebrezza. Lei lo fissò, quel bel viso così vicino al suo. Quel che di razionale c'era in lei le urlava di alzarsi e andarsene. Di far finta che questo non fosse mai successo.

Solo che la razionalità non era la sua molla più potente in quel momento. Così, invece di ascoltare quella voce molto saggia, allungò la mano e gli carezzò la guancia.

Baldwin sibilò mentre esalava il fiato lentamente. Afferrò il bordo della poltrona di Helena e la trascinò in avanti facendone stridere i piedi sul pavimento mentre la attirava nello spazio tra le sue gambe. Helena tremava mentre gli passava le dita tra i capelli.

Lui grugnì qualcosa di incoerente, e poi si chinò e le sfiorò la bocca con la sua.

In giardino, il suo bacio era stato gentile. Addirittura timido. Il bacio di un uomo padrone dei suoi sensi e del suo raziocinio. Questo era qualcosa di completamente diverso. Il liquore non gli aveva tolto i sensi, ma li aveva un po' offuscati e l'aveva lasciato molto più selvaggio. Le sue labbra si posarono su quelle di Helena, dure ed esigenti, e lei si aprì senza esitazione. Lui le affondò dentro, intrecciando la lingua con la sua. Helena sentì il sapore dello scotch, della disperazione, del desiderio e del bisogno. Si trovò a sollevarglisi contro, annegando nel suo bacio.

Lui la attirò a sé, e lei ruzzolò giù dalla poltrona finendogli in grembo. Baldwin le infilò le dita nei capelli, tirando giù alcune ciocche mentre la baciava senza fermarsi.

Lei lo lasciò fare. Baldwin aveva ragione sul fatto che lei non avrebbe mai avuto quello che voleva. E sì, gli aveva detto la verità quando aveva ammesso di aver accettato quel fatto. Tuttavia c'era anche dolore. E sofferenza. Ma quando lui la toccava, tutto questo svaniva, e tutto ciò che rimaneva era l'impulso di abbandonarsi a lui.

Baldwin abbassò le mani mentre la baciava, con le dita le tracciò il collo, la clavicola, il bordo del suo semplice abito. Poi le strinse le mani intorno al seno e lei inclinò la testa all'indietro con un gemito di piacere. Non si era aspettata quella sensazione, ma eccola, potente e meravigliosa e travolgente allo stesso tempo.

Lui sollevò la bocca verso la sua gola esposta e cominciò a tracciarle dei piccoli motivi sul collo con la punta della lingua. Helena si ritrovò a dondolarsi contro di lui quasi contro la sua volontà, affondandogli la punta delle dita in petto mentre Baldwin le faceva cose che le facevano dimenticare ogni altra cosa al mondo tranne lui.

Staccò la bocca dal suo seno e lei fu vagamente consapevole, offuscata com'era dal desiderio, che stava scendendo più in basso. Le toccò il fianco, poi sentì la gonna sollevarsi. Sempre più su fino a quando l'aria calda che veniva dal camino le solleticò i polpacci e le ginocchia.

Il desiderio era come un oceano attraverso cui nuotava, sapendo che doveva risalire in superficie, per prendere nuovamente coscienza di ciò che la circondava. In qualche modo ci riuscì e fissò prima le sue gambe scoperte, poi lui.

«Non...» balbettò, mettendo le mani sulle sue per impedirgli di sollevarle ancora di più le gonne.

«Voglio toccarti» spiegò lui, a voce molto bassa e morbida e gentile. «Solo toccarti, Helena. Solo darti piacere perché voglio vederlo. Voglio sentirlo. Ma mi fermerò se me lo chiedi.»

Lei faceva fatica a respirare. Non che non si fosse mai trovata in questa posizione. Oh, era successo, ma non così. Non era stato un piacere, ma una cosa terrificante. Non era mai successo con un uomo che desiderava. Così si trovava divisa tra ricordi crudi e orribili e un desiderio inaspettato.

Chiuse gli occhi. Se doveva passare la vita con l'ombra di uno scandalo che la seguiva ovunque andasse, se doveva stare dietro a Charity e cercare di evitare l'ira di suo zio, se doveva rassegnarsi ad accettare la sua situazione... allora essere qui con Baldwin era la sua ultima possibilità di avere qualcosa solo per sé. Qualcosa che desiderava tanto.

Qualcosa che cancellasse i dolorosi ricordi del passato. O almeno li lenisse un po'. Non aveva dubbi che quest'uomo si sarebbe preso cura di lei. Anche un po' alticcio non la costringeva, non insisteva né pretendeva. Le stava *chiedendo* il permesso.

E in quel momento, Helena si ritrovò ad annuire e allontanò la mano.

«S... sì» disse con voce soffocata mentre girava il viso. «Sì.»

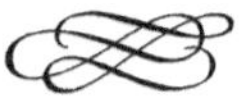

CAPITOLO DODICI

«Qualcuno ti ha fatto del male» disse Baldwin.

Helena si irrigidì a quelle parole. Era un'affermazione, non una domanda. Una cosa che poteva capire anche con la mente ottenebrata dal liquore. Non lo guardò, ma annuì.

Per un momento lui rimase immobile, e poi lo sentì toccarle il mento con un dito. Quando tirò, fu costretta a guardarlo. Baldwin sbatté le palpebre un paio di volte, come se stesse cercando di schiarirsi le idee.

«Lo vuoi?» ripeté.

Helena deglutì. «Non lo so» ammise. «Quando mi tocchi... mi fa dimenticare quelle altre cose. Ma non so davvero cosa farai o cosa proverò.»

Lui aggrottò la fronte e ammorbidì l'espressione. «Piacere» le promise mentre le sfiorava di nuovo le labbra con le sue.

Helena si abbandonò al bacio ancora una volta, inebriata dalla sensazione della lingua di Baldwin quando si intrecciava con la sua. Era il paradiso, era passione, era desiderio e piacere. E in qualche modo le stava promettendo di più. Lei voleva di più.

Così quando le tirò di nuovo su la gonna, non lo fermò. Si limitò a continuare a baciarlo nella speranza che le sue paure si attenuassero e che potesse godersi questo momento rubato e audace che le offriva.

Baldwin le sollevò la gonna fino ai fianchi e poi le premette una mano sul ginocchio ormai esposto. Attraverso le calze, sentì il calore del suo palmo mentre la stringeva delicatamente. Poi le sue dita scivolarono verso l'alto, lentamente, tracciandole la linea delle gambe.

Helena rabbrividì, perché non si era mai resa conto di quanto fossero sensibili le sue gambe. Ma era come essere risvegliata di soprassalto quando la toccava così.

Baldwin la baciò ancora più a fondo quando le fece scivolare quella stessa mano dalla parte anteriore della coscia all'interno. Le gambe le si aprirono spontaneamente, anche se ansimò per la sorpresa e la paura.

Lui interruppe il bacio e la fissò negli occhi. «A qualunque punto io arrivi, in qualsiasi momento puoi dirmi di no.»

Helena fece un cenno con la testa mentre guardava l'immagine della mano di lui sulla sua gamba. Sembrava così grande, così scura contro la pelle chiara sopra la calza, e la sentiva calda come il fuoco.

Baldwin sostenne il suo sguardo mentre faceva scivolare le dita più in alto, fino alla fessura dei suoi mutandoni. Aprì delicatamente il tessuto, e poi le sue dita si incunearono all'interno.

Quando le toccò il sesso, Helena sobbalzò e lui smise di muoversi, ma lasciò il palmo lì, piatto e caldo contro la sua pelle sensibile.

Baldwin si protese in avanti e la sua bocca trovò un'altra volta la sua. Helena era concentrata sulla sua mano su di lei, quella mano audace che copriva la sua parte più intima. Ma quando il bacio tornò a intensificarsi, la sua attenzione si allentò, la paura perse forza e lei gli avvolse le braccia intorno al collo con un sospiro.

Solo allora Baldwin ricominciò a muovere le dita. Le accarezzò l'esterno delle pliche, tracciandole delicatamente il sesso. Ora che lo shock era leggermente regredito, il tocco della sua pelle non sembrava più così spaventoso e alieno. Era piacevole, in realtà. Intimo. Caldo.

Allettante.

Baldwin la aprì delicatamente, e lei si ritrasse con un altro sussulto.

«Basta?» chiese lui, con lo sguardo interamente concentrato sul suo viso.

Helena scosse la testa. «No, ero... ero solo sorpresa.»

«Non ti farà male» la rassicurò. «Non ho intenzione di penetrare. Voglio solo fare... questo...»

Cominciò a farle roteare contro due dita, delicatamente all'inizio, in qualche posto meraviglioso che Helena non aveva mai immaginato esistesse nel suo corpo prima di allora. Quel tocco le provocò una scossa di piacere che le percorse le vene, i nervi, la pelle e tutto il resto. Provava piacere in ogni parte del corpo, e rabbrividì quando lui aumentò leggermente la pressione.

«Baldwin» gracchiò.

Lui annuì e le premette le labbra sul collo mentre continuava a girare, girare. Lei sentì quanto fosse bagnata da quel tocco, e tuttavia quella lubrificazione rendeva il flusso del desiderio ancora più forte ed elettrico. Si intensificò sempre di più, sbocciando come un fiore mentre le procurava piacere abilmente con nient'altro che due dita.

Helena si ritrovò a sollevarsi per andare incontro alle sue carezze a metà strada, mentre il respiro le si faceva corto e le gambe le cominciavano a tremare. Era... stupendo, diverso da qualsiasi cosa avesse mai provato prima.

Ma stava andando fuori controllo. E questo la terrorizzava e la inebriava allo stesso tempo. Avrebbe potuto chiedergli cos'era. Avrebbe potuto interrompere l'intensità, ma in quel momento le sensazioni giunsero al picco e improvvisamente si ritrovò a cadere, a precipitare dal limite di qualcosa che non aveva mai conosciuto. Fu scossa da lunghe ondate di piacere che percorsero ogni sua fibra.

Si aggrappò a Baldwin, gemendo il suo nome mentre inarcava la schiena e fletteva i piedi nelle scarpine.

Alla fine la crisi svanì e lei gli si accasciò contro il petto. Baldwin la tenne lì mentre il respiro le tornava normale e le si schiariva la vista. Non aveva idea per quanto tempo restò così, perché le sembrava tutto molto lento e dolce e concentrato sul calore tremulo che le rimaneva tra le gambe.

Ma alla fine si rimise a sedere più diritta e arrossì quando si rese conto della sua posizione, ancora raggomitolata sul grembo di Baldwin. Fece per tornare alla sua poltrona, ma lui le prese la mano e la attirò giù per baciarla ancora una volta.

«Non arrossire» le disse. «È stato meraviglioso.»

Lei deglutì a fatica e annuì. «Sì. Meraviglioso.»

Baldwin fece per alzarsi, ma barcollò leggermente e dovette appoggiarsi al bracciolo della poltrona dove le aveva appena fatto cose così audaci. Helena si affrettò a prendergli il braccio, aiutandolo a tenersi in equilibrio mentre lui sbatteva le palpebre per la sorpresa.

«Non bevo quasi mai» mormorò lui. «A quanto pare non lo reggo più.»

Lei non poté fare a meno di sorridere. Tipico di Baldwin mantenere il controllo anche quando era alticcio. Controllo sufficiente da darle piacere, eppure non le aveva chiesto nulla in cambio. Anche se alla debole luce del fuoco scorgeva il netto profilo del suo corpo contro i pantaloni.

«Hai bisogno di aiuto per andare a letto?» gli chiese.

Baldwin si voltò di scatto e la guardò con occhi infuocati. Con un desiderio che non si era affievolito nemmeno un po'. A quella vista le si accese il corpo, ancora fremente nonostante i suoi bisogni fossero stati appagati.

«Posso farcela da solo...» Lasciò la presa sulla poltrona e fece un passo, ma barcollò di nuovo. Si lasciò sfuggire un lungo sospiro. «Molto bene. Suppongo che un aiuto mi farebbe comodo. Ci sono delle scale sul retro che ci aiuteranno a nasconderci da occhi indiscreti.»

Helena scosse la testa e si mise al suo fianco. Baldwin esitò, poi le passò un braccio intorno alla spalla e si appoggiò a lei per avere un sostegno. Sentirlo a contatto per tutta la lunghezza del corpo le fece sembrare tutto molto caldo e vicino.

«È tardi» disse lei, cercando di mantenere un tono leggero. «Dubito che incontreremo qualcuno, sia che usiamo le scale di servizio che quelle principali. La festa stava volgendo al termine prima che venissi a cercarti.»

Baldwin fece un lungo sospiro. «Mia madre e Charlotte saranno arrabbiate perché mi sono perso il resto del ricevimento. Sembra che non riesca a fare niente di buono ultimamente.»

Uscirono in corridoio e lei lo guardò con la coda dell'occhio. Aveva stretto le labbra fino a ridurle a una linea sottile e guardava dritto davanti a sé pieno di rimorso. Helena non poté fare a meno di riflettere su quanto dovesse essere solo. Nessuno conosceva il suo segreto, be', nessuno tranne lei. Così era costretto a fingere al resto del mondo.

Lei lo capiva meglio di molti altri. Capiva la mancanza di respiro che gli errori causavano.

Si schiarì la gola. «Vuoi dirmi cos'è successo che ti ha ridotto in questo stato?»

Lui rimase in silenzio per un momento, poi grugnì. «Ubriaco e pronto a sedurre gentildonne innocenti?»

Helena storse le labbra. Quanto poco sapeva. «Non siete *del tutto* ubriaco e io non mi sento sedotta, Vostra Grazia. Quindi, a meno che non ci siano state altre donne a farvi visita nel vostro studio stasera, vi prego di togliervi questo pensiero dalla testa.» Sospirò. «Volevo dire, cosa ti ha spinto a lasciare la festa? E a bere al buio?»

«Credevo che alle donne piacessero gli uomini tormentati» disse lui. «James, Graham... Robert... tutti tormentati.»

Lei gli lanciò un'occhiata. «Non devi dirmelo, naturalmente.»

Avevano raggiunto le scale di servizio. Baldwin afferrò la

ringhiera e cominciarono a salire piano piano. «Non è niente» borbottò.

Lei annuì lentamente, cercando di ignorare la sensazione di delusione. Il suo rifiuto le ricordò il suo posto, quello che entrambi avevano dimenticato quando lui le si era confidato inizialmente. O quando l'aveva toccata qualche istante prima.

«Capisco» disse.

Lui fece un cenno con la mano verso la porta in fondo al corridoio. «No invece» ribatté lui.

«Voglio solo aiutare» ribatté lei.

Baldwin esitò un attimo, poi la guardò. «Mi hai già aiutato. Stanotte. Perché quando ti ho toccato ho dimenticato ogni altra cosa.» Si chinò per baciarla, poi barcollò.

«Sta cominciando a fare effetto ora, vero?» chiese lei, incapace di fermare la risatina che le sfuggì dalle labbra.

«A quanto pare» disse lui ridendo a sua volta.

Helena allungò la mano, aprì la porta della camera ed entrarono insieme.

«Forza allora» disse lei, spronandolo a raggiungere la camera padronale. «A letto.»

Lui vacillò e si buttò a faccia in giù sul materasso. Helena gli sollevò i piedi e cominciò a togliergli stivali. Fu una vera impresa, ma riuscì ad allentare prima uno, poi l'altro, e a sfilarli entrambi. Nel frattempo Baldwin sospirò. «Grazie. Ti preferisco di gran lunga al mio valletto abituale.»

Lei sorrise, infatuata di questo sciocchino che abitava il corpo solitamente serio del Duca di Sheffield. «Vai a dormire ora. Andrà meglio domattina»

Lui si girò su un fianco per guardarla in faccia. «No invece. Come vorrei che tu potessi restare con me. Mi renderebbe la mattinata migliore.»

Il cuore le balzò in petto. Era un invito allettante, di sicuro. L'idea di rannicchiarsi a fianco di quell'uomo nel suo letto. Di svegliarsi con lui accanto, con la prospettiva di altro meraviglioso piacere come quello che le aveva procurato meno di mezz'ora prima.

Scosse la testa. «Sai che non posso» sussurrò.

Lui non parlò, ma allungò la mano per sfiorarle goffamente il viso con la punta delle dita. Poi sorrise e disse: «Buona notte, bella Helena.»

«Buona notte» rispose lei. Fece per spegnere la lampada, e sentì russare piano dal letto. Si voltò per esaminarlo alla luce del fuoco per la seconda volta quella notte e lo trovò già addormentato. Si chinò un po' più vicino, concedendosi una libertà che probabilmente non le sarebbe più stata permessa.

Era così bello. Perfetto sotto tutti i punti di vista, e nel sonno la serietà e la preoccupazione erano sparite dal suo viso.

Si chinò e gli baciò delicatamente la guancia. «Buona notte» ripeté, e si voltò per lasciare la stanza.

Ma prima si guardò intorno. A differenza del resto della casa, che era ancora opulenta, qui notò gli effetti delle difficoltà finanziarie che Baldwin stava affrontando. Tutto era semplice, dai mobili logori alle ombre sbiadite sui muri dove una volta c'erano chiaramente stati appesi dei quadri che ora erano stati rimossi, probabilmente venduti.

Era sconfortante. Uscì dalla stanza rattristata e si chiuse la porta alle spalle. Si allontanò in fretta per non essere sorpresa in una posizione così terribile, ma mentre si dirigeva verso l'ala degli ospiti della casa, non poté fare a meno di riflettere su tutto quello che era successo quella sera, dal ballo, al momento di piacere, alla fine.

Voleva aiutare Baldwin, ma quella sera lui aveva aiutato lei, senza nemmeno volerlo. Senza nemmeno provarci. E sapeva che non sarebbe più stata la stessa.

CAPITOLO TREDICI

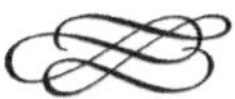

Baldwin sollevò la testa con un gemito. Una fitta di dolore gli attraversò tutto il cranio e scese lungo il collo. Si accasciò di nuovo a faccia in giù sul cuscino e rimase lì, provvidenzialmente circondato dall'oscurità.

Era passato molto tempo dall'ultima volta che aveva bevuto troppo. Da molto, molto tempo non beveva più di un bicchiere di scotch per educazione. Non che non si fosse guadagnato quel piacere... o quella punizione, perché ora gli sembrava una punizione.

Ma il suo senso di responsabilità lo fermava sempre.

Si girò lentamente e grugnì di nuovo per il dolore. Tutto gli stava tornando in mente ora. La lettera sui debiti insoluti che potevano benissimo suggellare il suo destino. La decisione di dimenticare quel dolore bevendo.

E poi era arrivata Helena e...

Si tirò su a sedere di scatto mentre veniva sopraffatto dai ricordi. L'aveva baciata. Toccata... oh Dio, l'aveva toccata.

Qualcuno bussò alla porta della sua camera ma lui lo ignorò e si mise la testa tra le mani. Cosa aveva fatto? Avevano parlato e lui l'aveva toccata e poi... poi lei gli aveva detto che qualcuno... le aveva fatto del male. Gli montò la rabbia a quel pensiero. Rabbia verso quella persona senza volto. Rabbia verso se stesso perché, nonostante la sua confessione, aveva continuato lo stesso. Le aveva sollevato le gonne e l'aveva toccata. Un atto non signorile che non avrebbe fatto se non fosse stato ubriaco.

Sentì di nuovo bussare e scese dal letto barcollando. «Che c'è?»

La porta si aprì, ma non fu un domestico a infilare la testa per sbirciare nella camera ancora buia. Era Simon. Baldwin gemette.

«Cosa vuoi, Crestwood?» borbottò mentre riviveva la notte precedente più e più volte, tormentandosi sia per il piacere di ciò che aveva fatto che per l'incredibile imprudenza.

Simon attraversò a grandi passi il salotto ed entrò in camera da letto. «Dovevamo andare a fare un giro a cavallo, non ti ricordi? Eri ancora a letto? Non credo di averti mai visto poltrire dopo le sette in tutta la tua vita.»

Prima che Baldwin potesse replicare, Simon andò alla finestra e spalancò le tende, lasciando entrare un fascio di luce splendente nella stanza. Baldwin distolse il viso con una smorfia di dolore. Dolore che si meritava, a quanto pareva.

Simon lo fissò, e il sorriso gioviale e scherzoso con cui era entrato svanì lentamente. «Cos'hai che non va? Hai un aspetto orribile.»

Baldwin si coprì il volto. Aveva mentito e nascosto fin troppe cose ai suoi migliori amici, ai suoi fratelli, alla sua famiglia. Ora non era nelle condizioni di farlo.

«Ho fatto una cosa» gemette mentre si arrischiava a guardare di nuovo Simon.

Simon gli andò incontro e gli prese il braccio con delicatezza. «Cosa? Cos'hai fatto?»

Baldwin si voltò, chiedendosi se la sua decisione di parlare fosse saggia. Ma in fondo, si trattava di Simon. Simon aveva corteggiato sua moglie, Meg, nonostante fosse fidanzata con Graham all'epoca. Erano stati imprudenti con le loro passioni, avevano quasi distrutto se stessi e l'intero gruppo di persone che chiamavano amici.

Simon, tra tutti, lo avrebbe capito.

«Ero mezzo ubriaco» disse. «Non è una giustificazione. È stato sbagliato.»

Simon gli si avvicinò. «Baldwin, tu sei una persona buona e perbene. Qualunque cosa tu abbia fatto, sono certo che non è così grave come credi.»

Baldwin inclinò la testa all'indietro, cercando di prendere aria. «Helena» sussurrò alla fine. «Mi ha trovato in quello... stato. Mi ha trovato e io... mi sono spinto troppo in là.»

Simon lo fissò per un attimo, poi spalancò gli occhi. «Mi stai dicendo che ti sei portato a letto Helena Monroe?»

«No» disse lui, barcollando all'indietro. Oh, era quello che avrebbe voluto fare. Voleva ancora farlo. Ma non poteva. Non poteva, a dispetto di quanto lo volesse. «No, ma... l'ho toccata. E non come la dovrebbe toccare un gentiluomo.»

Simon scosse la testa. «Baldwin, ti conosco da quando avevi dodici anni. Non faresti mai qualcosa contro la volontà di una donna. È chiaro che Helena è attratta da te, che tu sei attratto da lei e nonostante tutto, a volte queste cose succedono.»

«Questo non significa che quello che ho fatto sia giusto. Anche se lei ha detto di sì, io... non posso corteggiarla.»

Simon si accigliò. «Perché?»

Baldwin riprese fiato. «Non posso, ecco tutto. Non voglio entrare nei dettagli. Devo trovarla, parlarle.»

Fece per prendere gli stivali che erano stati lasciati ordinatamente ai piedi del letto. Si fermò a fissarli. Li aveva messi lì Helena. Helena gli aveva sorriso, e pensò di ricordare vagamente che gli avesse dato un bacio sulla guancia con grande dolcezza.

Si infilò gli stivali e si passò una mano tra i capelli.

«Baldwin» cominciò Simon con un tono di voce carico di frustrazione. «Maledizione. Lo vedono tutti che c'è qualcosa che non va. Perché non vuoi confidarti con noi? Con chiunque di noi. O con tutti noi? Potremmo aiutarti.»

Baldwin si voltò. Simon era il più attento del loro gruppo. Sapeva dire qualunque cosa e farla sembrare gentile anche se era una parola dura. Se avesse confessato tutto al suo amico, Simon sarebbe stato solo generoso e comprensivo.

Ma non avrebbe cambiato il suo futuro. Né il suo ruolo nel plasmarlo.

«Non posso» disse. «Ora devo trovarla. Con permesso.»

Simon sospirò. «È perfetta per te, amico mio» gli disse mentre si allontanava. «Meg ha detto che era andata al lago mezz'ora fa. Aveva detto che aveva bisogno di fare una passeggiata per schiarirsi le idee.»

Baldwin lo ignorò, ma il cuore gli balzò in petto mentre si precipitava fuori per andare dalla donna che gli ingarbugliava i pensieri. Una donna a cui doveva molto più di un imbarazzante palpeggiamento sulla poltrona del suo studio.

Normalmente Helena sarebbe rimasta affascinata dalla bellezza della scena che le si parò dinanzi. Il lago della tenuta di Baldwin era vasto, e al fresco del primo mattino emanava una leggera nebbiolina dal suo riflesso specchiato. In qualsiasi altra circostanza, avrebbe assaporato tutto e memorizzato quel momento per poterlo richiamare alla mente più tardi e trovare un po' di pace.

Ma quello non era un giorno normale e standosene sul limitare dell'acqua l'ammirazione che avrebbe provato a quella vista era più che dimezzata. Non riusciva a pensare ad altro che a Baldwin. E al piacere che le aveva dato.

Non aveva mai provato una cosa simile prima. Ma era stato... magico. E ne voleva ancora.

«Sto diventando la sgualdrina che mio zio mi ha sempre accusato di essere» mormorò e rabbrividì pensando alla reazione che avrebbe avuto zio Peter se avesse saputo. L'avrebbe imbarcata sulla prima nave per Boston, dove non aveva nessuno che l'avrebbe presa con sé.

Dietro di lei, sentì una specie di rombo. Quando si voltò, vide un cavallo che sfrecciava giù per la collina e veniva verso il lago. Anche da lontano, riconobbe il cavaliere. Era Baldwin.

Trattenne il fiato quando arrivò da lei, fermò di colpo l'animale e smontò di sella. Indossava ancora i pantaloni e la camicia della notte precedente, per quanto stropicciati dal sonno. Aveva le occhiaie sotto gli occhi e non aveva una gran bella cera. Non che ne fosse sorpresa. Quel poveruomo doveva soffrire i postumi della sbornia.

Eppure eccolo lì.

«Helena!» la chiamò mentre azzerava la distanza tra loro con poche falcate.

Lei giunse le mani davanti a sé e cercò di sembrare calma mentre diceva: «Vo... Vostra Grazia. Cosa ci fate qui?»

Lui si passò una mano tra i capelli e distolse lo sguardo. «Ho sentito che eri venuta qui a fare una passeggiata e so che sto disturbando la tua quiete. So che con ogni probabilità non vuoi più avere niente a che fare con me dopo il mio scioccante comportamento di ieri sera, ma dovevo trovarti. Dovevo parlarti. Se me lo consenti.»

Lei sbatté le palpebre davanti a quelle parole e al tono dispiaciuto con cui erano state pronunciate. «Io... ma certo, Baldwin.»

Lui afflosciò leggermente le spalle, come se avesse davvero creduto che lo potesse allontanare. Poi allungò una mano, come se volesse toccarla. Helena trattenne il respiro in attesa di quel tocco che voleva, di cui aveva bisogno. Ma prima di sfiorarla, scostò di scatto la mano.

«Mi dispiace tanto» sussurrò.

Lei scosse la testa. «Per cosa?»

«Per essermi comportato da animale ieri sera» chiarì lui, sostenendo il suo sguardo, sondandolo con i suoi occhi scuri. Helena vi scorse riflessa la sua disperazione. Il suo profondo rammarico. La ferì profondamente vedere che era dispiaciuto per quello che avevano fatto.

«Non ti sei comportato da animale» ribatté.

Baldwin fece un passo indietro. «Sì invece, ne sono consapevole. Ho ricevuto... una brutta notizia durante il ballo. Una cosa che riguarda la mia situazione finanziaria che speravo di poter risolvere, ma ora sembra che... be', che non succederà. Almeno non ora. Voglio che tu sappia che raramente bevo troppo. Ma ero... ero...»

«Disperato» completò lei quando lui non ci riuscì.

Baldwin chinò il capo. «Sì, Helena. Ero disperato. Pensavo di potermi nascondere in camera mia come una specie di bambino petulante. Per annegare le mie frustrazioni nell'alcol almeno per questa volta. È stato sciocco e sbagliato, ma sapevo che non sarei stato di buona compagnia alla festa. Ma quando sei entrata...»

Si interruppe e a Helena mancò il fiato. Il dolore impresso sul volto di quell'uomo era assolutamente genuino. «Baldwin» sussurrò.

«No, non consolarmi» disse lui con tono severo. «Non me lo merito. Eri venuta a vedere come stavo, un gesto molto più gentile di quanto io meritassi da parte tua. Ho ricompensato quella gentilezza con un comportamento decisamente non da gentiluomo.»

Helena scosse la testa, ma lui alzò una mano e sembrava che volesse continuare ad autoaccusarsi all'infinito. Ma lei non poteva permetterglielo. Non ora. Non quando la sua opinione in merito era così diversa.

Fece un passo avanti, incerta su cosa potesse fare per fermare quella sua auto-recriminazione. Gli toccò il braccio e le fu chiaro. Si sollevò in punta di piedi, gli prese le guance tra le mani e lo baciò.

Per un momento lui rimase rigido, sorpreso, ma poi si ammorbidì e la circondò con le braccia sospirando contro le sue labbra in segno di resa. Lei lo baciò più a fondo, assaporandolo solo per un attimo prima di arrossire e fare un passo indietro.

Baldwin la fissò, ma non ricominciò a parlare.

«Basta» sussurrò Helena. «Per favore.»

Lui sospirò, straziato e addolorato. «Ma...»

«Per favore, mi lasci parlare?» gli chiese.

Lo vide combattuto davanti alla sua richiesta. Voleva chiaramente confessare di più e rimproverarsi ulteriormente. Cercare di convincerla che meritava il suo biasimo per quei bei momenti nel suo studio.

Ma alla fine annuì. «Sì, sì certo.»

«Se l'erba non fosse così bagnata, potremmo metterci a sedere insieme» disse lei, facendo cenno alla riva del lago.

Baldwin inarcò le sopracciglia e poi si avviò a grandi passi verso il suo cavallo. Aprì la bisaccia e ne estrasse una coperta piegata, che stese davanti al lago.

«Sei sempre preparato» disse lei con una risata prendendo posto.

Lui scosse la testa. «Non io. Dovevo fare un giro a cavallo con Simon questa mattina, così il mio stalliere ha messo la coperta, nel caso volessimo fermarci a chiacchierare.»

«Be', ne sono felice.» Si sistemarono sulla coperta e lei fece un respiro profondo. «Non hai fatto niente di male ieri sera, Baldwin.»

Baldwin fece una smorfia in preda a ulteriori sensi di colpa che si portava dietro costantemente. «Sei una gentildonna» insistette lui.

Helena inspirò tra i denti. «No, non lo sono. Non secondo gli standard usati per giudicare una donna.»

Lui apparve confuso. «Non so a cosa tu ti possa riferire.»

Lei sospirò. «Devi ricordarti la notte scorsa. Non eri poi tanto ubriaco, Baldwin.»

«Sì» confermò lui lentamente. «Me la ricordo e non c'è nulla che sia successo che mi faccia pensare che non sei una gentildonna. Solo che io non sono un gentiluomo.»

Helena avvampò in viso, poteva ancora non procedere con quello che stava per fare e dire. Ma non voleva. Baldwin le aveva già dato così tanto di sé. L'unico modo per rassicurarlo che non era un mostro era fargli capire i suoi stessi segreti.

«Ti ricordi quando hai detto che qualcuno mi aveva fatto del male?» lo incalzò.

Baldwin chiuse gli occhi ed emise un suono gutturale. «Sì»

sussurrò lui. «Mi hai detto che avevo ragione, ma sono andato avanti lo stesso. Se fossi stato un po' più sobrio...»

«Sei andato avanti perché lo volevo io» insistette lei, prendendogli le mani e costringendolo a guardarla. «Non mi hai costretto a fare niente. Mi hai detto più volte che mi bastava dire una sola parola e ti saresti fermato. Non ho mai detto una parola perché non volevo che ti fermassi.»

«In ogni caso, quello che ho fatto era sbagliato» disse dolcemente. «C'è il problema di averti rovinata...»

«Pensi di essere l'unico ad avere dei segreti, Baldwin?» lo interruppe lei scuotendo la testa. «Non mi hai rovinato ieri sera. Non solo perché non mi hai... non mi hai... preso. Ma perché anche se mi avessi preso, non saresti stato il primo a farlo.»

Lo vide cambiare espressione. Impallidì e si fece rigido in volto. Le si spezzò il cuore, perché sapeva cosa sarebbe successo dopo. Il biasimo, la presa di distanza, forse anche i pettegolezzi.

«Parlamene» disse lui, e la sua voce era morbida, gentile. Helena percepì la sua empatia nella voce e la vide, anche, rispecchiata nel suo viso che continuava a cambiare espressione mentre elaborava quello che gli aveva appena detto.

Non era abituata a quella reazione. Distolse il viso e guardò il lago. «Era un corteggiatore di Charity, a Boston» disse. «Interessato al suo portafoglio, naturalmente. Lei non lo voleva e lo aveva liquidato in malo modo. Mi era dispiaciuto... per lui.»

Lui annuì. «Certo. Sei una persona gentile.»

«Troppo gentile, a quanto pare» ribatté lei con una risata che da anni usava per mascherare il proprio dolore. «Lo trovai a fare avanti e indietro in giardino, arrabbiato. Cercai di mostrarmi solidale, di ammorbidire quello che aveva detto Charity. Pensavo di essere stata di aiuto, ma poi mi afferrò e...»

Si interruppe e fece un respiro affannoso mentre quelle immagini che si sforzava tanto di tenere a bada tornavano a galla. Le mani dell'altro uomo, la sua bocca, il suo sorriso crudele mentre prendeva ciò che lei non voleva dare.

Baldwin strinse la mascella. «Ti prese con la forza.»

Lei annuì. «Sì.» Le sfuggì una lacrima e la asciugò. «Si prese quello che voleva e mi lasciò con l'abito a brandelli nel gazebo. Mi trovò mia cugina. Fu davvero... gentile, come riesce a essere a volte. Ma quando la mia famiglia lo venne a sapere, fui rovinata.»

Baldwin si accigliò. «Ma sapevano che eri stata violentata.»

Helena scrollò le spalle. «Che io avessi dato o che lui avesse preso, pensavano che avrei potuto essere più prudente. Forse avevano ragione. Non avrei dovuto seguirlo.»

«Proprio come non avresti dovuto seguire me» sbottò lui.

Si voltò a guardarlo inorridita. «Non osare paragonarti a lui, o equiparare quello che abbiamo fatto ieri sera a quello che fece quell'uomo tre anni fa.»

«Scusami» rispose Baldwin, ed era chiaro che era davvero dispiaciuto. «È stato crudele da parte mia dopo quello che hai passato. Come hai fatto a sopravvivere?»

«Piansi un bel po'» rispose lei con un sospiro. «Cercai sostegno e non trovai nessuno che me lo desse. Così ho imparato a fare affidamento solo su me stessa. Ho imparato a tenere sotto controllo tutte le orribili emozioni che emergono quando penso a quella notte. Ho imparato a perdonarmi e a prendere atto che non è stata colpa mia.»

Baldwin inclinò la testa. «Non smetti mai di stupirmi» mormorò, quasi più a se stesso che a lei. «Sei bella e gentile e così maledettamente forte. Non c'è nessuna al mondo come te, Helena. Nessuna in nessun mondo.»

Le si diffuse un forte rossore sulle guance, non solo per il suo complimento, ma per il modo in cui la guardava. Come se credesse veramente che lei fosse una creatura singolare e meravigliosa. Quando era con lui, poteva quasi crederci anche lei. Ed era per questo che quello che avevano condiviso era così importante. Era per questo che non voleva che fosse un rimpianto.

«Ieri sera hai detto una cosa» disse lei. «Sul fatto che tutti gli altri riescano ad avere ciò che vogliono.»

Baldwin abbassò la testa. «Stavo vaneggiando, bere troppo mi aveva sciolto la lingua.»

«Ma non avevi tutti i torti. A volte sembra che il resto del mondo riesca a realizzare i propri sogni e che io non ci riesca nonostante i miei sforzi. La ricompensa per la mia gentilezza o per le mie speranze o per essere sopravvissuta sarà di arrancare dietro a Charity, portandole lo strascico.»

Lui alzò gli occhi e la guardò. «Mi dispiace tanto.»

«Ma a me no.» Helena scosse la testa. «Oh, non riesco a spiegarmi. Lascia che provi a essere più chiara. Tutti i passi del mio cammino, quelli giusti, quelli sbagliati, quelli terribili... mi hanno portato a questo momento. In questo posto. A quello che è successo tra noi ieri sera. So che stai cercando di dipingerti come il cattivo in quei momenti in cui mi hai toccato, ma Baldwin, quella è stata la prima volta che mi sono sentita viva dopo anni.»

Lui serrò la mascella. «Dici sul serio?»

Helena annuì. «Sì. Non mi hai rovinato. E se ti avessi chiesto di smettere, non ho dubbi che lo avresti fatto.»

«Vorrei non essere stato così stordito dall'alcol» ribatté lui, «così i miei ricordi sarebbero limpidi. Voglio assaporare ogni istante che abbiamo condiviso.»

Helena sorrise, questa volta senza sforzarsi. Baldwin ricambiò il sorriso, e in quel momento erano le uniche due persone al mondo. Nell'universo. Lei conosceva un solo modo per far sì che quel momento restasse così. Solo una cosa che voleva più di ogni altra.

Gli si avvicinò lentamente, sostenendo il suo sguardo mentre lo faceva. Lui trattenne il fiato quando gli fu accanto.

«Non hai bevuto adesso» sussurrò Helena avvicinandogli il volto.

«No» confermò lui piegando la testa verso la sua. «Non ho bevuto.»

Le loro bocche si incontrarono e lei emise un lieve gemito gutturale con cui diede sfogo a tutto il bisogno che era stato attizzato la notte precedente. Un gemito che parlava di tutto il desiderio che ancora le bruciava in seno. Un desiderio che solo lui poteva aiutarla ad accendere e poi a spegnere.

Baldwin intensificò il bacio, inclinando la testa per assaggiarla più a fondo. Lei sollevò le mani e si aggrappò ai suoi bicipiti mentre annegava in lui e nel piacere che il suo tocco le procurava.

Alla fine Baldwin sollevò leggermente la bocca. Aveva lo sguardo annebbiato mentre la fissava come se la vedesse per la prima volta. «Helena» sussurrò. «Non posso comunque offrirti il futuro che meriti. Tu sai perché.»

Lei annuì, scacciando il dolore che le provocavano quelle parole. «Lo so. Ma potresti darmi qualcos'altro, Baldwin. Io ti... ti voglio. E so che non avrò mai più la possibilità di desiderare qualcuno e di essere ricambiata. Di fidarmi di qualcuno che mi dia quello che da gentildonna non dovrei chiedere.»

«Che cosa chiedi?» mormorò lui mentre le tracciava la guancia con la punta dell'indice.

Lei prese fiato e si sforzò di essere coraggiosa. «Te, Baldwin. Voglio te.»

CAPITOLO QUATTORDICI

Baldwin si sentì ardere quando Helena pronunciò quelle parole. Parole che sapeva essere in arrivo, che lo facevano tornare in vita dopo anni in cui era stato morto, sepolto dal dolore, dal tradimento e dal fallimento.

Questa brama che provava per lei, diventò ancora più profonda ora che aveva imparato la sua storia. Ora che aveva sentito la sua forza.

«Mi stai chiedendo di... diventare amanti?» le chiese, sperando che non gli vacillasse la voce.

Sulle guance di Helena si diffuse un intenso rossore, e lui rabbrividì ricordando che erano avvampate allo stesso modo quando l'aveva portata all'estasi la sera prima. Anche se un po' confuso, era un ricordo potente che assaporò molto più di quanto avrebbe dovuto.

Helena strinse le mani e lui percepì il suo conflitto interiore. Agli uomini della loro sfera era permesso esplorare i propri desideri. Addirittura ci si aspettava che lo facessero. Non danneggiava il loro futuro, se si era prudenti.

Si rendeva conto di quanto fosse diverso il desiderio per una donna. Alle donne veniva spesso insegnato che il desiderio era motivo di vergogna. Che non ci si doveva aspettare piacere. E che se venivano rovinate...

Be', la situazione di Helena riassumeva perfettamente le conseguenze. Era stata violentata, ma la colpa era ricaduta su di lei. In qualche modo aveva avuto la forza di superare il trauma di quella notte, ma ne aveva sofferto.

L'idea che si sarebbe affidata a lui, che si sarebbe donata a lui per il suo risveglio... be', era una cosa davvero formidabile.

«Amanti» ripeté Helena dolcemente, come se sentire quella parola con la sua stessa voce l'avrebbe aiutata a decidere se era quella la sua strada. «S... sì» balbettò alla fine, e lo guardò con occhi luminosi. «Sì, è quello che voglio.»

Lui le si avvicinò ancora di più sulla coperta. Ora sentiva il delicato calore della sua pelle contro la propria e il modo in cui lei tremava leggermente. Le passò il pollice sulla guancia ed Helena rabbrividì al tocco.

«Sai cosa posso e non posso offrirti» le disse, detestando il fatto di dover pronunciare quelle parole. «L'idea di approfittare di te è ripugnante.»

Helena sostenne il suo sguardo. «Tutti gli altri ottengono quello che vogliono, Baldwin. Conosco i limiti. Ne comprendo le ragioni. Ma se siamo entrambi d'accordo, se entrambi capiamo, allora nessuno se ne approfitta, giusto? E questa è la possibilità di ottenere questa piccola cosa che vogliamo.»

Con questa affermazione, si era trasformata in una sirena. E lui era un marinaio, solo che vedeva gli scogli, vedeva il pericolo. Vedeva tutto e non gli importava. Perché quello che gli offriva era maledettamente dolce.

Le inclinò il viso e la baciò ancora una volta. Lei gli si aprì subito, e il suo entusiasmo dissolse ogni possibile esitazione residua. La voleva. Gli stava offrendo la possibilità di averla. E con quella possibilità, non avrebbe solo preso. Avrebbe fatto in modo che questa relazione fosse solo un piacere per lei. Che l'avrebbe aiutata a mettere a tacere i suoi ricordi dolorosi. Che ne avrebbe creati di nuovi che entrambi avrebbero potuto richiamare alla mente dopo che... dopo che fosse tutto finito.

Scacciò il pensiero di quel futuro e la fece sdraiare di nuovo sulla coperta. Le rotolò sopra e rabbrividì quando le sue braccia gli circondarono la schiena in segno di benvenuto e di resa. Aveva dei bisogni, dei bisogni potenti. Ma in quel momento non gli importavano. Voleva che Helena si godesse quel momento.

La baciò più in profondità e lei emise un sospiro contro le sue labbra. Le affondò dentro, assaporando ogni centimetro della sua bocca, spingendo con la lingua come avrebbe fatto dopo con il corpo. Quando la sentì rilassarsi, fu solo allora che la toccò. Lasciò scivolare la mano lungo il suo fianco e le strinse un seno attraverso l'abito di seta.

Lei si inarcò sotto di lui con un sussulto che interruppe il loro bacio. Baldwin si ritrasse per osservarla nel suo piacere. La sera prima era stato troppo brillo per valutare bene tutte le sue reazioni. Ora si compiaceva del modo in cui Helena spalancava gli occhi e le si dilatavano le pupille. Del modo in cui le si fermava il respiro quando le tracciava il profilo del capezzolo col pollice. Del modo in cui gli sollevava i fianchi contro, e lui dubitava che lei si rendesse conto di quello che stava facendo perché era persa nelle sue carezze.

«Voglio prenderti, Helena» mormorò mentre continuava a stimolarle quel capezzolo girandogli intorno più volte. «Non puoi comprendere appieno quanto lo voglio.»

Lei annuì a scatti. «Credo di capirlo un po'.»

Lui sorrise. «Non ho intenzione di farlo qui però.»

Helena sembrò delusa. «No?»

«Voglio che diventiamo amanti, davvero. Ma mi rendo pienamente conto del dono che mi stai facendo offrendomi questa possibilità. Dopo quello che hai passato, non ho intenzione di trattarti come una copula scandalosa priva di significato. Significa molto per me.»

Baldwin aveva continuato a far roteare il pollice intorno al capezzolo mentre parlava, e lei stava annuendo, ma lui poteva vedere che il piacere la stava distraendo. Bene. Voleva che fosse distratta dal piacere ogni volta che la toccava. Voleva farla tremare e sciogliere. Se lo meritava.

Meritava molto di più.

«Adesso ti farò venire» le promise.

Lei lo fissò. «Venire?»

«Come ieri sera» sussurrò lui. «Quando il piacere è diventato così grande da non poterlo più contenere. Quando mi hai ricoperto le dita con tutto quel fluido.»

Helena arrossì di nuovo a quella descrizione audace. Baldwin si stupiva di se stesso ad aver parlato a quel modo. Era un gentiluomo. Erano le canaglie abili con la parlantina come Robert che infiammavano le orecchie delle donne con parole sconce.

Ma Helena lo ispirava.

«Sono stata... sopraffatta quando mi hai toccato» ammise lei dolcemente. «Non avevo mai provato niente di simile.»

«Bene. Stai per provarlo di nuovo.»

Scese lentamente lungo il suo corpo, baciandola attraverso i vestiti. Le tirò le sottane, sollevandole fino a quando riuscì a separare la fessura dei suoi mutandoni. Prese fiato.

Ieri sera non l'aveva guardata. Anche se l'avesse fatto, sarebbe stato troppo ubriaco per apprezzarla pienamente. La guardò adesso. Era già bagnata di desiderio, e lui non poté trattenersi. Abbassò la testa e le diede un bacio delicato.

«Baldwin!» gridò Helena e si alzò appoggiando i gomiti sulla coperta per fissarlo.

Lui la guardò da in mezzo le sue gambe. «Ti bacerò qui. Ti leccherò. E se mi permetterai di farlo, ti prometto che il piacere della scorsa notte sembrerà una sciocchezza al confronto.»

Helena schiuse le labbra e una dolcissima espressione di innocente sgomento le apparve in viso. Come se non potesse credere che fosse vero. Eppure, per quanto lui volesse tuffarsi subito nell'atto, doveva tenere conto di quello che aveva passato.

Non avrebbe mai voluto farle del male. Mai.

«Ascoltami, Helena» sussurrò. «*Tu* hai tutto il controllo su questo momento. Sul modo in cui ti tocco. Appena dirai di no, mi fermerò. Non m'interessa fin dove mi sono spinto o a cosa hai detto sì in passato. Il tuo *no* fa cessare tutto.» Ridacchiò. «Anche se mi farà star male da morire.»

Lei continuò a fissarlo. «Tu... tu lo faresti?»

«Certo» la rassicurò lui. «Non sei un giocattolo che posso usare e gettare via. Conosciamo entrambi le circostanze, gli ostacoli, il futuro che non possiamo evitare. Ma voglio che questo ti dia piacere. Voglio che sia qualcosa a cui ripenserai con gioia. Questa relazione è per te, Helena, tanto quanto lo è per me.»

Lei deglutì a fatica e poi annuì. «Grazie.»

«Posso adesso?» le chiese, indicando il suo sesso con un cenno del capo.

Helena schiuse le labbra, era chiaramente ancora incerta. Ma poi deglutì con forza e disse: «Sì. Mi fido di te, Baldwin.»

Lui si rendeva conto di quanto fosse difficile dare quella fiducia e giurò, anche solo a se stesso, di non farla mai pentire di avergliela data. Con delicatezza, le mise una mano su ciascuna delle cosce e gliele fece allargare. Si appoggiò a pancia in giù tra le sue gambe, poi le passò le dita sul sesso.

Lei emise un suono confuso di piacere e aprì ancora di più le gambe. Lui sorrise mentre le apriva gentilmente le pliche, e si chinò a leccarla ancora una volta.

Helena sussultò all'inaspettata e potente sensazione della lingua di Baldwin che la accarezzava nel modo più intimo possibile. L'idea di quello che voleva fare l'aveva disorientata, ma ora... ora che lo stava facendo davvero, capiva. Era qualcosa di magico.

Meglio ancora, lui sembrava godere altrettanto di quell'atto, perché ci si era buttato con grande gusto e determinazione. Era implacabile, le passava la lingua sull'apertura e poi la faceva roteare intorno allo stesso punto dove l'aveva toccata la notte precedente. E proprio come aveva fatto poche ore prima, lei si ritrovò a strusciarsi contro di lui al ritmo del suo tocco, raggiungendo quel piacere che aveva già trovato con lui.

Abile e concentrato com'era, non ci volle molto per arrivarci. Trovarono un ritmo condiviso, qualcosa di duro e veloce che le fece tremare le gambe mentre premeva i talloni sulla coperta. Lui continuava ad accarezzarla tenendo la lingua piatta, e lei non riusciva a trattenere i gridolini che le sfuggivano dalle labbra e si disperdevano nella morbida brezza proveniente dal lago.

La tensione crebbe, proprio come la notte prima. Un piacere che si addensava come un temporale. Lo voleva. Ne aveva bisogno più dell'aria, del cibo o dell'acqua. Ne aveva un bisogno disperato, e proprio quando raggiunse l'apice di quel bisogno, lui la succhiò facendola esplodere.

Continuò a leccarla mentre lei gli si dimenava contro, stringendo la coperta, torcendosi per sfuggire al piacere, strusciandosi per trovarne ancora. L'estasi continuò molto più a lungo della notte precedente. Quelle ondate di piacere si moltiplicarono fino a lasciarla spossata. Solo allora lui sollevò la bocca e le diede tregua da quella sensazione potente e incontrollabile.

Baldwin risalì a gattoni lungo il suo corpo e la baciò. Helena se ne abbeverò a fondo e sentì un sapore dolce e muschiato sulla lingua che le diede un'ulteriore scossa di desiderio. Era il suo stesso sapore da quel posto segreto che le avevano insegnato essere sporco e sbagliato.

A giudicare dal sapore non sembrava sbagliato. Nemmeno quello che aveva fatto lui le era sembrato sbagliato. Le era sembrato... meraviglioso. E lui era stato così gentile, così generoso e premuroso che i suoi ricordi non l'avevano tormentata quando l'aveva toccata. In effetti, niente l'aveva turbata in quei momenti così dolci e sensuali.

Baldwin le abbassò le gonne e si mise sdraiato accanto a lei, appoggiandole delicatamente la mano sullo stomaco. «Molto meglio quando sono completamente sobrio, no?» disse con un sorriso che gli illuminò moltissimo il viso solitamente cupo.

Helena rise. «Sobrio o ubriaco, mi fai provare cose sconvolgenti. Non sapevo fossero possibili.»

Lui le strinse la mano sul ventre. «Ti meriti questo piacere, Helena. Ed è un vero piacere per me dartelo.»

Lei aggrottò la fronte e gli guardò il corpo. Proprio come aveva visto la sera prima, era ben consapevole del gonfio memento che lui non aveva raggiunto il piacere con lei, entrambe le volte che l'aveva toccata.

«E tu?» gli chiese.

Baldwin inarcò un sopracciglio. «State cercando di tentarmi, signorina Monroe?»

«Spero di tentarvi, milord» ribatté lei.

Lui le prese la mano e se la passò delicatamente lungo il corpo fino a quando lei non lo toccò dove era duro. «Oh sì» la rassicurò. «Ma quando vi porrò rimedio, voglio che sia sepolto dentro di te. E voglio farlo solo quando avrò il tempo di farlo come si deve.»

«Nel bel mezzo di una festa in campagna, una bella sfida.»

Baldwin scrollò le spalle e le lasciò andare la mano. «Mi piacciono le sfide.» Per un momento rimasero così e poi lui guardò dietro di sé, in direzione della casa nascosta dietro la collina. «Anche se mi piacerebbe stare qui con te tutto il giorno, si sta facendo tardi. Presto gli altri si alzeranno.»

Helena gemette e gli seppellì la testa nella spalla. «Non voglio tornare alla realtà.»

Lui rise e le accarezzò i capelli. «Nemmeno io, ti assicuro. Ma dobbiamo.»

Lei annuì lentamente e poi alzò la testa con un sorriso. «Grazie per l'illusione, comunque.»

«Grazie a te» rispose lui prima di baciarla ancora una volta.

Helena voleva sprofondare in quel bacio. Voleva arrendersi a quella sensazione e a lui. Ma Baldwin non glielo permise. Con un gemito si tirò indietro e poi si alzò in piedi. Lei lo guardò raddrizzarsi prima che le offrisse una mano per aiutarla ad alzarsi. Helena la prese e fece del suo meglio per sistemarsi il vestito. Sotto aveva i mutandoni leggermente storti, ma non aveva intenzione di metterli a posto.

«Vieni con me» disse lui e iniziarono a risalire la collina a piedi fino a dove era andato a pascolare il suo cavallo. Baldwin prese le redini quando passarono accanto all'animale e insieme salirono in cima alla collina.

Helena si lasciò sfuggire un sospiro quando in lontananza apparve la casa. La realtà incombeva su di loro, come avrebbe fatto sempre. Cominciò a pensare alle conseguenze e al futuro e a quello che avrebbe perso e a tutto il resto.

«Hai detto di aver ricevuto brutte notizie ieri sera» disse. «C'è qualcosa che posso fare per aiutarti?»

Lui la guardò con la coda dell'occhio. «Lo hai appena fatto.»

Helena scosse la testa. «Fingi con tutti gli altri, Baldwin, per favore non fingere con me.»

Lo vide buttare fuori il fiato e afflosciare le spalle, e per un momento il peso che portava su di sé fu molto evidente. «Erano solo cattive notizie sui debiti di cui ti ho parlato.»

Lei aggrottò la fronte. «Quelli che non eri riuscito a scoprire.»

«Sì. Qualcuno li ha... comprati tutti.»

Erano quasi arrivati alla casa a quel punto, e lei si fermò sul sentiero per guardarlo in faccia. «Qualcuno li ha comprati tutti? Chi?»

«Era questa la brutta notizia: non lo so.» Baldwin sospirò e volse lo sguardo verso la casa. «Ma non può essere per una buona ragione,.»

Helena era incline a essere d'accordo, ma dirlo non gli avrebbe dato sollievo. Invece allungò la mano e gli toccò il braccio. «Non sai ancora nulla di certo. Abbi fede, Baldwin. Sei troppo buono perché non ti succedano solo cose buone.»

Lui la fissò, e per un momento pensò che potesse baciarla.

Voleva che lo facesse, anche se diede una breve occhiata alla casa da dove chiunque avrebbe potuto vederli. Baldwin fece altrettanto e sospirò.

«Grazie» disse. «Eri esattamente ciò di cui avevo bisogno per schiarirmi le idee.»

«Se ti ho aiutato anche solo un po', allora ne sono felice» disse lei. Si allontanò con un sospiro,. «Devo rientrare. Si sta facendo tardi, e da un momento all'altro mia cugina si sveglierà e piomberà in salotto per chiedere che la assista.»

Baldwin aggrottò la fronte. «In salotto?»

Helena scrollò le spalle. «Voleva il letto tutto per sé. Io dormo sul divano.»

Baldwin strinse la mascella ed Helena vide un lampo di rabbia attraversargli il viso. Una rabbia intensa e tutta per lei. «Quella piccola...»

Helena spalancò gli occhi e scosse la testa. «Non dirlo. Non ne vale la pena.»

«Sapevo che avrei dovuto darti una camera tutta tua» disse lui. «Avevo pensato che la bella vista ti avrebbe fatto piacere e...»

Lei inclinò la testa. «Hai scelto la stanza con la vista sul parco per... per me?»

«Certo» confermò lui senza esitazione. «Non avrai pensato che fosse per Charity, vero?» sbuffò ironico.

Helena avvampò di piacere e chinò la testa. «Oh, be', io... devo andare. Grazie. Buona giornata.»

Lui la osservò voltarsi e sgattaiolare in casa, lontano da lui. Lontano da tutto quello che avevano fatto insieme in riva al lago. Non aveva idea di come sarebbe andata a finire quella storia.

Sapeva solo che sperava che continuasse.

CAPITOLO QUINDICI

Quando Helena entrò in camera pochi istanti dopo essersi separata da Baldwin, trovò Charity ad aspettarla. Sua cugina la fulminò con lo sguardo e sbottò: «Dove sei stata?»

Helena cercò di far rallentare i battiti del cuore che improvvisamente le batteva all'impazzata e di sfoderare il sorriso più smagliante che riuscì a fare. «Mi sono svegliata presto e ho pensato di fare una passeggiata nel parco. Buongiorno, Perdy.»

La cameriera di Charity stava allacciando l'abito di Charity, alzò lo sguardo dal suo lavoro e fece un timido sorriso. Helena provò compassione per lei. La povera Perdy aveva a che fare con Charity e i suoi umori più frequentemente di Helena. Per lei anche solo gli ultimi mesi erano stati più che sufficienti.

«Davvero?» disse Charity, inarcando un sopracciglio. «Da sola?»

Helena si agitò. Era una situazione spinosa. Di sicuro non aveva intenzione di dire a sua cugina quello che era successo veramente quella mattina, ma se avesse mentito sull'aver visto Baldwin e qualcuno l'avesse detto a Charity, avrebbe solo peggiorato le cose. Sua cugina sembrava già fin troppo interessata al duca e a come Helena interagiva con lui.

«Mi sono imbattuta nel Duca di Sheffield. Era fuori per una cavalcata mattutina» ammise. «Siamo tornati insieme a piedi.»

Charity inclinò la testa e poi sorrise. «E avete parlato di me?»

«Sì» rispose Helena con un sorriso tirato. Non era una bugia, anche se dubitava che Charity avrebbe gradito il tono o l'argomento di quella conversazione. Arrossiva ancora quando pensava a Baldwin che la difendeva, che aveva scelto quella bella stanza per *lei*.

«Bene» disse Charity. «Potrebbe ancora esserci utile la tua strana amicizia col duca e la sua famiglia.»

Helena si avvicinò e si sedette vicino a Charity. Perdy stava finendo di vestirla, e presto sua cugina avrebbe preso posto alla toletta per farsi acconciare i capelli.

«In che modo?» chiese Helena.

«È molto bello» disse Charity guardandola dritta negli occhi senza battere ciglio. «Non credi?»

Helena smise di respirare. Conosceva Charity da sempre, erano cresciute insieme, e conosceva bene le pieghe che assumeva la bocca di Charity e i toni della sua voce. Sua cugina era a caccia di informazioni. Stava cercando di scoprire cose che Helena non voleva condividere.

Charity ovviamente aveva dei sospetti. Sospetti che potevano essere molto pericolosi, considerato l'accordo che aveva appena stipulato con Baldwin.

Si schiarì la gola. «È uno dei tanti uomini affascinanti presenti a questo ricevimento. Anche il Duca di Tyndale è piuttosto prestante. E ci sono alcuni altri nobili con titoli minori che non si possono definire brutti.»

«Non stavo chiedendo di *loro*, stavo chiedendo di *lui*.» Charity girò la sedia della toletta in modo che fosse rivolta verso Helena e poi vi si accomodò, costringendo Perdy a incunearsi tra tavolo e sedia per sistemarle i capelli.

«È bello» disse Helena a bassa voce.

«Credo che mi piaccia» continuò Charity. «Almeno quanto

chiunque altro. Mi ha avvicinato dopo avermi visto ballare con Grifford. Forse era geloso della nostra sintonia.»

Helena cercò di restare calma. «Ti trovi in sintonia con il Conte di Grifford? L'uomo che una volta ti lamentavi fosse troppo vecchio?»

Charity scrollò le spalle. «Mi è venuto a piacere. Ma non è un duca. Che ne diresti se ci provassi con Sheffield?»

All'improvviso tutto rallentò mentre Helena fissava sua cugina. Sapeva che a Baldwin Charity non piaceva molto. In qualsiasi altra circostanza questo fatto l'avrebbe rassicurata sul fatto che questo capriccio di sua cugina non avrebbe portato a nulla.

Ma conosceva anche la situazione di Baldwin. E suo zio Peter si era assicurato che Charity fosse nella migliore posizione finanziaria rispetto a quasi tutte le ragazze della stagione, sia in Inghilterra che a Boston.

Quella dote non era una cosa che Baldwin potesse ignorare. E così quell'idea fu come un pugno nello stomaco per Helena.

«Penso che sarebbe...» Si schiarì la voce perché le era venuto un nodo in gola. «Sono certa che sarebbe un'unione vantaggiosa per entrambi.»

«Sono d'accordo.» Charity lanciò un'occhiataccia alla sua cameriera. «Santo cielo, Peggy, stai tirando!»

Helena chiuse gli occhi mentre Charity si sfogava contro la povera ragazza. Il suo cuore non aveva mai sofferto così in tutta la sua vita. Pensare a Charity con Baldwin e a lui costretto a considerarlo...

Dopo quello che avevano appena condiviso, poteva a malapena sopportare l'idea.

«Prendimi la collana, per favore, Helena» disse Charity, indicando il portagioie sul tavolo dall'altra parte della stanza.

Helena scacciò i suoi pensieri e andò a fare quello che le era stato detto. Come sempre. Non c'era altra scelta.

~

Baldwin fece un bel respiro, chiuse gli occhi e alzò il viso verso il sole. Per un attimo, fu invaso da un senso di pace. Era la prima volta che rimaneva solo da quando sua madre gli aveva suggerito di organizzare la festa in campagna, e ora si godeva il momento. Molto presto sarebbe dovuto tornare dentro. Presto avrebbe dovuto ricominciare a pensare ai debiti e alle giovani da corteggiare, e avrebbe dovuto essere vicino a Helena che desiderava tanto da star male.

Ma per ora era...

«Vostra Grazia?»

Si lasciò sfuggire un piccolo sospiro prima di aprire gli occhi e osservare come una delle giovani invitate da sua madre scendeva giù per il viale del giardino venendogli incontro. Lady Winifred, figlia del Conte di Snodgrass. Quindicimila sterline e quel maledetto cavallo da corsa. Quei dettagli gli passarono per la testa in un baleno, e trasalì constatando quanto era diventato mercenario. Guardò con un po' più di attenzione. Non era una ragazza poco attraente. Capelli scuri, occhi castani, bel viso. Solo che non era la persona che voleva.

Si alzò dalla panchina e si sforzò di sorridere. «Lady Winifred» salutò. «Siete venuta a fare una passeggiata?»

Lei annuì e disse: «Vostra madre ed io stavamo parlando di quanto io ami le rose, così mi ha mandato ad ammirare le vostre.»

«Mia madre» ripeté lui lentamente. Girò lo sguardo verso la terrazza di sopra e vide la duchessa in piedi alla balaustra. Si accigliò quando la vide salutarlo con la mano prima di avere la decenza di voltarsi e lasciare che le sue macchinazioni facessero il loro corso.

«Sì» confermò Lady Winifred. «È stata piuttosto insistente e credo che avesse intenzione di venire con me, ma poi è stata distratta da un problema con la servitù.»

«Immagino. Be', sarei negligente se non mi offrissi di mostrarvi io stesso i dintorni, allora.» Le offrì un braccio e lei lo prese senza esitare. Baldwin si fece teso quando lo toccò, era odioso che per questa giovane… non sentisse niente. Nessuna scintilla, nessun interesse. Assolutamente niente.

Perché non era Helena. Ancora una volta quel pensiero gli si insinuò nella mente. Dovette scacciarlo di nuovo con forza mentre cominciavano a passeggiare per il giardino, con la sua compagna che continuava a parlare di rose. Tipi. Colori. Profumi. Origini.

Santiddio, questa sarebbe stata la sua vita. Discorsi infiniti sulle rose mentre lui cercava disperatamente di far bastare quindicimila sterline e un cavallo da corsa per riempire le sue casse vuote.

«Vostra Grazia?» lo chiamò la giovane.

Lui sbatté le palpebre e abbassò lo sguardo. «Le mie più sincere scuse, milady. Ero distratto ed è stato molto scortese da parte mia. Credo che steste parlando della rosa muschiata.»

«Sì infatti» ammise lei. «Ma stavo per dire che le vostre rose sono tutte fiorite abbastanza presto quest'anno.»

Baldwin si guardò intorno per osservare le bellezze in boccio che sua madre e sua nonna avevano entrambe amato tanto. «Suppongo che sia un po' presto, sì.»

Lady Winifred inclinò la testa. «Porta sfortuna, sapete. Che fioriscano presto.»

Baldwin soffocò una risata carica di sarcasmo. «Beh, a volte un uomo ha solo quella.»

Lady Winifred lo guardò con un'espressione confusa. Non curiosa, solo incerta. Ma prima che potessero continuare a parlare, la Contessa di Snodgrass venne giù per il sentiero e sorrise alla coppia. «Eccoti, Winifred. E ben trovato, Vostra Grazia.»

Baldwin la salutò con un cenno del capo. «Milady.»

«Winifred, è quasi mezz'ora che vaghi per i giardini del duca. Non vorrai prendere troppo sole. A un gentiluomo non piacciono le donne troppo abbronzate, non è vero, Vostra Grazia?»

Baldwin liberò Winifred, che tornò al fianco della madre. Provò un grande senso di sollievo quando lo fece. «Non posso parlare per tutti i gentiluomini» rispose.

Lady Snodgrass ridacchiò e Winifred arrossì. «Buon pomeriggio, Vostra Grazia. Ci vedremo stasera a cena.»

Le due donne si voltarono e si allontanarono. Baldwin si afflosciò contro l'albero più vicino, esausto.

«Buon pomeriggio.»

Si bloccò, il cuore gli balzò in petto come non aveva fatto quando aveva passeggiato con l'altra giovane. Conosceva quella voce. Si voltò e vide Helena a qualche metro di distanza, che lo osservava attentamente.

«Helena» sussurrò, il suo nome una preghiera, una supplica, un balsamo. «Sono così felice che sia tu e non qualche altra donna mandata da mia madre apposta a tenermi compagnia.»

Helena si agitò leggermente. «Sì, ti ho visto con Lady Winifred. Lei è una delle... opzioni, allora?»

Baldwin alzò lo sguardo verso la casa dove si erano dirette la giovane donna e sua madre. «Sì, suppongo.»

«Be', è carina» disse Helena scegliendo le parole con prudenza.

Baldwin si voltò verso di lei con un sorriso. «Stai giocando a fare la mia sensale di matrimoni?»

Helena non ricambiò il sorriso. «Credo che sarebbe troppo difficile.»

Lui annuì. «Sì. Tutto questo è... difficile.»

«Per entrambi, immagino. Non ti piaceva per niente?»

Baldwin scrollò le spalle. «Non si tratta di piacere o non piacere. È una giovane donna abbastanza simpatica. È solo che non provo... niente quando sono con lei.»

Helena deglutì a fatica. «Capisco.»

«Non come quando sono con te» mormorò lui, e le si avvicinò di un passo.

Helena trattenne il fiato e lui vide le sue pupille dilatarsi dal desiderio. Gli piaceva vederlo sbocciare in lei, un po' come i fiori di cui Lady Winifred aveva continuato a parlare incessantemente.

«Siamo troppo vicini alla casa» sussurrò Helena. «Chiunque potrebbe vederci.»

«Giusto» disse lui, e le offrì un braccio. «Ti va di fare due passi con me? Preferirei di gran lunga la tua compagnia.»

Helena aveva l'aria di voler ribattere. Probabilmente gli avrebbe fatto notare che quello che stavano facendo era pericoloso e sbagliato e che non avrebbe portato ad accettare il futuro che entrambi avrebbero presto affrontato.

Invece, sospirò e disse: «Certo. Sai che non potrei dire di no.»

Gli prese il braccio, e questa volta Baldwin provò mille sensazioni. Calore e piacere, desiderio e disperazione. Era consapevole di ogni sua parte premuta addosso, di ogni dito che si piegava nell'incavo del suo braccio. Sentiva tutto e ne era estasiato.

«Allora, di cosa avete parlato?» chiese lei.

Lui abbassò gli occhi per guardarla mentre cominciavano ad addentrarsi nel giardino, più lontano dalla casa e da qualunque occhio indiscreto. «Vuoi davvero saperlo?»

«Non lo so» mormorò lei. «Una parte di me vuole sapere. Una parte di me no. Sono gelosa e mi odio per questo.»

Baldwin scosse la testa. «Non devi essere gelosa. Lady Winifred è una grande appassionata di fiori e per mezz'ora ho sentito parlare solo di rose, rose, rose.»

Helena alzò lo sguardo verso di lui. «È tutto quello che le è venuto in mente di dirti?»

«Sembri incredula. Forse ispiro solo il più noioso degli argomenti nelle persone» disse lui con una risata che alleggerì tutto il suo umore.

Si sentiva così solo con lei, a quanto pareva.

Helena sorrise. «Forse. Io non avrei scelto quell'argomento per parlare con te.»

«Quale argomento avresti scelto?» chiese lui, e la condusse nel gazebo coperto.

Helena si guardò intorno arrossendo, e lui capì che stava pensando allo stesso problema su cui aveva riflettuto lui. Sarebbero stati abbastanza al sicuro qui per un bacio? Niente di più, naturalmente, era troppo pericoloso. Ma poteva baciarla?

Lei si morse il labbro mentre gli lasciava il braccio e si allontanò. «Mia cugina mi ha detto che ha intenzione di farsi corteggiare da te.»

Tutti i pensieri felici e allegri di Baldwin svanirono e fissò Helena inorridito. «Charity?»

«Sì, è la mia unica cugina che potrebbe farlo, credo, dato che tutte le altre sono in America» disse lei, cominciando a fare avanti e indietro all'interno del gazebo. «Me lo ha detto stamattina, dopo che sono tornata da... da quando tu...»

Non lo guardò, ma mise entrambe le mani sulla balaustra del gazebo e vi si appoggiò come se le gravasse sulle spalle il peso di tutto il mondo.

«Capisco» mormorò lui. «Sai che non la voglio.»

«Non vuoi nessuna di loro» disse Helena, lanciandogli un'occhiata. «Ma entrambi conosciamo il pericolo. Charity ha una dote enorme. Potrebbe anche essere più grande di quanto si dica in giro. Riconosco che dovresti prenderla in considerazione.»

Gli si rivoltò lo stomaco. «Ascoltami, Helena. Non potrei prendere in considerazione tua cugina nemmeno se avesse centomila sterline, o un milione.»

Helena avvampò in viso e sorrise leggermente. «Non essere sciocco. *Io* la sposerei per un milione di sterline.»

Lui si rese conto di quello che stava facendo, come cercava di alleggerire la situazione scherzandoci su. E funzionò. Sorrise suo malgrado e allungò il braccio per prenderle la mano.

«Non parliamo di lei» disse. «Ho così poco tempo con te che non voglio sprecarlo parlando di Charity o di Lady Winifred o di rose.»

«Allora scegli tu l'argomento, visto che oggi hai sofferto tanto» disse lei, con un altro sorriso ironico sulle labbra.

Labbra che lui voleva baciare disperatamente. Solo che un bacio avrebbe portato ad altre cose in quel preciso istante.

Così, invece, la invitò a sedersi insieme sulla panchina al centro del gazebo. «Parlami delle tue amiche a casa.»

Lui si aspettava che Helena si illuminasse a quell'argomento, ma invece si irrigidì e strinse la mascella.

«Mi spiace» le disse, stringendole la mano un po' più forte. «Non era mia intenzione trovare un argomento doloroso per te.»

«Non è colpa tua» disse lei dolcemente. «Le mie amiche vennero a sapere della mia rovina. Mi ero confidata con la mia più cara amica, avevo bisogno di qualcuno con cui parlare. Invece, lei lo disse alle altre e loro... si allontanarono da me. Lo scandalo crebbe, i fatti vennero distorti e... be', non credo di voler tornare a Boston.»

Baldwin scosse lentamente la testa, incredulo. «Quelle non sembrano amiche» ringhiò. «Non riesco a immaginare che i miei amici non starebbero dalla mia parte.»

«È per questo che non dici loro la verità sulla tua situazione?» chiese lei con tono gentile ma diretto.

Lui la fissò. «Un valido argomento» disse lui. «E non c'è bisogno di tornarci sopra. Ma Helena, sappi che le amicizie che stai stringendo con Emma, Meg, Charlotte e Adelaide sono molto più sincere. Il miglior gruppo di donne che io abbia mai conosciuto in vita mia.»

Helena si agitò. «Pensavo che anche le mie amiche mi avrebbero sostenuto. Non voglio che le duchesse sappiano la verità.»

C'era un accenno di disperazione nel suo tono. Una nota di terrore, tristezza e dolore che gli fece rivoltare le budella. Non riuscì più a trattenersi. Le afferrò il mento, si chinò e le sfiorò le labbra con le sue.

Lei emise un leggero gemito di resa che lo fece impazzire, ma non intensificò il bacio né pretese di più da lei. Non l'aveva baciata per senso di possesso o desiderio, ma per darle conforto. Sostegno. Ed emozioni che si rifiutava di nominare perché non avrebbero potuto portare a nulla.

Si ritrasse e sostenne il suo sguardo. «Non svelerò il tuo segreto, Helena. Non ti tradirei mai in quel modo. Ma voglio dirti che le tue nuove amiche non ti volteranno mai le spalle, te lo giuro.»

«Ma non capirebbero» sussurrò lei.

«Adelaide ed Emma sì» ribatté lui dolcemente. «Entrambe sono scampate per un pelo alla tua stessa sorte.»

Helena spalancò gli occhi. «Adelaide ed Emma?» ripeté lei.

«Aggredite dallo stesso uomo, in momenti diversi» confermò lui, e strinse la mascella pensando alle storie che avevano raccontato James e Graham. All'epoca si era arrabbiato, ma ora era furioso. Ora poteva immaginare quello che aveva passato Helena, e gli spezzava il cuore.

«Lo stesso uomo» sussurrò lei a occhi sgranati per il terrore.

«Ora è morto» la rassicurò lui. «Sto solo cercando di dire che quello che è successo non è stata colpa loro. E so che capirebbero quello che hai passato se scegliessi di dire loro la verità.»

Helena fece un profondo sospiro e fissò il giardino, anche se con occhi distanti e guardando nel vuoto. «Ci penserò, Baldwin. Davvero. Potrebbe essere... bello avere amiche con cui confidarsi e che capiscano.»

«Hai affrontato questa cosa da sola per così tanto tempo» la incoraggiò lui. «Spero che lo prenderai in considerazione.»

Helena si guardò intorno e poi appoggiò brevemente la testa contro la sua spalla. Baldwin si sentì ardere in tutto il corpo e le avvolse le braccia intorno mentre lei gli si afflosciava contro. Confidava che le desse forza in quel momento, e Baldwin si gonfiò di orgoglio... e del desiderio di proteggerla per il resto della sua vita.

Solo che non poteva. E anche lei sembrò ricordarsene nello stesso momento, perché si tirò su a sedere e gli sorrise. Era un'espressione incerta, non del tutto credibile.

«Ora dovremmo tornare indietro» suggerì. «Charity stava facendo un pisolino, ma si sveglierà presto e io dovrò occuparmi di lei.»

Baldwin annuì e si alzò per offrirle il braccio una seconda volta. Quando lei lo prese e lui la condusse di nuovo in giardino, le disse: «La cosa positiva è che ora posso raccontarti tutto di ogni rosa che sia mai esistita mentre torniamo a casa.»

Helena rise, una risata fragorosa che gli diede quasi una scossa. «Non vedo l'ora, Vostra Grazia. Ho sentito dire che non se ne sa mai abbastanza sulle rose.»

«Non è vero» scherzò lui. «Quando avrò finito, non la penserai più così. Ora, prendiamo in considerazione la centifoglia...»

CAPITOLO SEDICI

Normalmente a Helena piaceva molto fare colazione. Non era mai stata schizzinosa in fatto di cibo e la cuoca di Baldwin aveva talento in tutti i sensi. Ma quella mattina le sembrava che tutto ciò che aveva davanti sapesse di segatura e persino gli odori le facevano rivoltare lo stomaco. Ma il motivo non aveva nulla a che fare con la qualità del cibo.

Lanciò un'occhiata a capotavola e osservò Baldwin che si chinava verso una delle giovani nubili che lo circondavano in quel momento. Le sue candidate, come le chiamava Baldwin. Le donne tra le quali avrebbe scelto una sposa. Compresa sua cugina, nonostante tutte le sue obiezioni.

E oggi sembrava determinato a legare con quelle donne. Lei non era arrabbiata. Ovviamente capiva. Ma oh, quanto le faceva male guardarlo. Vederlo parlare con quelle donne e sapere che un giorno avrebbe toccato una di loro nello stesso modo in cui aveva toccato lei.

«Signorina Monroe, è davvero bella oggi.»

Helena sobbalzò e si voltò a guardare la madre di Baldwin. La Duchessa di Sheffield aveva preso posto accanto a lei qualche istante prima, ma era stata impegnata in una conversazione con la

Duchessa di Abernathe fino a quel momento. Ora sorrideva a Helena.

«Grazie, Vostra Grazia» disse Helena arrossendo. Il suo vestito non era bello o elegante come quello di alcune delle altre gentildonne. Volutamente, immaginava. Charity era molto avara con i suoi abiti, per quanto usati. In genere dava a Helena solo i capi più semplici del suo armadio. Tuttavia, le piaceva il colore, un azzurro allegro con ricami verde primaverile.

«Mia figlia e le sue amiche parlano molto bene di voi» continuò la duchessa. «Charlotte è stata molto contenta di avervi qui.»

«Sua Grazia è molto gentile» disse Helena. «Mi piace molto intrattenermi con lei e le altre duchesse.»

«Ditemi qualcosa di più di voi» la incalzò la Duchessa di Sheffield. «Charlotte dice che siete una lettrice accanita.»

«Mi piacciono i libri, è vero. Venire trasportati in un altro mondo, perdersi per qualche ora. È il mio passatempo preferito.»

La duchessa annuì. «Anche a me è sempre piaciuto. Dovremo confrontare le liste delle nostre letture perché ho voglia di un buon libro.»

«Certamente» disse Helena. «Sarei felice di condividerle. A dire il vero, ho finito un ottimo libro durante il viaggio a Sheffield. A mia cugina non piace leggere, quindi se lo gradite...»

La duchessa le rivolse un sorriso caloroso. «Sarebbe bello, grazie.» Si agitò leggermente e il suo sguardo si spostò su Baldwin. Non c'erano dubbi sul fatto che fosse preoccupata. Tesa. Tutti i sentimenti positivi che Helena aveva provato fino a quel momento svanirono col ritorno alla realtà, come sempre.

«Siete... preoccupata per vostro figlio?» chiese con cautela.

La duchessa la guardò a lungo, con un sopracciglio inarcato. «È così evidente?»

Helena scrollò le spalle. «Solo se uno presta attenzione.»

A quel punto la duchessa sostenne il suo sguardo. «Come voi quando si tratta di Baldwin, credo.»

A Helena si bloccò il respiro. Sembrava che non fosse l'unica buona osservatrice. Pensava che fossero stati prudenti, ma il cambiamento nel contegno della Duchessa di Sheffield era segno che non erano stati abbastanza attenti.

«Sono un po' ai margini, ecco tutto, Vostra Grazia» disse. «Noto tutti.»

La duchessa annuì, ma la sua espressione rimase concentrata come prima. Helena non ne aveva mitigato l'intensità né la consapevolezza. «Sono una madre» disse lentamente la duchessa. «È mia prerogativa preoccuparmi dei miei figli. Charlotte è felicemente sistemata ora, quindi temo che le mie preoccupazioni si spostino tutte su Baldwin.»

«Non avrei dovuto intromettermi» disse Helena a bassa voce. «Chiedo scusa.»

«No, è chiaro che siete una... una donna molto buona» disse la duchessa. «Nessuno potrebbe passare del tempo con voi e non apprezzarvi. Sembra che siate affezionata ai miei figli, e lo apprezzo.» Guardò di nuovo suo figlio. «Baldwin ha delle responsabilità, signorina Monroe. La vita spesso non è giusta in questo senso, ma è così e basta. Dobbiamo accettare. Dobbiamo... dobbiamo accettarlo.»

Helena fissò il suo piatto, il cibo le stava facendo rivoltare lo stomaco ancora di più. La duchessa non stava più solo facendo conversazione. Le ultime parole erano dirette a lei. Parole gentili, sì, ed esposte in modo garbato, ma che erano comunque efficaci. La duchessa la stava scoraggiando dall'intrattenere una relazione con Baldwin.

Helena sentì le lacrime bruciarle gli occhi. Provava il disagio dell'imbarazzo. La debole risonanza della perdita. Ma non poteva lasciar trasparire niente. Come sempre, doveva fingere.

Infatti, l'unico posto in cui non doveva fingere erano quei momenti rubati con lo stesso uomo che le era stato appena detto che non poteva essere suo. E il tempo a disposizione per condividere quei momenti stava finendo.

Il che la rendeva davvero disperata.

~

Baldwin si stiracchiò la schiena mentre entrava in camera sua, dove sorrise alla vista del letto. Dopo quella che si era trasformata in una giornata molto lunga, quello che voleva più di ogni altra cosa era dormire. Aveva passato l'intero pomeriggio con le candidate. Se ne era assicurata sua madre. Non era stata nemmeno particolarmente discreta in proposito.

E andavano bene. Andavano tutte *bene*. Non avevano niente che non andasse, tranne forse Charity, che non gli piaceva affatto. Le altre avevano un problema comune. Non erano Helena. Helena, che lui continuava a cercare tra la gente. Helena, che era stata tenuta occupata quanto lui dai suoi miserabili parenti. Se non l'avesse conosciuta bene, avrebbe pensato che sua madre e la famiglia di Helena avessero coordinato i loro sforzi per tenerli separati.

Solo che sua madre non si sarebbe messa in combutta con Peter Shephard. Aveva dei limiti, anche nella sua disperazione.

Fece per suonare il campanello e chiamare il suo valletto, ma prima di riuscirci, sentì un fruscio dietro di lui. Si voltò e rimase scioccato quando Helena, in persona, uscì dall'ombra nell'angolo della sua stanza.

Era pallida in viso, aveva gli occhi spalancati e le tremavano le mani lungo i fianchi mentre sussurrava: «Dovevo venire?»

Lui non rispose, non a parole. Non riuscì a trovarne, era sopraffatto dalle emozioni e dal desiderio. Invece, attraversò la stanza con pochi lunghi passi, la attirò a sé e la baciò. Lei si ammorbidì immediatamente, gli avvolse le braccia intorno al collo, ansimando quando lui le afferrò il sedere e la attirò ancora più vicino.

«Nutro forti speranze che questo non sia un sogno» mormorò contro le sue labbra.

Helena sorrise. «Non lo è» lo rassicurò mentre cominciava a baciarle il collo. «Ma non è nemmeno la realtà.»

Baldwin si ritrasse e la guardò. Così bella e perfetta, eppure così fuori portata. Si schiarì la gola. «Allora onoriamo l'illusione finché possiamo. Ma prima, una domanda.»

Lei annuì. «Certo.»

«E tua cugina?»

«Charity sta russando nel suo letto, assolutamente convinta che io stia dormendo sul divano del suo salottino. Non è mai stata una che si alza nel bel mezzo della notte, quindi siamo al sicuro da quel punto di vista.»

«Bene» disse lui, facendola indietreggiare piano piano verso il letto. «Allora posso tenerti tutta la notte. O quasi.»

Helena rabbrividì e lui si fermò, costringendosi a ricordare il suo passato, capendo che la situazione potesse alimentare in lei paura e ansia. Fece un respiro profondo e si appoggiò con lei al bordo alto del letto.

«Voglio fare l'amore con te, Helena» sussurrò. «Lo voglio più di ogni altra cosa. Ma non se ti fa soffrire. Per cui dimmi, è questo che vuoi?»

Lei non esitò, ma annuì immediatamente. Questo lo tranquillizzò. Così come le sue parole quando disse: «Non riesco a pensare ad altro che a te, Baldwin. Non durerà. Non può. Ma voglio questa notte.»

«Bene» rispose lui, e fece scivolare le mani sul punto dove il semplice abito di lei si allacciava sul davanti. Continuò a guardarla negli occhi mentre le slacciava tutti i bottoni. «Ma se hai bisogno che mi fermi o che aspetti o che vada piano, voglio che tu me lo dica. Abbiamo tutta la notte. E voglio che sia perfetta.»

Helena rabbrividì quando Baldwin le aprì il vestito e rivelò la semplice camiciola che indossava sotto. Infilò le sue dita calde sotto la stoffa e lentamente gliela fece scivolare dalle spalle, giù per le braccia, i fianchi e la lasciò cadere intorno ai suoi piedi.

Helena si agitò leggermente, a disagio a essere vista in quello stato. La sottoveste era di cotone sottile, lavata troppe volte, e sapeva che era quasi trasparente in alcuni punti. Sotto portava un paio di mutandoni i cui bordi plissettati facevano capolino da sotto la camiciola. Si sentì avvampare mentre lui la fissava, in silenzio. In un atteggiamento persino riverente.

«Sei così bella. Voglio memorizzare ogni tua curva. Voglio imprimere questa immagine nella mente per sempre per non perderla mai, anche da vecchio e infermo.»

Helena rabbrividì a quelle dolci parole. E ancora quando lui infilò un dito sotto le sottili spalline della sua camiciola e tirò giù anche quelle. Espose la sua pelle centimetro dopo centimetro, fino a quando i seni furono messi a nudo e baciati dall'aria tiepida della stanza.

Lei girò la testa, non riusciva più a guardarlo negli occhi.

«Stupenda» mormorò lui, apparentemente più a se stesso che a lei. Mentre la sottoveste svolazzava a terra e si univa al suo abito, lui sollevò una mano e le toccò delicatamente il seno nudo. Le sfregò il capezzolo col pollice dandole una scossa di piacere che si diffuse nelle vene fino a farla ansimare per la sorpresa.

Baldwin le fece scivolare una mano sotto le ginocchia, la sollevò e la mise sul letto. Lei si sistemò sui cuscini e restò a guardare mentre lui faceva un passo indietro e si sbottonava la giacca. La gettò da una parte e fece altrettanto con il panciotto. Si tolse la cravatta e si sbottonò la camicia. La sfilò dai pantaloni, si tolse quell'arnese da sopra la testa e il mondo di Helena si fermò.

Era proprio bello. Aveva spalle larghe, muscoli perfetti, appena un accenno di peluria sul petto che tracciava una linea che gli si incuneava nella cinta dei pantaloni. Helena non aveva avuto molta esperienza con uomini nudi. Il suo aggressore non si era spogliato. I suoi unici punti di riferimento erano statue da giardino che le facevano strabuzzare gli occhi.

Questo era diverso.

Baldwin si tolse gli stivali, poi tornò da lei, lasciando i pantaloni al loro posto, proprio come i suoi mutandoni. Prese posto accanto a lei sul letto, rotolandosi su un fianco per guardarla in viso.

«Tutto a posto?» le chiese.

Helena annuì. «Sì. Devi capire, Baldwin, che quello che è successo mi ha già devastato. Ma le ossa rotte ricrescono più forti. Io sono così.»

«Sì, lo vedo. E ti ammiro enormemente per questo.» La guardò dritto negli occhi. «Questo non significa che non mi prenderò cura di te. Non solo per il tuo passato, ma perché sei adorabile e meravigliosa e meriti di essere...» Si chinò e le tracciò il capezzolo scoperto con la lingua. «... venerata» concluse.

Helena si inarcò sotto di lui, meravigliata da tutte le cose incredibili che quest'uomo riusciva a farle provare e desiderare e fare. Adesso voleva tutto. Poteva essere l'unica volta che avrebbe provato una tale beatitudine.

Non c'era modo di rinnegare i suoi bisogni ora.

Se lui percepì quella resa, lo mise in chiaro sollevandole un po' il seno e tornando a leccare. A *succhiare*. Piccole esplosioni di piacere la scuotevano ogni volta che lo faceva, imitando il modo in cui le tremava il corpo quando la toccava intimamente. Non era ancora estasi, ma era un preludio. Un piacere sommesso che prometteva molto di più.

«Hai un sapore unico» le sussurrò contro la sua pelle. «Non lo dimenticherò mai.»

Lei si sollevò verso di lui, infilandogli le dita tra i capelli mentre lui succhiava un po' più forte, fino al limite del dolore, ma mai oltre. Quanto bastava per farla sentire viva, desiderata e libera.

Mentre la faceva godere, le fece scivolare una mano libera lungo il corpo, passando le dita sulla pelle nuda fino ad arrivare alla coulisse dei suoi mutandoni. Si staccò dal seno e sollevò il viso per guardarla in faccia.

Helena stava tremando. Sapeva che lui poteva sentirlo. Pulsava tutta per l'anticipazione, ma anche per l'ansia. E la paura. Non importava quanto tempo fosse passato, la paura tornava a farsi sentire e a opprimerla.

Baldwin abbassò lo sguardo, e insieme guardarono le dita di lui armeggiare per sciogliere il fiocco della coulisse. Con pochi movimenti esperti del polso, slegò il cordoncino e le allentò la cintura. Piano piano le fece scivolare la mano dentro, sopra il suo ventre, sul pube. Lei aprì le gambe, consentendogli di accedere ancora una volta alla sua intimità.

La accarezzò lì, spandendo i fluidi del suo corpo sul suo sesso. «Ti fece male l'altra volta» disse lui.

Helena trattenne il respiro, cercando di non tornare a quella notte buia e all'uomo che aveva rubato la sua innocenza e i suoi sogni con un singolo atto crudele. «Sì» ammise.

«Non succederà stanotte, te lo prometto. Questa notte è per te e il tuo piacere. Se ti fidi di me, mi sforzerò di cancellare il passato e rendere questa volta, questa prima volta, un'esperienza di cui non ti pentirai.»

Lei sussultò quando la penetrò leggermente col dito. «Non mi pento già di niente» riuscì a gracchiare mentre il piacere che Baldwin riusciva generare così facilmente cominciava ad aumentare. «Per favore, dammi... dammi almeno questo.»

Lui pompò delicatamente dentro e fuori col dito un paio di volte, poi si allontanò, lasciandola stringere il niente. Si alzò dal letto e lei lo osservò mentre si slacciava i pantaloni e se li sfilava con un unico movimento fluido.

Helena strabuzzò gli occhi. Mezzo nudo era una cosa, completamente nudo un'altra. Non sapeva quasi cosa guardare. I fianchi snelli? Le cosce tornite e muscolose? O quella cosa tra le gambe. Uccello, lo aveva sentito chiamare. Era duro e puntava su di lei.

Baldwin non disse nulla ma si avvicinò al letto. Le afferrò l'orlo dei mutandoni e glieli tolse, gettandoseli dietro le spalle e lasciandola nuda come lui.

Si fissarono a vicenda. L'espressione di Baldwin rifletteva la sua stessa meraviglia, anche se un uomo come lui doveva aver già avuto delle amanti. Lei era solo l'ultima di una serie, per cui non riusciva a capire il motivo per cui sembrava così affascinato.

Lui si avvicinò ancora, mettendole una mano sul polpaccio. La osservò in viso mentre faceva salire le dita sempre di più, pelle contro pelle in posti dove nessun'altro l'aveva mai toccata. Così la riportava in vita, rendendola oltremodo consapevole di tutto ciò che le faceva.

Baldwin risalì sul letto, ma questa volta le ingabbiò il corpo col suo. Helena sussultò quando le coprì la bocca con la sua. Ma baciare la metteva a suo agio, non la spaventava. Ben presto sprofondò nel desiderio sbalorditivo che le accendeva sfiorandole le labbra con le sue. L'ansia svanì mentre lui continuava a baciarla senza fermarsi, sostituita dal desiderio che le ribolliva in tutto il corpo.

Baldwin si ritrasse e lei lo sentì spostarsi, usando le ginocchia per separarle ulteriormente le gambe, incuneandosi in quel punto accogliente così che lei sentì il suo membro inturgidito sfiorarle appena il sesso.

Sostenne il suo sguardo con il proprio, calmo e rassicurante, e spinse in avanti. Lei sentì che la stava penetrando, e immediatamente si tese contro l'imminente violazione e il dolore che ne sarebbe seguito. Nonostante quello che le aveva detto, sapeva come sarebbe stato.

Lui si fermò immediatamente e la guardò preoccupato. «Piano, Helena» sussurrò. «Fidati di me.»

Lei fece qualche bel respiro. Fidarsi di lui. Era facile in alcuni ambiti, ma in questo... non tanto. Tuttavia, continuò a fare respiri lenti e profondi, cercando di rilassarsi. Di cedere il controllo a lui perché le aveva promesso che non se ne sarebbe approfittato. A poco a poco si rilassò, e fu solo allora che lui si mosse di nuovo.

La allargò un centimetro alla volta, e lei continuò ad aspettare l'arrivo del dolore. Ma non arrivò. Semmai, provava una deliziosa sensazione di completezza. Le stimolava punti che non sapeva esistessero, e il piacere che aveva sentito in precedenza quando lui l'aveva toccata o leccata gorgogliava sotto la superficie, sussurrando promesse che non sapeva essere possibili.

Alla fine lui entrò dentro del tutto e appoggiò la fronte contro la sua. Aveva il respiro corto e strinse le mani a pugno mentre le premeva sul cuscino intorno alla sua testa. Stava cercando di controllarsi, di andare piano, per lei.

Significava moltissimo.

«Voglio muovermi» le disse con voce soffocata e roca di passione. «Più di quanto abbia mai desiderato qualcosa in vita mia. Ma aspetterò finché non sarai pronta.»

Helena si dimenò un po' e fu attraversata da una scossa di piacere. Doveva aver avuto lo stesso effetto su di lui, perché gli cedettero leggermente i gomiti ed emise un suono confuso.

«Sì» ansimò lei. «Ti prego!»

Non dovette chiederglielo due volte. Baldwin si ritrasse e poi spinse in profondità dentro di lei. Helena si sollevò per accoglierlo, sopraffatta dal movimento sensuale e potente del suo corpo nel suo. Lo tenne stretto, sfregandosi e gemendo mentre il piacere le scorreva in tutto il corpo.

Lui continuò a muovere il corpo sopra e dentro di lei. Lasciò cadere la bocca sulla sua e lei si aprì. Si divorarono, entrambi incapaci di essere delicati mentre la mente prendeva il volo lasciando il corpo a governare.

Fu scioccata dalla rapidità con cui si perse, con cui il suo corpo cominciò a muoversi in un ritmo naturale e la sua mente si svuotò di tutto tranne che del piacere intenso che aumentava ad ogni spinta. Tremava mentre lui continuava quel ritmo meraviglioso, spingendola avanti, sempre avanti, sempre verso l'estasi.

Quando la raggiunse, fu più potente di tutte le altre volte. Il piacere esplose dentro di lei facendola gridare. Lui le coprì la bocca con la sua per attutire il suono, e lei gemette contro le sue labbra, gli piantò le dita nelle spalle e il suo corpo vibrò fuori controllo in preda a un'ondata dietro l'altra dell'orgasmo.

Baldwin aumentò la velocità delle spinte, implacabile, prolungando la sensazione. Il suo corpo si tese, emise un basso ringhio e poi si sfilò, rotolò via venendo contro la propria mano e si lasciò ricadere sui cuscini accanto a lei.

Rimasero così per quella che sembrò una beata eternità, e poi Baldwin si rimise su un fianco e la guardò. La preoccupazione gli rigava il viso, cancellando la pace che la passione sembrava avergli temporaneamente concesso.

«Stai bene?» sussurrò.

Lei annuì con un sorriso. «Ti preoccupi troppo per me, Baldwin. Sono venuta in questa stanza desiderando esattamente quello che è appena successo. E se non lo hai capito dai miei gemiti e dalle mie grida, ho ottenuto tutto quello che volevo e anche di più.»

Lui sorrise davanti a quella descrizione e si chinò a baciarla. Lei gli prese le guance tra le mani e si abbandonò al calore rimasto dopo questo poderoso accoppiamento e al piacere che le formicolava ancora in corpo.

Era un dono, e lo avrebbe custodito per il resto della sua vita.

Baldwin si tirò indietro e disse: «Preoccuparmi è una mia prerogativa, Helena, così come fare in modo che tutto questo per te sia perfetto. Te lo meriti. Ti meriti molto di più di quello che potrei mai darti.»

A quelle parole le si gonfiò il petto di sentimenti che aveva cercato di ignorare, di combattere, dal primo momento in cui si era girata e aveva trovato quell'uomo sulla terrazza a guardarla contare le stelle.

Ma era lì, ed era innegabile quanto l'attrazione fisica tra loro. Lo amava. Un amore improvviso, impossibile e potente, amava quest'uomo con tutta l'anima e anche di più.

Lo amava, e sapeva che non avrebbe mai potuto essere suo. Tranne che per quella notte. Tranne che lì.

Gli prese la nuca e lo attirò giù per un altro bacio. Questo fu più lento, però, più profondo. Baldwin cominciò a muoversi e ad accarezzarle il corpo. Helena rabbrividì e interruppe il bacio.

«Dimostramelo» gli sussurrò.

Baldwin spalancò gli occhi, ma le sue pupille si dilatarono con un rinnovato desiderio che corrispondeva a quello di lei. E quando le ritornò sopra, Helena gli si arrese completamente.

E capì che c'era una parte di lei che non avrebbe più riavuto.

CAPITOLO DICIASSETTE

Helena si era rifugiata nella quiete di un salotto nascosto sul retro della casa. Mentre gli altri sonnecchiavano dopo l'ennesima giornata di divertimento e di baldoria prima di prepararsi per la cena, lei si godeva un libro.

Be', godersi probabilmente era un'esagerazione. Aveva un libro in mano, lo stava guardando. Ma riusciva a pensare solo a Baldwin e alla notte precedente. Quella dolce, dolce notte in cui lui aveva fatto l'amore con lei più e più volte. Il piacere non aveva conosciuto limiti, e lo agognava.

«Oh, Helena, non sapevo che fossi in piedi.»

Lei scosse la testa per scacciare i pensieri di Baldwin, e si alzò quando Adelaide entrò dentro la stanza. Aveva i capelli biondi sciolti, come al solito, e indossava un abito azzurro che si intonava perfettamente ai suoi occhi. Era meravigliosa, ma non solo per il suo bel viso. Era così sicura di sé.

Helena però sapeva cosa aveva detto di lei Baldwin. Che era stata aggredita, anche se era stata salvata prima che il bruto si spingesse troppo in là. In qualche modo Adelaide non mostrava i postumi di quell'episodio.

Helena si chiese se Graham avesse aiutato Adelaide a dimenticare, come Baldwin aveva fatto con lei la notte prima.

«Stai bene?» chiese Adelaide, facendosi improvvisamente preoccupata in viso.

«Mi dispiace» sbottò Helena, arrossendo. «Ti stavo solo fissando come una sciocca.»

«Non c'è bisogno di scusarsi» la rassicurò Adelaide avvicinandosi per prenderle la mano libera. «Ti ho interrotto mentre stavi leggendo. Posso andare via se vuoi continuare.»

«No» rispose Helena, mettendo da parte il libro. «Gradirei molto la tua compagnia, se me la stai offrendo.»

Adelaide sorrise e si sedettero insieme sul divano. Prese in mano il libro. «Oh, anche Emma voleva leggerlo. Continua a parlarne.»

«Glielo passerò non appena lo avrò finito» promise Helena. «Forse la convincerò anche a scrivermi quello che ne pensa. Mi piacerebbe parlarne con qualcuno.»

Adelaide mise da parte il volume e inclinò la testa per esaminare Helena con più attenzione. «Pensi che ti sarà possibile vedere di più Emma, e tutti noi, una volta che sarai tornata a Londra?»

Helena strinse le labbra. «Se accompagno Charity agli eventi a cui presenzia, sì, certo.»

«Non è quello che intendevo» disse Adelaide gentilmente.

Helena si alzò e si allontanò. «Non appartengo alla vostra cerchia, Adelaide, anche se siete tutti così gentili da includermi. Conosciamo tutti la verità, no? Non possiamo fingere per sempre.»

«Che sciocchezza» sbuffò Adelaide. «E comunque non è quello che intendevo.» Helena si voltò verso di lei, e Adelaide le lanciò uno sguardo significativo. «Parlavo di te e di Baldwin.»

Helena rimase a bocca aperta. «Voi duchesse siete implacabili.»

Adelaide rise. «Sì, in effetti. Quindi, se lo sai, perché non la smettiamo di menare il can per l'aia? Cosa c'è tra di voi?»

Helena sospirò e tornò a sedersi. Sostenne lo sguardo di Adelaide e disse: «Niente.» Ancora una volta Adelaide sbuffò e Helena alzò le mani. «Molto bene. Più di niente. Ci siamo... avvicinati più di quanto avessi mai pensato. Ma non può succedere, Adelaide, a prescindere da cosa vogliamo.»

L'espressione di Adelaide si fece turbata. «Quando me lo hai detto la prima volta, ho pensato che stessi facendo la ritrosa. Che stessi cercando di prendere le distanze dal tipo di sentimenti che tanti prima di te hanno provato. Ma... ma è più di questo, vero?»

Helena annuì, e provò allo stesso tempo sollievo e delusione. «Sì.»

Per un attimo, Adelaide esitò. Poi si avvicinò e stese il braccio per prendere le mani dell'amica. Il calore confortante di quel tocco fu uno shock per Helena, dopo così tanto tempo senza una vera amicizia a rinfrancarla.

«Siamo amiche da poco, lo so, ma spero che siamo buone amiche. Ti va di parlarne, Helena?» Quando Helena non rispose subito, Adelaide sospirò. «So per esperienza quanto sia difficile affrontare questo genere di cose senza qualcuno con cui confidarsi. Ci sono passata quando si è trattato di me e Graham, ed è stato difficile.»

Helena fu sorpresa. Non riusciva a credere che Northfield e Adelaide potessero avere mai avuto delle difficoltà. Era ovvio che si amavano profondamente. Non poteva nemmeno immaginare che la sua amica non fosse stata circondata da persone che le offrissero sostegno. Ma in fondo, sapeva molto poco di tutte le duchesse. C'erano battaglie implicite in tutti i loro passati.

«Non posso parlare di tutte le cause che separano me e Baldwin» disse. «Alcuni non sono miei segreti e non li devo rivelare io.»

«Ma se vuoi raccontarmi i tuoi» incalzò Adelaide. «Ti ascolterò come un'amica che vuole solo il meglio per te.»

Helena chinò la testa. «Baldwin ha detto che tu potresti... potresti capire. Che avevi passato qualcosa di simile.»

Adelaide si protese in avanti. «Qualcosa di simile?»

Helena alzò lo sguardo e fissò Adelaide. «Non voglio che tu cambi opinione su di me.»

«Non potrei mai» la rassicurò la duchessa dolcemente. «Te lo giuro.»

Helena chiuse gli occhi, e le parole cominciarono a fuoriuscirle dalle labbra. Come aveva fatto con Baldwin, raccontò ad Adelaide tutto il suo passato. Fu solo quando ebbe finito che guardò di nuovo la duchessa.

E la trovò che la fissava con un'espressione comprensiva. «*Questo* è lo scandalo che ti ha spinto a lasciare Boston.»

Helena annuì lentamente.

Adelaide scosse la testa. «Che bastardi. Incolparti per una violenza che non hai provocato tu, è rivoltante.» Helena fu stupita dal suo tono duro, dalla difesa che non aveva chiesto. Adelaide si chinò. «Ma mia cara, non puoi pensare che questi fatti possano tenere Baldwin lontano da te. Non credi che sia il tipo d'uomo che ti giudicherebbe così, vero?»

Helena sussultò. «Oh, no! No, per niente. Non ha fatto altro che essere gentile, attento e comprensivo. Mi ha incoraggiato a parlare con te o con Emma visto che voi due avete...»

«Un passato simile.» Adelaide le strinse la mano. «Emma ed io siamo state molto fortunate. James fermò il suo aggressore. Graham per poco non lo uccise quando mise le mani addosso a me. Ma sì, entrambe abbiamo avuto un piccolo assaggio del terrore che devi aver provato in quei momenti.»

Helena tirò su il fiato, e poi sentì le lacrime iniziare a scendere. Cercò di nasconderle con le mani mentre era scossa dallo sgomento. Aveva rimosso tutto questo molto tempo prima. Eppure avere un sostegno... era come se le fosse permesso di ricordare che le avevano fatto del male. Che le era stato fatto un torto.

Adelaide schioccò la lingua e la attirò a sé per darle un forte abbraccio. «Piangi, mia cara. Piangi quanto vuoi. Te lo meriti.»

Helena si rilassò tra le sue braccia, e per un attimo si concesse la debolezza contro cui aveva combattuto per tanto tempo. Il dolore che le era stato negato. Vi sprofondò e si concesse il dono di piangere il passato e ciò che aveva perso.

E quando finalmente riuscì di nuovo a respirare, Adelaide le sorrise. «Va un po' meglio, vero? Sfogarsi fa bene al cuore.»

«Sì» concordò Helena nonostante il nodo in gola. «È così.»

Adelaide le scostò una ciocca di capelli dal viso. «Ma se dici che Baldwin non ti giudica per questo, allora perché credi che non possiate stare insieme?»

Helena si raddrizzò leggermente e sospirò. «Posso dirti solo che il mio passato non è il mio unico difetto. Semplicemente non posso... essere ciò di cui ha bisogno. Così va il mondo. Devo... devo accettarlo. Devo accettarlo e andare avanti.»

Adelaide fece una piccola smorfia. Helena non poteva crederci. Ecco la compassione che questa donna provava per lei, il suo cuore gentile soffriva per quello che Helena aveva patito e avrebbe patito.

Vedere quell'affetto la rinfrancò enormemente.

«Spero che tu ti sbagli» disse infine Adelaide abbracciandola di nuovo. «Spero davvero che tu e Baldwin possiate trovare la felicità che meritate tanto. La vita è troppo breve per accontentarsi di qualcosa di meno.»

Alle loro spalle Helena sentì qualcuno schiarirsi la gola. Lei e Adelaide si voltarono insieme, e a Helena si gelò il sangue. Sulla soglia del salotto c'erano suo zio e Charity. Entrambi sembravano infastiditi. Addirittura arrabbiati. E lei doveva prepararsi alle conseguenze di ciò che avevano visto.

«Vostra Grazia» disse zio Peter, con tono freddo.

Adelaide si alzò, Helena la imitò subito poi la duchessa disse: «Signor Shephard, signorina Shephard. Buon pomeriggio.»

«Puoi chiamarmi Charity» disse Charity con tono tagliente e venato di una gelosia che fece chiudere gli occhi a Helena.

Adelaide annuì. «Certo. Stavo solo facendo una bellissima conversazione con Helena. Avete una vera gemma in lei, signor Shephard. Spero che la apprezziate.»

Suo zio strinse la mascella e sbottò: «Ovviamente. In realtà, Charity e io stavamo giusto parlando della nostra piccola... gemma. Potremmo restare un momento da soli con Helena?»

Adelaide si voltò verso di lei, inarcando un sottile sopracciglio. «Se ritieni che abbiamo finito la nostra conversazione?»

Helena riconobbe il messaggio nell'espressione dell'amica, che si chiedeva come sarebbe andata con la sua famiglia. La verità era che non conosceva bene la risposta. Ma rifiutare la loro richiesta avrebbe solo peggiorato le cose sul lungo periodo.

«Forse possiamo continuare più tardi» suggerì a bassa voce. «Magari a cena?»

Adelaide sorrise. «Mi assicurerò che ci mettano a sedere una accanto all'altra. Forse potrebbe esserci anche Emma sull'altro lato. Mi piacerebbe molto. Vado subito a parlare con Charlotte e a prendere accordi.»

Helena annuì e Adelaide le strinse la mano prima di fare un sorriso tirato a Charity e allo zio Peter uscendo dalla stanza.

Appena se ne fu andata, lo zio di Helena chiuse la porta sbattendo.

«Cosa pensi di fare?» le chiese trattenendo a malapena la rabbia che Helena gli sentiva ribollire sotto la superficie e gli vedeva nello sguardo.

«Fare?» ripeté lei mentre indietreggiava istintivamente di un passo.

«Ti abbiamo visto... *abbracciare* la Duchessa di Northfield» disse Charity disgustata. «Non sei rimasta al tuo posto.»

Helena scosse la testa. «La duchessa ha voluto ascoltare la mia storia» disse. «Non ho oltrepassato alcun limite.»

«Sì invece!» sbottò suo zio. «Lo hai fatto eccome, e non è la prima volta dal nostro arrivo a Londra che succede.»

Helena trattenne il fiato. Lo zio Peter e Charity non conoscevano la metà dei limiti che aveva superato... o forse sì? Lei e Baldwin erano stati prudenti la notte prima, ma tutto era possibile.

Charity le si avvicinò di un passo. «Questo viaggio è stato pensato per me, Helena! Quando ti ho proposto di venire, non avrei mai pensato che ti saresti ingraziata le persone più importanti d'Inghilterra. Che ti saresti fatta strada nei loro cuori e che mi avresti esclusa.»

Helena rimase a bocca aperta. Sentì del dolore nel tono di Charity, non solo rabbia, e questo la mise sull'attenti. «Non ho mai avuto intenzione di farlo. Oh, Charity, il mio rapporto con queste persone è totalmente diverso dal tuo. Non ha alcun impatto su di te, te lo assicuro.»

«Ah no?» scattò Charity. «Da quando siamo arrivati, e specialmente da quando siamo alla tenuta degli Sheffield, tu hai ricevuto tutte le attenzioni. Hai ballato più di me, ti hanno parlato più di me, ti hanno consolato più di me.» La voce di Charity tremò e incrociò le braccia. «E... e ti sottrai anche ai tuoi doveri.»

Helena scosse la testa. «Sono stata a tua disposizione ogni volta che mi hai cercato.»

Charity mise le mani sui fianchi. «Ieri sera sono venuta a cercarti e non eri nella tua parte della camera.»

Il cuore di Helena smise di battere. Oh Dio, si trattava di Baldwin. Sapevano. Sapevano e stavano per distruggere tutto.

«Charity mi ha detto della tua assenza questo pomeriggio» disse suo zio. «Ed è stata l'ultima goccia. Dov'eri?»

«Non ero stanca» rispose lei scegliendo le parole con cautela. «Non volevo disturbarti rigirandomi sul divano della stanza adiacente, così mi sono alzata per fare due passi. Sperando di stancarmi.»

Charity e zio Peter si scambiarono un'occhiata, e poi Charity scrollò le spalle. «In ogni caso, stai passando il limite.»

«Sei qui solo grazie alla mia benevolenza, ragazza, non dimenticarlo. Se Charity non avesse insistito e io non avessi accettato, saresti stata per strada a Boston. La tua famiglia sapeva che eri una sgualdrina che aveva rovinato il proprio futuro. Mi devi tutto.»

Helena trasalì, ma prima che potesse rispondere, si aprì la porta del salotto ed entrò Baldwin. Ma era un Baldwin che non aveva mai visto prima. Non era più il suo amante gentile. Non era più il duca prudente.

Davanti a lei c'era un toro infuriato, con la faccia rossa e gli occhi socchiusi. E tutta quella rabbia era concentrata su suo zio.

~

Baldwin riusciva a malapena a respirare quando irruppe nel salone e si trovò faccia a faccia con Helena e la sua famiglia. Quello che aveva sentito nel corridoio, i rimproveri aspri e crudeli di Shephard, era già stato sufficientemente grave. Ma entrare nella stanza e vedere il volto pallido e sofferente di Helena e il modo in cui si era rifugiata in un angolo, cercando di rendersi più piccola possibile...

Fu troppo. Dimenticò la prudenza. Dimenticò l'etichetta. Dimenticò che Helena non era sua.

Dimenticò tutto ed entrò nella stanza con tre lunghe falcate. «Che diavolo sta succedendo qui dentro?» ringhiò, contento di essersi controllato abbastanza da poter formulare parole coerenti.

Shephard sussultò sorpreso, e Charity fece un passo indietro. Helena rimase al suo posto, con le spalle ancora curve. Gli lanciò un'occhiata, la sua espressione era un misto di sgomento e sollievo e anche di puro terrore.

E lui voleva prenderla in braccio e fuggire via con lei a cavallo. Voleva scappare da tutto ciò che li teneva separati e non tornare mai, mai più.

«Questa è una questione di famiglia, Vostra Grazia» disse Shephard guardando torvo Helena. «Vi suggerisco di starne fuori.»

«Quando parlate a uno dei miei ospiti con quel tono nel mio salotto, non ne resto fuori» disse Baldwin. Avanzò di qualche altro passo. «La signorina Monroe è una gentildonna, signore. Vi suggerisco di tenerlo a mente.»

In qualche modo si aspettava che Shephard sarebbe rientrato nei ranghi davanti a quell'ammonimento. Che avrebbe mostrato un po' di decenza. Era destinato a restare deluso. Shephard scoppiò a ridere. «Una gentildonna! È di questo che Helena vi ha convinto?

Be', lasciate che vi disilluda, Vostra Grazia. Mia nipote è tutto tranne che una gentildonna.»

Charity sussultò ed Helena girò la testa, rossa in viso per l'umiliazione. Baldwin si fiondò in avanti fino a quando torreggiò su Shephard, pronto a colpirlo se necessario. Si trattenne a malapena dal prenderlo a pugni.

«Non mettetemi alla prova, Shephard» disse tra i denti.

La minaccia ebbe il suo effetto. Baldwin si gonfiò di orgoglio vedendo Shephard tremare leggermente mentre un sottile velo di sudore gli bagnava il labbro superiore.

Ma poi qualcosa cambiò. La paura di Shephard svanì, sostituita da uno sgradevole compiacimento che gli fece rivoltare lo stomaco.

«No, ragazzo mio» disse l'americano puntandogli il dito in petto. «Non mettermi tu alla prova.»

Si fissarono, troppo a lungo. Poi Baldwin indicò la porta. «Uscite da questa stanza, signore. O vi farò allontanare di peso.»

Shephard ridacchiò mentre faceva cenno a Charity. «Vieni, cara. E anche tu, Helena.»

«Lei resta» disse Baldwin di scatto. «Non andrà da nessuna parte insieme a voi finché non avrete riflettuto sul comportamento che avete tenuto nei suoi confronti.»

Shephard le lanciò un'occhiataccia, poi afferrò Charity per il braccio e la trascinò fuori dalla stanza, lasciando Baldwin da solo con Helena.

Si girò verso di lei, ma Helena non lo guardava con gratitudine. Non sembrava felice per quello che aveva fatto. Non smetteva di scuotere la testa ed era pallida e sofferente.

«Helena» disse lui dolcemente.

Lei riprese fiato con un singhiozzo e disse: «Non avresti dovuto farlo, Baldwin.»

CAPITOLO DICIOTTO

Baldwin fissò Helena, e lei capì che era sorpreso che non si fosse lanciata tra le sue braccia proclamandolo suo eroe. Forse una parte di lei voleva farlo. C'era stato un momento in cui quel prepotente di suo zio era davvero sembrato impaurito, e non poteva negare che le fosse piaciuto molto più di quanto avrebbe dovuto.

Ma questo non cambiava la situazione in cui si trovava. E quel momento di piacere, proprio come tutti i momenti di piacere che aveva rubato di recente, avrebbe avuto conseguenze disastrose alla fine.

Baldwin strinse la mascella e andò a chiudere piano la porta dall'altra parte della stanza, dando loro una privacy che non avrebbero dovuto avere. Eppure lei non aveva più energie per obiettare.

«Ti ha aggredito, Helena. Non puoi davvero aspettarti che io resti a guardare e che lo permetta.»

Lei alzò le mani. «Perché no? Come ha detto mio zio, era una lite di famiglia.»

Baldwin mise le mani sui fianchi e sul suo bel viso tornò la stessa espressione severa e arrabbiata che aveva avuto prima. «Bene, allora ti risponderò come ho fatto con lui. Ti stava dando una strigliata in casa mia, sotto il mio tetto. Interverrei per qualsiasi ospite che venisse trattato in quel modo.»

Le si avvicinò, e all'improvviso Helena fu molto consapevole di lui. Dello sguardo nei suoi occhi che tradiva il suo desiderio di toccarla.

«Baldwin...» sussurrò.

Lui ignorò l'avvertimento nel suo tono. «E la risposta che non ho dato a tuo zio, ma che darò a te, è che di sicuro non sarei rimasto a guardare mentre sgridavano *te*. *Te*, Helena, una donna che conosco intimamente. Una donna a cui tengo. Una donna che vale dieci Peter Shephard.»

Lei scosse la testa. «Se valessi dieci Peter Shephard, avremmo una conversazione diversa» sussurrò. «Ma non è così. E anche se apprezzo le tue motivazioni, devi capire che scontrarsi con mio zio potrebbe benissimo peggiorare la mia situazione. So che sarà così. E potrebbe anche farti del male. Ti ha praticamente minacciato.»

Baldwin scosse la testa, poi le prese le braccia, attirandola a sé, finché non fu premuta contro il suo petto. Alzò gli occhi per guardarlo in viso. Il calore del suo corpo la avvolse, i suoi muscoli la sostennero e lui divenne l'unica cosa che contava in quella stanza. In tutto il mondo.

«Nessuno ha *mai* preso le tue difese?» le chiese, e gli si incrinò la voce.

Le lacrime le pungevano gli occhi, sbatté le palpebre invano per cercare di respingerle. Non aveva idea di cosa dirgli. Non sapeva come farglielo capire. Come fargli capire che quello che stava facendo era inutile.

Alla fine riuscì a dirgli: «Non sono tua.»

Baldwin si fece scuro in viso, afflitto da un dolore che Helena non voleva analizzare. Pensò che si sarebbe allontanato, ma invece piegò la testa e improvvisamente le sue labbra furono sulle sue.

Non aveva alcuna capacità di resistere quando la toccava. La ragione prendeva il volo, la prudenza non esisteva. Tutto ciò che contava era la dolcezza con cui la baciava, e poi non così tanta dolcezza, e poi del tutto senza dolcezza. La passione tra loro crebbe ed Helena ci si perse, lasciando che mondasse tutto ciò che aveva provato nell'ultima ora.

Lui la attirò a sé, spingendola contro la parete più vicina, sollevando la bocca dalla sua, spostandola sul suo collo, mentre spingeva contro di lei con un impeto animale e un desiderio irrefrenabile. Lei lo voleva troppo, al diavolo le conseguenze. Il suo corpo le urlava di aprirsi a lui, di arrendersi a lui. Di dare e dare e dare fino a quando non l'avesse travolta con un piacere che avrebbe fatto sembrare luminoso il futuro.

Forse lo avrebbe anche fatto. Forse lui si sarebbe perso e lei gli avrebbe indicato la strada per trovarla. Ma prima che le cose potessero arrivare a quel punto, la porta accanto a loro si aprì, e prima che potessero separarsi dalla posizione compromettente in cui si trovavano, il Duca di Tyndale entrò con passo deciso.

«Baldwin, Charlotte mi ha detto che...»

Helena spinse Baldwin sul petto con tutte le sue forze e si allontanò da lui barcollando, ma sentì lo sguardo di Tyndale su di lei e le sue guance avvamparono per l'umiliazione mentre faceva di tutto per non guardarlo.

«Mi spiace molto» disse Tyndale, avendo almeno la decenza di distogliere lo sguardo. «Non mi ero reso conto che foste qui, signorina Monroe.»

Helena scosse la testa, girò intorno a Baldwin e si diresse verso la porta. «Devo andare. Devo andare in ogni caso.»

Nella fretta inciampò sul bordo del tappeto, e Matthew le prese il gomito e la sostenne gentilmente così che non perse l'equilibrio. «Signorina Monroe...»

«Helena...» disse Baldwin nello stesso istante.

Lei agitò la mano. «Per favore, no. Per favore, no!»

Poi corse fuori dalla stanza scossa dai tremiti e con gli occhi pieni di lacrime mentre le ramificazioni di tutto quello che era successo in quella stanza la riempivano di dolore e paura.

~

«Che tempismo» disse Baldwin a Matthew mentre guardava Helena fuggire dalla stanza come se avesse i demoni dell'inferno alle calcagna. L'espressione sul suo volto gli era rimasta impressa a fuoco nella mente: un misto di umiliazione e dolore, desiderio e rimpianto. Le aveva causato lui tutto quel dolore e si detestava per questo.

Matthew lo fissò senza parlare e poi chiuse la porta. Si appoggiò allo stipite, con le braccia conserte, e disse: «Adesso basta. Dimmi cosa diavolo sta succedendo, Baldwin. Tu ed Helena siete chiaramente... coinvolti.»

«Chiaramente» sbuffò Baldwin andando alla credenza a versarsi un bel bicchiere di scotch. Matthew fece di no con un cenno della mano quando gliene offrì uno anche a lui. «Sarei stupido a negarlo quando ci hai sorpreso aggrovigliati a quel modo.»

Sul volto di Matthew passò un lampo di speranza, si spinse via dalla porta e fece un passo verso il suo amico. «Questo significa che hai scelto la tua sposa?»

Baldwin bevve un lungo sorso di liquore e scosse la testa. «No» sussurrò.

Tyndale si fece scuro e severo in volto. «Mi aspetterei questo tipo di comportamento da... Robert, forse. Ma tu? È una gentildonna, Baldwin! Come osi prenderti gioco della sua virtù?»

Baldwin sbatté giù il bicchiere. «Prima di tutto, non paragonarmi a Roseford. Sai cosa penso della sua promiscuità.»

«Lo so, hai detto chiaro e tondo che non approvi il modo in cui fa sesso con mezza Londra. Ma a quanto pare tu non sei molto da meno.»

Baldwin scosse la testa. «Non mi sto prendendo gioco di lei, te lo assicuro. Se avessi altra scelta, io...» Si interruppe, perché se lo avesse detto ad alta voce ne sarebbe stato straziato.

Tyndale lo fissò. «Non puoi sposarla.»

Baldwin si allontanò. «No.»

«Perché? E non provare a cambiare argomento o a mentirmi, accidenti. Ne ho avuto abbastanza.»

Baldwin si voltò di scatto. Lui, Matthew ed Ewan erano stati molto uniti da giovani. I due cugini lo avevano accettato come un fratello ritrovato, e lui aveva contato su di loro molte volte nel corso degli anni, anche al di fuori del loro club.

E ora guardava Matthew e voleva confessargli tutto. Il desiderio di confidarsi pulsava dentro di lui, difficile da ignorare grazie alle forti emozioni che lo scuotevano.

«Per favore» disse Matthew, con maggiore gentilezza. «Lascia che ti aiuti.»

Baldwin chinò la testa. Non c'era più modo di negarlo. Doveva dirgli la verità. E così... lo fece.

Le parole gli uscirono di bocca come un fiume in piena. Gli raccontò dei debiti e delle cattive decisioni, dei fallimenti di suo padre e dei suoi. Delle parti mancanti del suo libro mastro, dei debiti che erano stati acquistati alle sue spalle e della paura che accompagnava tutti quei terribili dati di fatto.

Parlò per mezz'ora e Matthew non disse nulla. Si limitò a fissarlo, a occhi spalancati, finché Baldwin non crollò sulla poltrona più vicina, esausto per la confessione e oppresso dalla paura di quale sarebbe stata la reazione del suo amico.

«E così ora sai tutto.»

Matthew si alzò e si versò il liquore che aveva rifiutato all'inizio. Ne bevve metà prima di dire: «Sono l'unico?»

Baldwin si schiarì la gola. «No. Lei sa.»

«Lei.» Matthew inarcò un sopracciglio. «Helena.»

Baldwin annuì lentamente. «Ho dovuto... spiegarle perché non potevo corteggiarla.»

Matthew chiuse gli occhi. «Capisco. E lei cos'ha detto?»

«È così abituata a essere trattata peggio di un cane che l'ha accettato, maledizione.» Si passò una mano sul viso. «*Dice* di capirlo. È così che siamo finiti nella posizione in cui ci hai visto, a baciarci in salotto.»

«Quindi tu la baci e fai... qualsiasi altra cosa tu abbia fatto» disse Matthew, con voce bassa e carica di rabbia al punto che Baldwin trasalì. «Ma non la sposerai.»

«*Non posso*. So che devi giudicarmi male per tutti i miei errori.»

«No, non per i tuoi errori» sbottò Matthew. «Chiunque avrebbe potuto prendere la strada che hai preso tu. Posso capire perfettamente come tu possa essere arrivato a questo punto. Quello per cui ti giudico male è che ami questa donna, perché è ovvio che la ami, e che te ne vuoi allontanare come se niente fosse.»

Baldwin si alzò per affrontarlo. «Credimi, non è così. È...»

Si interruppe e cercò di voltarsi, ma Matthew lo prese per il braccio e lo riportò al suo posto con uno strattone. «Che cos'è?»

«È complicato» disse Baldwin con un filo di voce.

Matthew lasciò la presa inorridito. Si allontanò, passo dopo passo, e fissò Baldwin come non aveva mai fatto prima. Un'espressione che lo fece soffrire nel profondo.

«*Complicato*» ripeté Matthew con voce piatta. «No, *complicato* è dover seppellire sotto terra la donna che amavi per qualcosa che hai fatto tu. *Complicato* è vederla morire e non poter fare nulla. *Complicato* è vedersi portare via il proprio futuro mentre tutti si aspettano che tu vada avanti comunque come se non fosse mai esistito. *Questo* è complicato. Quello che stai facendo tu non è complicato. È una cosa da codardi.»

Baldwin abbassò la testa. Non aveva alcuna risposta. Matthew non aveva tutti i torti.

«Mi dispiace.»

Matthew scrollò le spalle. «In questo momento ti dispiace di sicuro. Allora, te ne andrai via e basta? La lascerai andare?»

«Devo farlo, anche se temo quello che succederà quando non sarà più sotto la mia protezione.»

Matthew strinse gli occhi. «Perché?»

«Suo zio è... crudele. Odioso. Non so se le ha fatto del male, ma penso che potrebbe esserne capace.» Baldwin strinse i pugni pensando a quanto Shephard fosse stato furioso con Helena quando era intervenuto.

«Ancora meglio» mormorò Matthew. «Be', la sposerò io, che ne dici?»

Baldwin si voltò di scatto verso Matthew. Tyndale se ne stava di fronte a lui, a braccia conserte, e fissava Baldwin con... uno sguardo di sfida.

«Non dirlo neanche per scherzo» disse Baldwin.

Matthew inarcò un sopracciglio. «Pensi che stia scherzando? Tutti si aspettano che mi sposi. Helena mi piace abbastanza, e sembra che abbia bisogno di essere salvata. Dato che tu non vuoi fare niente, questa è la soluzione perfetta per tutti. O sbaglio?»

Baldwin chinò la testa. Tyndale stava offrendo esattamente ciò di cui Helena aveva bisogno. Matthew aveva soldi e prestigio. L'avrebbe protetta. Eppure l'idea di doverla vedere tutto il tempo, di vederla diventare di Matthew, di vederli arrivare ad affezionarsi l'uno all'altra, perché non aveva dubbi che col tempo Helena avrebbe potuto sciogliere anche il cuore ferito di Matthew...

«La sola idea mi uccide» ammise. «Sarebbe come strapparmi il cuore dal petto e lasciare che tu lo distrugga.»

L'espressione di Matthew si addolcì. «Perché la ami.»

Baldwin annuì questa volta, concedendosi finalmente di esprimere ciò che aveva cercato di negare per giorni. E faceva male esattamente come aveva temuto. Amava Helena. La voleva.

E ancora non vedeva una via d'uscita.

«Se la ami, *fa'* qualcosa» lo incalzò Matthew. «C'è ancora tempo. Lascia perdere tutto il resto. In cuore sai cosa devi fare, vero?»

Baldwin rabbrividì. «Se lo facessi, se la sposassi, mi allontanerei dai miei doveri. I debiti non sarebbero pagati. La verità verrebbe a galla. Distruggerebbe la mia famiglia.»

«L'amore vale qualsiasi sacrificio» disse Matthew. «Se non lo fai, passerai la vita a rimpiangerlo. Il resto si sistemerà da solo.»

Baldwin chiuse gli occhi, appoggiò le braccia sulle ginocchia e fece un lungo respiro. Matthew gli stava offrendo un'ancora di salvezza. Imperfetta, sì, che aveva come conseguenza grande devastazione.

E ora doveva decidere se accettare quella possibilità, e quelle conseguenze. E doveva decidere adesso.

~

Helena tremava da capo a piedi mentre entrava barcollando nella stanza che aveva condiviso con Charity. In qualche modo si diresse verso il divano e vi si lasciò cadere sopra, mettendosi un braccio sul viso mentre cercava di calmare il respiro affannoso e di rallentare i battiti del cuore.

Quel pomeriggio era stato una vera e propria farsa. Non solo lo scontro tra Baldwin e suo zio aveva molto probabilmente peggiorato la sua situazione, ma che il Duca di Tyndale entrasse mentre Baldwin la teneva inchiodata alla parete? Con lui che le si strusciava contro mentre lei gli si arrendeva come una sgualdrina?

Non aveva idea di cosa ne sarebbe venuto fuori. Tyndale le piaceva, naturalmente. Sentiva che era una persona gentile. Forse non avrebbe parlato con nessuno della scena cui aveva assistito. Ma non poteva esserne certa.

«E ora si fa anche una pennichella.»

Helena si tirò su a sedere di scatto e si voltò a guardare suo zio e sua cugina entrare in camera. Charity teneva la testa chinata, ma lo zio Peter sembrava compiaciuto come al solito. Inarcò un sopracciglio verso di lei.

«Ascoltami bene, signorina. Tornerai a Boston non appena potrò prenotarti il passaggio in nave.»

A Helena si rivoltò lo stomaco, ma in qualche modo riuscì a mantenere un'espressione calma mentre lo fissava. In fin dei conti, Boston era probabilmente l'opzione migliore, non che avesse mai pensato che sarebbe arrivata a dirlo. Non aveva nessuno là. La sua famiglia l'aveva abbandonata. Ma era meglio che restare lì a essere trattata in modo così crudele e vedere Baldwin sposare qualche ereditiera alla fine.

«Vado a bere qualcosa» disse lo zio, e lasciò la stanza senza degnare di uno sguardo né la figlia né la nipote.

Quando se ne fu andato, Helena si costrinse ad alzarsi. Charity la stava osservando ora, i suoi occhi azzurri erano indecifrabili. Helena si lisciò il vestito. Le sarebbe piaciuto poter smussare così facilmente anche le sue emozioni. «Perché mi odi così tanto?» chiese.

Charity trasalì e, con grande sorpresa di Helena, un'espressione addolorata le attraversò il viso. «Io non… non ti odio.» rispose.

Helena la fissò incredula. Alla fine, fece cenno con la testa verso la porta. «Be', *lui* sì. Ma non preoccuparti, Charity, sembra che il tuo desiderio si avvererà. Me ne andrò presto e allora nessuno potrà offuscare il tuo splendore. Scusami, ho bisogno di fare due passi.»

Girò sui tacchi e lasciò la stanza. Sentì Charity chiamarla, ma non si voltò. Continuò a camminare e basta.

CAPITOLO DICIANNOVE

Baldwin andava avanti e indietro a lunghe falcate in salotto, esitando solo quando si girava per camminare nella direzione opposta. Aveva elucubrato per tutto il tempo. Erano passate meno di ventiquattro ore dalla sua brutale conversazione con Matthew, ma quelle ore gli erano sembrate un'eternità.

Quella sensazione era peggiorata dal fatto che Helena non era scesa per cena la sera prima, né per i giochi dopo cena. Suo zio aveva avuto un'aria molto compiaciuta quando aveva affermato che aveva mal di testa. Baldwin si era consolato solo grazie al fatto che i domestici che le avevano portato un vassoio gli avevano riferito che stava bene, che non era ferita. Si stava solo... tenendo nascosta. O imprigionata, come una principessa in una torre.

Invece di andare a salvarla su un cavallo bianco, Baldwin aveva passato la notte nel suo studio. Aveva esaminato ogni libro mastro, ogni eventualità, soppesando ogni opzione. Non era giunto a una decisione finché non era rientrato in camera sua e aveva provato una cocente delusione quando non aveva trovato Helena di nuovo lì ad aspettarlo.

E così... eccolo lì. Con l'ultima cosa da fare prima di prendere il futuro davanti a sé con entrambe le mani. E con le relative conseguenze.

Sua madre e Charlotte entrarono in salone, seguite da Ewan. Le due donne stavano ridendo ed Ewan aveva un sorriso smagliante. Baldwin si prese un momento per esaminare i loro volti felici. Erano persone che amava. Aveva fatto loro molto male. E aveva fatto tanto per cercare di assicurarsi che non avrebbe mai più fatto loro del male.

Ora li avrebbe feriti tutti con la verità. E pregava che potessero perdonarlo.

«Oh, Baldwin» disse Charlotte, e il suo sorriso svanì quando lo guardò in faccia. «Oh, caro, cosa c'è?»

Mentre la sorella si precipitava ad abbracciarlo, Ewan chiuse la porta e strinse gli occhi, il suo volto espressivo pieno di sostegno e amore. Anche la loro madre lo fissava, ed era sbiancata. Era l'unica che avesse anche solo un sentore dei loro problemi.

Stava per averne altri. Sperava che non sarebbe rimasta schiacciata sotto il peso di tutto questo come era successo a lui per tutto quel tempo.

«Sto bene» disse Baldwin a bassa voce mentre stringeva le mani di Charlotte nel tentativo di rassicurarla. «Grazie a tutti per essere venuti di primo mattino.»

«Cosa c'è?» chiese sua madre, con voce tremante. «È successo qualcosa?»

Baldwin la guardò negli occhi, e vi vide tutta la sua paura, tutta la sua forza. «Mamma, è ora che sappiano la verità.»

La duchessa sbandò leggermente ed Ewan si precipitò a prenderla per il gomito. La condusse gentilmente a un divano e l'aiutò a prendere posto.

«Devi proprio?» sussurrò la duchessa quando si fu ripresa. «Oh, Baldwin, *devi* proprio?»

Charlotte si voltò prima verso sua madre e poi verso suo fratello. Il suo sguardo penetrante era confuso e ansioso. «Cosa sta succedendo? Di quale verità parli?»

Baldwin le prese la mano e la portò a sedersi accanto alla madre. Ewan si mise dietro a Charlotte e le appoggiò una mano sulla spalla. Lei ci mise una sua mano sopra, e Baldwin si ritrovò a fissare la coppia per un istante. Questo era amore. Questo era sostegno. Era tutto.

«Negli ultimi anni mi avete chiesto più volte del mio cambiamento di... umore» iniziò. «Sia tu che Ewan vi siete preoccupati.»

I due annuirono all'unisono.

«Baldwin» sussurrò sua madre.

«Va tutto bene, mamma» la rassicurò lui. «Hanno il diritto di sapere, e anche tu, perché anche tu sei stata tenuta all'oscuro.»

Lei inclinò la testa. «C'è dell'altro?»

Charlotte strinse le labbra. «Qualcuno può spiegarmi cosa sta succedendo?»

Baldwin fece un respiro profondo. Non c'era davvero altro modo di farlo se non in fretta e andando dritto al sodo. «Il ducato è ormai privo di fondi. Non c'è quasi nulla a parte la terra.»

Mentre la madre si metteva la testa tra le mani singhiozzando sommessamente, Charlotte lo fissò a bocca aperta. Ewan fece il giro e si mise accanto al divano. Fece qualche segno con la mano e Charlotte si costrinse a guardarlo.

«Ti sta chiedendo di spiegarti meglio. Non c'è più *niente*?» Scosse la testa. «Com'è possibile, Baldwin? È successo qualcosa? Non ci è mai mancato niente.»

Baldwin annuì lentamente. «Lo so. Papà teneva molto bene i suoi segreti. Io e la mamma non sapevamo nulla della situazione finché non ho ereditato e ho visto i libri mastri. Cercava continuamente di tappare le falle spostando i fondi da un capitolo all'altro. Aveva debiti dappertutto.»

«Come?» sussurrò Charlotte.

Baldwin trasalì al tono doloroso della sua voce. Stava distruggendo le sue illusioni su suo padre. Un uomo che sua sorella aveva adorato. Sapeva come si sentiva. Aveva provato la stessa cosa.

«Aveva un vizio» rivelò Baldwin. «Era un giocatore d'azzardo compulsivo. L'ho visto di persona, anche se non mi sono reso conto delle conseguenze finché non è stato troppo tardi.»

«È per questo che sei così cupo, così tetro, da quando hai ereditato» tradusse Charlotte mentre Ewan si spiegava a gesti. «Perché non hai parlato con noi? Con la tua famiglia o con i tuoi amici?»

Baldwin chinò la testa. «Perché ho peggiorato le cose e non volevo che mi giudicaste.»

Sua madre sollevò lo sguardo e lo fissò negli occhi. «Che cosa?»

Baldwin avvampò in viso. Queste erano le parti che sua madre non aveva mai saputo. Le parti che le aveva tenuto nascoste per proteggersi. Ora era costretto a spiegarle le sue scelte sbagliate. Come aveva reso ancora più profonda la fossa in cui erano finiti.

«Mi vergogno» disse dopo aver raccontato tutto e dopo che la stanza era rimasta in silenzio troppo a lungo mentre la sua famiglia metabolizzava la sua confessione. «Non volevo che lo sapeste.»

Charlotte lo aveva fissato immobile mentre parlava, ma a quel punto si alzò lentamente. Lui la osservò, diffidente, mentre gli veniva incontro. Poi gli strinse le braccia intorno e lo abbracciò forte come aveva sempre fatto. Le tremava la voce mentre sussurrava: «Che cosa orribile che tu abbia pensato di dover portare questo fardello da solo. Oh, Baldwin, mi dispiace tanto.»

Lui si ritrasse. «Ti dispiace? Sono io che ti ho disilluso su nostro padre e ho distrutto il nome della nostra famiglia.»

Sua sorella scosse la testa. «Sono stupita e delusa, ovvio. Ma non è colpa tua, è colpa sua. Aveva molte buone qualità. In questo momento sono stordita, ma questa notizia non cambia quanto potesse essere gentile e affettuoso.»

Baldwin aggrottò la fronte. Aveva dovuto gestire le conseguenze del cattivo comportamento di suo padre per così tanto tempo che non era stato in grado di ricordare quello che aveva detto Charlotte. Ora i ricordi tornavano a galla. Suo padre che gli insegnava a cavalcare. Suo padre che lo lodava per i suoi successi e lo consolava per i suoi fallimenti.

Sbandò leggermente quando quei sentimenti ritornarono alla ribalta. Dono di sua sorella.

«C'è dell'altro, temo» esclamò mentre faceva cenno a Charlotte di tornare al suo posto.

Sua madre gemette di nuovo. «Oh no.»

«Mi dispiace. C'erano tre debiti insoluti di cui non sono riuscito a rintracciare la fonte. Mentre eravamo qui, il mio avvocato mi ha fatto sapere che sono stati acquistati da un privato.»

Ewan scosse la testa e gesticolò mentre Charlotte traduceva: «Comprati? Qualcuno ha comprato tutti e tre i debiti? Perché?»

«Non ne ho idea» rispose Baldwin, sostenendo lo sguardo di Ewan e osservando la smorfia inorridita sul volto dell'amico al pensiero delle possibilità.

«Non può essere una buona ragione» sussurrò Charlotte.

Ewan chiese: «Quanto?»

Baldwin lanciò un'occhiata alla madre prima di dire: «Cinquemila sterline.»

La duchessa balzò in piedi, coprendosi la bocca con entrambe le mani. Charlotte si limitò a fissarlo, e Ewan impallidì.

Baldwin lasciò che elaborassero la terribile notizia per un momento, poi fece un respiro profondo. «C'è un motivo per cui vi sto finalmente dicendo tutto questo, dopo averlo tenuto segreto per così tanto tempo. Ed è questo... sono innamorato di Helena Monroe.»

Sua madre abbassò lentamente le mani. «Oh, Baldwin.»

«Io e la mamma avevamo stilato un elenco di ereditiere idonee con doti abbastanza cospicue da aiutarci a tirarci fuori da una parte di questo pasticcio che io e papà abbiamo creato, ma... io la amo. E lei non ha niente» disse Baldwin, e si sentì liberato da un enorme peso quando riuscì a dire quelle parole. L'ultimo segreto era stato svelato. Non era più solo a sopportare tutto.

Charlotte aveva le lacrime agli occhi, e prese la mano di Ewan. «Baldwin... oh, questa dovrebbe essere una bella notizia. Noi adoriamo Helena, e chiunque può vedere la sintonia che c'è tra di voi.»

«Amarla è la cosa migliore che abbia mai fatto in vita mia» sussurrò lui. «Se le circostanze fossero diverse, le chiederei di sposarmi senza esitare. Ma le circostanze non sono diverse. Quindi, quando chiederò la sua mano, ci saranno conseguenze di ampia portata. Sapevo che dovevate capirle, per esprimere le vostre obiezioni. Ne avete il diritto.»

«Le chiederai di sposarti» sussurrò sua madre.

Baldwin annuì immediatamente, perché non sentiva alcuna esitazione nella decisione che aveva preso. «Sì. Devo farlo. Una vita vissuta senza di lei è... inconcepibile. Ho passato la notte ad esaminare le cifre, a leggere i libri mastri, cercando di trovare un modo per far funzionare la cosa. Bisognerà tagliare fino a che non resterà quasi niente. Le opere d'arte dovranno essere vendute, come alcuni dei mobili delle altre case. Terremo la casa di Londra come residenza principale.» Scosse la testa. «Ovviamente le dirò che sarà una vita austera.»

«E cosa facciamo con questi debiti di cui hai parlato?» chiese Charlotte con un filo di voce. «Il tuo piano tiene conto che questo misterioso acquirente può chiedere che vengano saldati?»

Baldwin esitò. «Questo è il punto critico. Non ho idea dei termini che stabilirà questa persona misteriosa. Non posso pianificarli. Quindi... no. Se i debiti vengono riscossi, allora... allora potrebbe ancora accadere il peggio.»

Ewan fece alcuni gesti. Pochi semplici fendenti in aria con le dita, ma Charlotte sembrò visibilmente commossa mentre lo fissava.

«Ti amo» gli sussurrò.

Ewan le sorrise, la sua risposta chiara in volto. Le parole non erano necessarie.

«Dice che pagherà lui il debito» disse Charlotte, alzandosi per prendergli la mano.

Baldwin restò a bocca aperta. «Sono cinquemila sterline. Una piccola fortuna.»

Ewan lo fissò un attimo, poi si mise la mano in tasca e tirò fuori un piccolo taccuino d'argento. Ci scarabocchiò sopra e glielo porse.

«Meno male allora che io abbia una grossa fortuna» lesse Baldwin sottovoce. *«Insisto.»*

Restituì il quaderno e chinò il capo. «Sono diventato un caso umano cui fare la carità per la mia famiglia e i miei amici.»

Ewan gli prese il braccio, e quando Baldwin alzò lo sguardo, Ewan stava scuotendo la testa. Gesticolò furiosamente mentre Charlotte traduceva. «Mai! Questa non è carità. È un regalo, proprio come questa famiglia è stata il più grande regalo della mia vita.»

«Ewan» mormorò la Duchessa di Sheffield. «Che tu faccia questo per mio figlio...»

Ewan continuò a gesticolare senza distogliere lo sguardo da Baldwin. Charlotte sembrava avere un nodo in gola quando tradusse: «Mio fratello.»

Baldwin annuì. Oh sì, Ewan era stato come un fratello molto prima del suo matrimonio con Charlotte. E ora gli offriva l'ancora di salvezza in questa tempesta. Sarebbe stato facile? No, mai. Ma ora aveva una possibilità di sopravvivere.

«Accetto la tua generosa offerta. Se dovesse accadere il peggio, farò tutto ciò che è in mio potere per ripagarti, anche se so che non c'è modo di offrire una vera ricompensa per la tua gentilezza, né per la vita meravigliosa che hai dato a mia sorella» disse Baldwin mentre abbracciava suo cognato. «Non sai quanto significhi.»

Quando si separarono, si voltò e vide sua sorella e sua madre in piedi una accanto all'altra, abbracciate. Entrambe avevano gli occhi lucidi di lacrime. Capì che Charlotte approvava quello che stava per fare. Ora mancava solo sua madre.

«Mamma» le disse dolcemente, facendo un passo avanti per prenderle le mani mentre Charlotte si allontanava. «Alla fine, ci sarà il tuo nome in gioco oltre che il mio. Non posso promettere che i peccati di papà non verranno comunque a galla. Che non ci sarà uno scandalo.»

La duchessa lo fissò a lungo, poi si rivolse a Charlotte e a Ewan. «Ho sempre e solo voluto la vostra felicità, tesori miei. Capisco che se ti negassi la possibilità di sposare Helena, ti vedrei vivere infelice. Sarebbe una conseguenza molto peggiore, credo, che sentire le mie amiche mormorare che mio marito era un debitore. Metà dei loro mariti non è migliore di lui. Se è questo che ti serve per essere felice, ti sosterrò di tutto cuore e apertamente con chiunque lo metta in discussione.»

Baldwin fu pervaso dal sollievo. Sollevò le mani di sua madre e le baciò entrambe una dopo l'altra. «Grazie, mamma.»

«Sembra che tu debba andare a parlare con qualcuno» disse Charlotte, e la sua risata riempì la stanza come una musica. «Vai, veloce. Mi piacerebbe festeggiare con i nostri amici prima che questo ricevimento di campagna finisca.»

Baldwin li guardò, la sua famiglia, il suo tutto. Aveva passato anni a cercare di proteggerli, a cercare di proteggere se stesso. Temendo la peggiore delle ipotesi, che lo incolpassero o lo rifiutassero per quello che aveva fatto.

Ora gli sembrava una paura immotivata, perché era ovvio che lo avrebbero amato e accettato. Aveva sbagliato di grosso ad aspettarsi qualcosa di meno da loro.

«Grazie» disse. «E sì, credo sia ora di vedere se tutto questo ha un senso e di parlare con Helena.»

Ewan gli fece cenno di uscire dalla stanza mentre sua madre e sua sorella lo seguivano con un sorriso. E mentre percorreva il corridoio verso il suo studio per raccogliersi e pianificare ciò che avrebbe detto all'amore della sua vita, per la prima volta dopo anni si sentiva felice. Si sentiva libero.

Poteva solo sperare che quello che aveva da offrire sarebbe stato sufficiente per Helena. Perché ciò che contava in quel momento era darle tutto quello che poteva, e pregare che lei lo prendesse, e accettasse lui. Con tutti i suoi difetti.

CAPITOLO VENTI

Helena se ne stava in piedi alla finestra accanto al divano che aveva chiamato letto e sospirò mentre la pioggia scorreva giù per il vetro. Era indicato, il temporale. Corrispondeva alle emozioni tumultuose del suo cuore. Inclinò la testa all'indietro e chiuse gli occhi rabbrividendo.

Come si era arrivati da una notte a contare le stelle sulla terrazza a... questo? Con una spada di Damocle che le pendeva sulla testa e un futuro così incerto? Non che avrebbe cambiato nulla. Aveva avuto quei momenti rubati con Baldwin, e significavano tutto per lei.

Sentì qualcuno bussare piano alla porta della camera alle sue spalle e si irrigidì. Dopo le ultime ventiquattro ore, non era pronta ad affrontare altri drammi. Non che i drammi bussassero così delicatamente di solito.

Si avvicinò alla porta e la aprì, e fu sorpresa di trovare Walker sulla soglia. Il maggiordomo sorrise. «Mi dispiace disturbarvi, signorina, ma Sua Grazia ha chiesto che lo raggiungiate nel suo studio, se non avete altro da fare in questo momento.»

Le palpitava il cuore mentre cercava, senza riuscirci, di decifrare l'espressione di Walker. «Sua Grazia vuole vedermi» ripeté.

Il maggiordomo annuì. «Al più presto possibile. Avete un messaggio da riferirgli?»

«Lo raggiungerò a breve.» le tremò la voce e arrossì, perché era molto evidente la sua agitazione.

Walker inclinò la testa. «Molto bene, signorina. E sapete dov'è lo studio?»

«Sì» sussurrò Helena pensando alla notte che vi aveva condiviso con Baldwin. Il maggiordomo sorrise di nuovo e poi se ne andò senza fare rumore.

Lei rimase un attimo a fissare il corridoio vuoto, poi si scrollò di dosso la sensazione di sorpresa. Non aveva idea del perché Baldwin l'avesse chiamata da lui. Erano le dieci del mattino, presto per molti. Sua cugina era ancora a letto, dopo tutto.

Dopo il loro ultimo incontro, poteva volerle dire qualsiasi cosa. Forse voleva vedere come stava. O forse voleva dirle che Tyndale disapprovava ciò che aveva visto il giorno prima. Poteva anche voler porre fine alla loro relazione.

«Oh, scendi e basta» sbottò ad alta voce tra sé e sé. «Stare qui a elencare tutte le possibilità non serve a niente.»

Si avvicinò allo specchio e si diede una rapida controllata. A parte il fatto che sembrava che non avesse dormito, e infatti non aveva dormito, era presentabile. Fece un respiro profondo, uscì dalla stanza e scese le scale. Mentre vagava per i corridoi, cercò di restare calma e alla fine ricorse a contare il numero di porte che si trovavano tra lei e il suo destino.

Finalmente raggiunse la porta dell'ufficio di Baldwin. Era socchiusa, così entrò senza far rumore. Lui era in piedi alla finestra, con le mani giunte dietro di sé. Helena restò a guardarlo godendosi brevemente il momento. Era così bello. Così forte. Solo per un attimo, era stato suo.

Lasciarlo andare sarebbe stato devastante.

Scacciò l'ultimo pensiero e si schiarì la gola per attirare la sua attenzione.

Lui si voltò, e le mancò il fiato una seconda volta, anche se per una ragione molto diversa. Il volto di Baldwin era... luminoso. Non l'aveva mai visto così, e ne fu sconvolta. Aveva sempre avuto un'aura di malinconia intorno a sé per colpa delle responsabilità che lo affogavano ogni giorno.

Ora era diverso. Era come se fosse stato riportato in vita. Non poté fare a meno di avvicinarsi a lui e a quella luce, di sentirsene guarita ed elevata.

«Helena» le disse andandole incontro. «Grazie per essere venuta.»

Lei annuì di scatto. «Io... di nulla, Baldwin. Di nulla. È successo qualcosa?»

Lui inclinò la testa e le esaminò il viso con un altro di quei sorrisi così belli da vedere. «Perché pensi che sia successo qualcosa?»

Lei fece un respiro tremolante. «Sei cambiato. Non so, c'è qualcosa di diverso nell'aria intorno a te.»

Baldwin rise mentre andava a chiudere la porta per avere la privacy che lei desiderava tanto. La privacy che probabilmente non avrebbero dovuto avere. Ma scelse di non pensarci.

Voleva stare sola con lui. Non aveva idea di quante volte ne avrebbe avuto l'occasione. Mancavano solo due giorni alla fine del ricevimento. Forse una settimana o due prima di essere rispedita in America.

Scacciò il pensiero quando Baldwin tornò da lei e le prese la mano, attirandola sul divano e prendendo posto accanto a lei. Troppo vicino.

«Solo tu potevi riconoscere anche il più piccolo cambiamento in me» le disse, allungando la mano per tracciarle la guancia con un dito.

Helena deglutì a fatica e cercò di non lasciarsi andare al dolce calore del suo tocco. «*È* successo qualcosa?»

Baldwin annuì e la sua espressione si fece più seria. Non malinconica, solo seria. «Sì, Helena. Non tutto in una volta, ma gradualmente. Piccoli cambiamenti col passare del tempo che portano un uomo da un certo posto a un altro senza che quasi se ne accorga, prima che un giorno si svegli e sia... qui. Con te.»

«Non capisco» sussurrò lei.

«So che non capisci. Adesso ti spiego.» scosse la testa ridacchiando. «In realtà sono piuttosto nervoso, però, quindi spero che sarai gentile con me.»

Helena sembrò stupita. «Tu? Nervoso? Faccio fatica a crederci.»

«Sei tu a farmi questo effetto.» le disse. «Lo hai sempre fatto. Avrei dovuto saperlo quella prima notte.»

Avevano cominciato a tremarle le mani così se le strinse in grembo mentre lo guardava in faccia e vi vedeva riflesse tutte le sue speranze e i suoi sogni. Solo che non potevano avverarsi. «Cosa avresti dovuto sapere?»

Baldwin si protese in avanti avvicinandosi di più, sostenendo il suo sguardo. Non permettendole mai di distogliere gli occhi. Sorrise ancora una volta. «Ti amo, Helena Monroe.»

Helena rimase paralizzata. Questo era un sogno. Non c'era altra spiegazione. Baldwin era seduto di fronte a lei e le diceva che la amava. Solo che dopo essersi data un pizzicotto, non si svegliò.

«Ti prego, no» disse lei, saltando in piedi per allontanarsi da lui. «Ti prego, non dirmi così.»

~

Baldwin vide Helena andare dall'altra parte della stanza barcollando, tenendo le mani alzate per allontanarlo. Non sembrava felice della sua confessione, sembrava inorridita.

Lentamente si alzò in piedi anche lui e si lisciò la giacca. «Non è la reazione che speravo, lo ammetto» disse, cercando di mantenere un tono calmo. «Tu non mi ami?»

Si preparò a ricevere la risposta, anche se non c'era modo di prepararsi al suo rifiuto. Il solo pensiero gli faceva rivoltare lo stomaco.

Helena scosse la testa più e più volte. «Sì invece, e lo sai» disse alla fine, col respiro corto e la voce tremolante. «Ma è crudele dirmi una cosa come questa quando entrambi conosciamo la situazione. Ho accettato che non possiamo stare insieme. Ti prego, non farmi dire quelle parole ad alta voce. Ci affogherei dentro.»

Il sollievo lo fece quasi cedere. Helena non sapeva ancora cosa aveva deciso. Non sapeva cosa stava per chiederle. Era la paura a tenerla lontana da lui, non la mancanza di sentimenti.

Fece un passo avanti. «Dillo» la incoraggiò. «Non ti lascerò affogare.»

Helena sembrava sul punto di piangere. «Ti prego.»

«Dillo» ripeté Baldwin.

«Ti amo» sussurrò lei, abbassando la testa. «Ti ho amato dal primo momento che ti ho incontrato. Ma sappiamo entrambi che non ho niente da offrirti.»

Baldwin si accigliò per la facilità con cui Helena accettava la sconfitta. Era l'atteggiamento cui era stata costretta per così tanto tempo. Dalla sua famiglia e dalle sue amiche... da lui. Quando si sarebbero sposati, l'avrebbe aiutata ad acquistare maggior fiducia in se stessa. Emma ci era riuscita, dopo tutto, ed era stata molto simile a Helena quando lei e James si erano sposati.

«Tu hai te stessa» disse dolcemente mentre le infilava un dito sotto il mento e la faceva alzare lo sguardo verso di lui. Vide brillare delle lacrime nei suoi occhi, e gli spezzarono il cuore. «Sei preziosa, più dell'oro.»

«Non è vero» ribatté lei. «E non è di questo che stiamo parlando.»

«No, stiamo parlando di soldi» disse lui con un sospiro. «Un argomento che non dovrebbe mai essere mischiato con l'amore.»

«Eppure è così!» proruppe Helena, allontanandosi da lui. «Conosco la tua posizione, Baldwin. L'ho accettata come meglio potevo. Ti prego, non straziarmi l'anima in questo modo. Non posso sopportarlo.»

«Helena, ascoltami.» Le prese le mani in modo che non potesse allontanarsi, e lei smise subito di provarci. Lo fissò e cominciò a scendere la prima lacrima. Era stata così forte, così brava quando si trattava di ciò che lui poteva e non poteva fare per lei.

Ora capiva quanta fatica le fosse costata. Quanto era stato crudele nei suoi confronti. Si odiava per averla fatta soffrire anche solo per un momento.

«Matthew si è offerto di sposarti» disse.

Helena spalancò gli occhi e si ritrasse di scatto. «Cosa?»

«Gli ho spiegato tutto dopo che ieri ci ha visti insieme in salotto. Gli ho detto tutto sulla mia situazione finanziaria, su di te e sulla crudeltà che tuo zio ha mostrato nei tuoi confronti. Gli ho detto perché non potevo stare con te, nonostante i miei sentimenti, e lui mi ha giustamente chiamato per quello che sono: un codardo. Si è offerto di sposarti e di salvarti da quello che tuo zio potrebbe fare, o farà, se lasciato libero di agire.»

Helena aveva il fiato così corto che temeva che sarebbe crollata. «Non capisco. Tyndale mi sposerebbe?»

Baldwin annuì, e gli si rivoltò lo stomaco anche solo al ricordo di quel momento. «Sì. Quando ha fatto quella proposta mi è crollato il mondo addosso. Sapevo che avrebbe risolto i tuoi problemi. Che mi avrebbe permesso di vederti al sicuro. Ma il solo pensiero mi uccideva. E sapevo, senz'ombra di dubbio, che non avrei potuto vivere in un mondo in cui tu non fossi mia.»

Helena schiuse la bocca scioccata. «Baldwin...» Il suo nome era un sussurro sulle sue labbra, appena percepibile.

«Per anni ho tenuto segreto il cattivo comportamento di mio padre, e il mio. Ma per te l'ho detto alla mia famiglia.»

Helena fece un passo indietro. «Lo hai detto alla tua famiglia?»

«Tutto. Ewan si è offerto di aiutare. E se mi aiuta, allora c'è qualche speranza per me. Non posso prometterti la vita che avresti con Tyndale. Ha un bel patrimonio, potrebbe fare di te una principessa se lo volessi. Ve lo meritate. Ma la vita che ti prometto io è piena di amore, Helena. Non mentirò dicendo che non sarà dura. Austera. Potrebbe scoppiare uno scandalo se alcuni di quei debiti venissero rivelati. Ma ti amo.»

«Mi stai offrendo un futuro insieme?» chiese lei. «Baldwin, questo vuol dire buttare via tutto quello che potresti avere! Molte delle tue candidate ti aiuterebbero ad uscire completamente da questa situazione. Potresti ricostruire, potresti...»

«Io voglio te.» Le accarezzò delicatamente le guance. «Ti amo, Helena. E questo è diventato molto più importante di qualsiasi altra cosa al mondo. Ti amo e voglio sposarti.»

Helena sbatté le palpebre. Solo le palpebre. Come se non capisse. Come se non riuscisse a capire.

«Rinunceresti a tutto per me?» sussurrò lei.

Baldwin si agitò, perché da tempo non pensava più a sposarla come a una rinuncia. Sarebbe stato un guadagno. Eppure lei ancora non lo capiva. «Attraverserei il sole a piedi per te» le disse. «Attraverserei il mare a nuoto. Rinuncerei al mio titolo, al mio nome, a qualsiasi cosa mi sia rimasta. Morirei per te, Helena Monroe. E vivrò per te se solo smetterai di guardarmi come se fossi impazzito e mi dirai che sarai mia. Mia moglie. Per il resto dei miei giorni, brevi o lunghi che siano. Ti prego, ti prego, dimmi che mi sposerai.»

Ora Helena stava tremando, la sua facciata si stava incrinando. «E se poi te ne pentirai?» chiese.

Lui scosse la testa. «Non potrei mai. Non capisci? Tu sei l'unica persona al mondo con cui posso essere chi sono, chi sono veramente. Tu alleggerisci ogni mio fardello, come potrei mai pentirmene? Ti prego. Ti prego, Helena.»

Helena fece un singhiozzo e annuì. «Sì. Sì, ti amo, e l'idea di stare lontano da te, di essere sola senza di te, mi dilaniava. Se sei sicuro, allora sì. Ti sposerò, Baldwin.»

La gioia che lo inondò fu così potente e aliena che ne fu quasi sopraffatto. La attirò a sé e la baciò, accarezzandole le guance con le dita mentre assaporava le sue lacrime, e le proprie. Lei gli avvolse le braccia intorno al collo e si sollevò contro di lui, appiattendo il corpo al suo come se temesse di perderlo. Come se temesse che fosse tutto un sogno o un'illusione.

E lo era. Solo che era un sogno che avrebbero potuto vivere

insieme per sempre. In quel momento, accantonò completamente le sue preoccupazioni e si arrese alla dolce passione del suo bacio. Alla consapevolezza che Helena sarebbe stata sua ora. Per sempre.

Si chinò, facendola sdraiare di schiena sul divano. Helena si spostò e lui si abbassò su di lei, godendosi la sensazione del suo corpo sotto di lui. Nessuno in vita sua aveva mai acceso una tale passione in lui. Questo bisogno di rivendicare, avere e amare per sempre.

Non riusciva a immaginare un modo migliore di questo per celebrare il loro fidanzamento. Fare l'amore con lei senza le barriere che erano state tra loro l'ultima volta.

Helena doveva avergli letto nel pensiero, perché ovviamente poteva leggergli nel pensiero. Interruppe un attimo il bacio. «Non saremo... interrotti?»

Lui sorrise. «No. È ancora presto e ho chiuso la porta.»

«Davvero? Ero così presa che non me ne sono accorta.» commentò Helena ridendo.

«Sono stato scaltro» disse lui, sfiorando le labbra contro le sue. «Saprò trovare sempre il modo di stare da solo con te.»

«Suppongo che avremo tutta la vita per capire come essere scaltri insieme» disse lei, e il suo viso era illuminato dallo stesso stupore che Baldwin sentiva sul proprio volto.

Sarebbero stati insieme. Per sempre. Sorrise mentre le copriva di nuovo la bocca con la propria. Ma lo spirito giocoso svanì rapidamente quando gli crebbe dentro il desiderio. Helena dava completamente, apertamente. Nonostante il suo passato, Helena non aveva perso la sua dolcezza o la sua passione. Non era mai stato così felice.

Cominciò a dondolarsi contro di lei mentre le sue mani vagavano lungo il suo fianco, poi le strinse delicatamente il seno. Helena emise un gemito di piacere e gli andò incontro con i fianchi, provocandogli una scarica di sensazioni a partire dal membro già duro.

«Mi fai impazzire» mormorò mentre faceva scivolare la bocca lungo il suo collo.

«Dimostramelo» sussurrò lei con voce tremolante nel silenzio della stanza.

Baldwin sollevò la testa e le prese la mano, portandola in mezzo a loro e premendosela sul pene. Helena gemette quando lo toccò e cominciò ad accarezzarlo attraverso il tessuto dei pantaloni diventato improvvisamente troppo pesante.

«Ho bisogno di te» grugnì lui.

Helena annuì, e fece scivolare giù la mano per sbottonargli la patta. Nel frattempo, lui le tirò su le gonne ammassandole intorno ai fianchi. Lei aprì le gambe e lui ci si sistemò in mezzo scivolandole dentro mentre lei ansimava il suo nome in preda al piacere.

Non riuscì a essere molto prolisso. Quando sentì il suo canale stretto e lubrificato pulsargli caldo intorno, perse ogni capacità di pensare, figuriamoci di formare parole coerenti. Era animale in quel momento, perso nelle sensazioni di piacere che gli ordinavano di prenderla. Rivendicarla. Di farla sua nel modo più permanente che potesse immaginare.

Cominciò con spinte brevi e forti, ed Helena gli strinse le dita sulla schiena. La guardò in viso mentre la prendeva. Aveva la bocca socchiusa, gli occhi chiusi. Baldwin memorizzò ogni contrazione e gemito, aggiustando i movimenti in base alle sue reazioni. La vide avvicinarsi all'orgasmo e si godette ogni singolo momento di quel viaggio che stavano facendo lentamente insieme.

Alla fine Helena spalancò gli occhi. Si lasciò sfuggire un grido confuso e cominciò a pulsargli intorno, spremendolo per trarre piacere, chiedendogli di unirsi alla sua estasi. E lui la accontentò, spingendo più forte, godendosi il modo in cui gli si tendevano i testicoli. Fu scosso da una sensazione elettrica. Le coprì la bocca con la sua, lasciando che le sue grida di piacere si perdessero contro le sue labbra mentre le pompava forte dentro quel corpo caldo che lo cingeva sempre di più.

Le crollò addosso, coprendole il collo di baci mentre lei gli accarezzava la schiena. Era sua. Davvero sua in un modo che non si era concesso prima. Un modo che garantiva che non ci sarebbe stato modo di tornare indietro, non che lui volesse farlo.

Perché era l'amore della sua vita, e non vedeva l'ora di dirlo al mondo intero.

«È stato meraviglioso» mormorò Helena, premendogli la bocca sul collo. «Ogni volta è meraviglioso. Non avrei mai immaginato che potesse essere così.»

Lui si spostò un po' di lato, mantenendosi in equilibrio precario sul bordo del divano in modo da poterla guardare in faccia. I loro corpi si separarono con il movimento, e lei emise un piccolo sospiro di disappunto che lo fece sorridere. «Pensa solo a quanto sarà meraviglioso quando non dovremo più farlo di nascosto. O quando non sarà più rischioso e foriero di potenziali perdite.»

Helena gli infilò le dita tra i capelli, massaggiandogli delicatamente il cuoio capelluto. «Mi potrebbe mancare il rischio» disse lei con una risata.

Baldwin alzò un sopracciglio. «Ne prendo nota, signorina Monroe. Posso certamente fare in modo che ce ne sia un po' dopo che saremo sposati. Farò l'amore con te in riva ai laghi e in salottini secondari durante i ricevimenti, se la paura di essere scoperta ti fa miagolare il mio nome in modo così delizioso.»

Un rossore intenso le imporporò le guance. Ma le vide anche un po' di interesse negli occhi all'idea, e ridacchiò. Avrebbe sicuramente ricordato questa informazione.

«Dunque, mi piacerebbe molto sfruttare il potenziale pericolo in cui ci mette lo studio. Tuttavia...» Si mise a sedere e la tirò su con sé. Cominciarono a rimettersi in ordine i vestiti, lei gli sistemò i capelli con le dita ridendo e lui le rimise a posto i riccioli erranti. Ben presto ebbero un aspetto un po' più ragionevole.

«Abbiamo un'ultima cosa sgradevole da affrontare, temo» disse Baldwin concludendo la frase.

Helena fece una smorfia e gli si accoccolò un po' più vicino. «Mio zio.»

«Sì, tuo zio. Voglio che tu capisca che non ho intenzione di chiedergli la tua mano. Gli comunicherò che la prendo. È una cortesia che non gli è dovuta.»

Helena strinse le labbra e lui vide tutta la sua ansia tornare. Quanto detestava quella situazione. Sperava che un giorno Helena non avrebbe più provato nulla di tutto ciò.

«Preparati per quando gli parlerai» disse lei, con voce tremolante «È una persona assolutamente orribile, in particolare quando viene contrariato. Può non essere in grado di minacciarti di rimandarti a Boston come ha fatto con me, ma farà tutto ciò che è in suo potere per rendere tutto questo il più terribile possibile.»

Baldwin sobbalzò. «Ha minacciato di rimandarti in America?»

Helena annuì lentamente. «Più che una minaccia, una promessa, in realtà.»

La rabbia che aveva provato prima, quando si era imbattuto in Peter Shephard che la rimproverava in salotto, tornò. Solo che questa volta aveva più strumenti per proteggerla.

«Non lascerò mai più che ti faccia del male» le disse dolcemente.

Helena gli fece un sorriso che illuminò il suo mondo di un colore infinito. In quel momento si rese conto che la sua vita sarebbe stata così da quel momento in poi. Le difficoltà rese più facili dal cuore enorme di questa donna, dalla luce che portava con sé senza sforzo.

Si chinò a baciarla e poi si alzò, portandola su con sé. «Vieni, sbrighiamo questa faccenda e poi non potremo fare altro che festeggiare.»

Baldwin la vide ancora titubante, ma lei annuì comunque e gli permise di condurla alla porta.

CAPITOLO VENTUNO

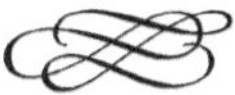

Helena non era sicura di come fosse possibile sentirsi così felice e così terrorizzata allo stesso tempo. Ma era così. Dentro di sé era un tripudio di emozioni, tanto che riusciva a malapena a respirare. Sapeva quanto poteva andare male fare questo annuncio alla sua famiglia. Erano possibili cento esiti tremendi e così pochi positivi, almeno in questa conversazione.

Ma ancor più che la paura, più che tutte le anticipazioni su quanto potesse andare male, c'era qualcos'altro. Quando si voltò a guardare Baldwin in questo attimo di quiete che stavano condividendo prima che zio Peter e Charity arrivassero in salotto, le si gonfiò il cuore di gioia e felicità che non avrebbe mai creduto di provare di nuovo.

Baldwin la amava. Le era sembrato impossibile dal primo momento in cui lo aveva incontrato e le aveva fatto battere il cuore. Non si era permessa di sperare di poter avere più del tempo rubato che era loro concesso. Rassegnarsi al fatto che non poteva avere niente di più di quello era stato il suo unico modo per sopravvivere quando il suo amore per quell'uomo era cresciuto col passare dei giorni.

E ora... era suo. Lui la guardò e lei vide nei suoi occhi che la fantasia, la favola, era vera. E sapeva che avrebbero potuto essere felici insieme per tutta la vita.

Baldwin fece scivolare le dita tra le sue intrecciandole insieme e le sollevò la mano per baciarla. «Ti proteggerò *sempre*, Helena.»

Era un'affermazione potente, ed Helena ne sentì ancora di più l'importanza alla luce degli anni che aveva trascorso potendo contare solo su se stessa. Gli annuì lentamente. «Vi credo, Vostra Grazia.»

Lui sorrise mentre la porta si apriva e suo zio e sua cugina entravano. Tutti i sentimenti positivi svanirono, ed Helena si mise subito in allerta. Per abitudine, si allontanò da Baldwin di un passo. Era sciocco, considerando quello che lui stava per dichiarare, ma a giudicare dall'espressione arrabbiata dello zio alla vista di loro due insieme, Helena temeva le conseguenze che il suo neofidanzato non sembrava comprendere appieno.

Zio Peter era perfettamente capace di meschinità vili e orribili. Avrebbe visto il suo fidanzamento come un tradimento, e se avesse avuto la possibilità di farle del male... era molto probabile che lo avrebbe fatto.

Baldwin si accigliò quando lei chinò la testa, ma poi spostò la sua attenzione sui nuovi arrivati. «Signor Shephard» disse con tono gelido. «E signorina Shephard. Benvenuti, sono felice che foste già in piedi e che abbiate potuto unirvi a noi per un attimo prima che inizino i festeggiamenti previsti per oggi.»

«Abbiamo interrotto qualcosa?» chiese lo zio, trafiggendo Helena con un altro sguardo accusatorio che lei si sentì bruciare dentro.

«No» rispose Baldwin per lei. «Helena e io volevamo semplicemente condividere con voi la nostra lieta novella prima di fare il nostro annuncio a tutti gli ospiti.»

Helena trattenne il respiro e osservò la reazione della sua famiglia. Charity impallidì, ma suo zio sollevò entrambe le sopracciglia con un'espressione interrogativa. Non sembrava turbato, anche se era ovvio quello che Baldwin stava per dire.

«Annuncio?» ripeté Charity lentamente.

«Sì» confermò Baldwin, e allungò la mano per riprendere quella di Helena. La attirò più vicino, costringendola ad abbandonare la posizione in disparte che aveva assunto. Helena aveva il respiro affannoso e quasi gli urlò di non dirlo. Ma le parole gli uscirono comunque di bocca. «Sposerò Helena. Il più presto possibile.»

Per un momento nella stanza regnò il più assoluto silenzio. Poi, senza preavviso, lo zio inclinò indietro la testa e cominciò a ridere. Helena trasalì a quel suono crudele e all'espressione contorta sulle sue labbra, una smorfia che non poteva in alcun modo essere chiamata sorriso.

Si rese conto in quel momento che suo zio avrebbe trovato un modo per assicurarsi che questo non accadesse mai. Avrebbe fatto *tutto* ciò che era in suo potere per distruggere chiunque si mettesse sulla sua strada.

Compresa Helena stessa.

Ma Baldwin non lo sapeva. Non conosceva zio Peter e la sua natura crudele e viziata. Mentre Helena si faceva piccina piccina, cercando di diventare un bersaglio più piccolo, Baldwin si raddrizzò a tutta altezza ed assunse un'espressione severa.

«E cosa c'è di così divertente, signor Shephard?» chiese. «Non apprezzo il vostro scherno.»

«Oh, ma c'è molto da ridere» Zio Peter scosse la testa e disse: «Pensate di poterla semplicemente... *avere*? No, no, Vostra Grazia. Non credo proprio.»

Baldwin lasciò la mano di Helena e fece un lungo passo verso suo zio. Si fronteggiarono petto contro petto mentre Baldwin sibilava: «Non ve lo stavo chiedendo. Potete dare il vostro sostegno alla nostra unione e a vostra nipote, oppure voi e vostra figlia potete andarvene.»

Shephard inclinò la testa con un'espressione vuota e fredda. Si voltò e girò intorno a Baldwin per prendere posto sul divano, dove incrociò le braccia e guardò il duca con aria di sfida.

A Helena si rivoltò lo stomaco. Qualunque cosa stesse per accadere, sapeva che non c'era da aspettarsi niente di buono. Sarebbe stato disastroso, e le si spezzò il cuore.

«Credo che vi manchino all'appello dei debiti, Vostra Grazia» disse piano suo zio.

A Helena cominciarono a fischiare le orecchie e si voltò di scatto verso Baldwin. Lui era immobile e fissava Shephard, con gli occhi spalancati dallo shock e le mani strette ai fianchi. Helena comprese che Baldwin aveva capito la stessa cosa orribile che aveva capito lei in quel momento.

«Ce li ho *io*» continuò suo zio con un sorriso compiaciuto.

Baldwin non voleva dare a quel bastardo arrogante la soddisfazione della sua reazione, ma era impossibile restare impassibile. Il mondo gli girava intorno fuori controllo. Non sapeva dove voltarsi, non c'era niente che potesse far sparire ciò che Peter Shephard aveva detto, o ciò che minacciava di fare.

Si sforzò di contenersi e di calmarsi prima di dire: «Capisco.»

«Questo smorza i vostri ardori, vero, Sheffield?» Shephard sbuffò ridendo. «Non fate più il superiore, vero?»

Baldwin non era mai stato uno da zuffe. Era più nello stile di James, o di Robert. Ma in quel momento voleva tirare un pugno in faccia a quell'uomo più di quanto avesse mai desiderato qualcosa in vita sua.

«Perché?» chiese Helena con un filo di voce mentre tornava al suo fianco. Non lo toccò, ma lui sentì comunque la sua presenza e questo lo calmò un po'. «Perché hai comprato i suoi debiti?»

«Perché sono un uomo d'affari, mia cara» disse suo zio. «E gli affari si basano su ciò che si ha da dare in cambio. Ora ho qualcosa in mano.»

«Vi pagherò» disse piano Baldwin, mai più contento di aver accettato l'offerta di Ewan di restituire per intero il denaro mancante se mai fosse stato necessario. All'epoca era sembrato un sacrificio umiliante, ma ora non reggeva il confronto con lo scontro in corso. «Posso farvi avere il denaro non appena torniamo a Londra.»

«Non lo avete» sbuffò Shephard. «Andiamo. Non crederete che non abbia fatto le mie indagini sulla vostra situazione.»

Baldwin strinse i pugni al suo fianco. «Ho degli amici, maledizione. Avrete i vostri soldi.»

Shephard scosse la testa. «No, no, *no*. So tutto dei vostri amici. Hanno molto più successo di voi. Vi dà fastidio?»

«No.» Baldwin strinse i denti.

Shephard fece spallucce. «Non so come sia possibile. Ma non ha molta importanza. Non è il *loro* denaro che voglio. Quello che voglio sono i *vostri* soldi.»

Helena si coprì la bocca. «Non farlo» sussurrò tra le dita. «Oh, ti prego, non farlo.»

Baldwin la guardò con la coda dell'occhio e poi si voltò di nuovo verso suo zio. Shephard sorrise mentre le puntava il dito contro. «Lei mi conosce. Lei capisce.»

Baldwin incrociò le braccia. «Allora illuminatemi, signore. Perché dovrebbe importarvi da dove viene il denaro? Soprattutto visto che siete è un uomo d'affari.»

Shephard si appoggiò allo schienale mettendosi completamente a suo agio, come se fosse il padrone del mondo intero oltre che della stanza. «Voglio che siate *voi* a pagare, Sheffield. Altrimenti farò in modo che ogni uomo, donna e bambino in questo paese e all'estero conoscano la vostra vera posizione. E voi sapete cosa significa, vero?»

Baldwin deglutì. Oh sì, lo sapeva. Era proprio il peggior scenario che si era immaginato. Se la sua vera situazione finanziaria non veniva rivelata, poteva continuare, con parsimonia, con attenzione, ma c'era modo di sopravvivere in quel percorso. Era l'unico modo che conosceva per poter sposare Helena senza distruggerli entrambi.

Ma se gli altri suoi creditori si fossero accorti che i suoi forzieri erano vuoti, si sarebbe scatenato il panico tra di loro. Avrebbero potuto esigere il pagamento dei debiti per intero. Avrebbero potuto raddoppiare le richieste per paura che fosse inadempiente. Lui e la sua famiglia, compresa Helena se si fossero sposati, non sarebbero stati accettati in nessun negozio di Londra. Sua madre avrebbe potuto subire la stessa sorte, nonostante la sua eredità personale fosse separata dalle proprietà ducali e dalle casse vuote. Anche Charlotte non sarebbe stata immune dalle domande e dai pettegolezzi, nonostante la sua solida posizione come Duchessa di Donburrow.

Un vero e proprio incubo che diventava realtà.

«Vedo che capite» disse Shephard. «E che state immaginando tutto. Posso rendere la situazione ancora peggiore a seconda di come decido di renderlo noto.»

Baldwin deglutì nonostante la bile che gli si era raccolta in gola e fulminò Shephard con lo sguardo. «Allora perché non lo avete già fatto? I debiti sono stati comprati più di una settimana fa. Prima ancora che venissimo qui, anche se l'ho scoperto solo quando è iniziata la festa. Perché questo gioco?»

«Perché è il gioco che conta. Ci sono molti possibili esiti che dobbiamo ancora discutere. La vostra completa distruzione è solo uno. Ce n'è un altro.»

«E qual è?» chiese Baldwin, per quanto non fosse certo di volerlo sapere. Ma quell'uomo aveva potere su di lui. C'era solo un modo per venirne fuori ed era quello di capire il suo avversario.

«Potreste farvi condonare questo debito per intero senza dover scambiare un solo penny.»

Baldwin corrugò la fronte in preda alla più totale confusione. Di certo non credeva che Shephard glielo stesse offrendo per bontà d'animo. «Cosa? Come?»

Shephard fece un cenno verso Charity. «È molto semplice, Vostra Grazia. È l'opzione che è sempre stata in ballo. Dovete sposare mia figlia.»

CAPITOLO VENTIDUE

A Baldwin venne la nausea mentre fissava prima Shephard, poi Helena, che era sbiancata sotto il peso della crudele manipolazione di suo zio. Quella era la parte peggiore di tutto questo. Baldwin aveva promesso di proteggerla. Ora, qualunque cosa facesse, non avrebbe potuto farlo.

«Sposare Charity» disse, le parole non erano più gradevoli uscite dalle sue labbra di quanto lo fossero state uscite da quelle di Shephard.

Volse lo sguardo su Charity, e fu sorpreso di vedere la sua espressione scioccata quanto la propria. Certamente non gioiva di questa svolta degli eventi, anche se non era sicuro di poter credere che non facesse parte del piano contorto di suo padre.

«Bastardo» sussurrò Helena, con un filo di voce.

Shephard si girò verso di lei, con un dito teso in segno di accusa. «Stai attenta, ragazza. Mi sono gentilmente offerto di pagare il tuo biglietto di ritorno, ma posso annullarlo e farti mettere in strada. Non ti piacerebbe molto come sopravvive una donna quando non ha parenti che ne abbiano pietà. E se interferisci troppo nei miei piani, potrei semplicemente ritirare la stravagante offerta che sto per fare al tuo amore e distruggerlo per il gusto di farlo. Non vuoi essere responsabile di tutto questo, vero?»

Helena trasalì e si voltò verso di lui. «Baldwin» sussurrò.

Lui indietreggiò di fronte alla sua espressione e al suo tono. Stava per dirgli che doveva prendere in considerazione quell'offerta. «No!» sbottò lui. «Non la sposerò, Helena.»

«No?» Shephard ridacchiò, continuando a inserirsi nei loro discorsi. «Be', io ho bisogno di un titolo. Lo voglio. Voglio sbatterlo in faccia a tutti coloro che mi hanno messo in discussione nel corso degli anni a causa delle mie simpatie durante la prima guerra. Voglio le porte che aprirà, porte che altri hanno trovato chiuse grazie alle rinnovate tensioni tra i nostri due paesi. Il vostro titolo è il migliore sul mercato, il più pregiato tra gli scapoli.»

«Il rango non significa niente» insistette Baldwin. «Buon Dio, lo vedete anche voi che non significa niente.»

«Significa molto sulla carta. Significa molto dire a quelli con cui si contratta che la propria figlia è a meno di trenta morti dal diventare regina.»

Baldwin lo fissò, scioccato dalla profondità dell'ambizione di quell'uomo. «Ventisette gradi di separazione dal trono valgono quanto ventisettemila.»

Shephard scrollò le spalle. «In ogni caso, lo voglio. E come vi ho detto, è una richiesta generosa, davvero. Avrete in cambio un grande tesoro.»

«Vostra figlia?» domandò Baldwin.

«No!» Shephard guardò Charity e tirò su col naso. «È accettabile, anche se è una delusione, perché un maschio mi avrebbe portato molto di più.»

Charity girò la testa, e Baldwin provò quasi pena per lei. Sembrava che Helena non fosse l'unico bersaglio di quell'uomo.

«No, non sto cercando di fare un discorso romantico su quanto potreste essere felice con Charity» sbuffò Shepard. «Sto parlando dei debiti che spariranno. Sto parlando delle cinquantamila sterline che appariranno magicamente nelle vostre casse. A mio giudizio, questo vi toglierà molta pressione di dosso. E vi permetterà di investire... o di giocare d'azzardo, come vi piaceva fare un tempo, a quanto ho sentito dire.»

Baldwin si fece teso. Quell'uomo aveva condotto molto bene le sue ricerche, a quanto pareva. E ora lo stava pugnalando con le informazioni raccolte e provava piacere nel trovare ogni punto debole.

«In breve, vi salverò» continuò Shephard. «O vi distruggerò. A voi la scelta. Allora, che cosa preferite?»

Helena riusciva a malapena a respirare mentre con lo sguardo andava dal volto freddo e orribile di suo zio a quello di Baldwin in cui vedeva dolore e devastazione davanti alla constatazione che tutto ciò che aveva pianificato non poteva realizzarsi. In un modo o nell'altro, il futuro in cui avevano sperato non era possibile. O rinunciava a lei, o a tutto il resto del suo universo.

Lei non poteva permettergli di fare quel sacrificio.

«Baldwin» gli disse andandogli vicino. Quando gli prese la mano, lui sobbalzò, quasi come se si fosse dimenticato della sua presenza. Quando la guardò, il dolore raddoppiò. «Devi prendere in considerazione quello che ti sta suggerendo.»

Baldwin fece una smorfia ancora più inorridita. «*No!*»

«Lo so» disse lei, accarezzandogli il viso e cercando disperatamente di non piangere all'idea che poteva essere l'ultima volta che lo faceva. «Lo so. Ma *devi* farlo. Non sta bluffando. Ti rovinerà e non proverà mai un'oncia di rimorso per questo.» Si voltò verso suo zio. «Lasciaci un attimo soli.»

Zio Peter sorrise e poi scrollò le spalle. «Ma certo. Posso essere generoso in questo. Ma il tempo stringe, Helena. Vieni, Charity.»

Per un momento sua cugina rimase ferma a fissare Helena e Baldwin. Poi scosse la testa e seguì suo padre fuori dalla stanza, lasciandoli di nuovo soli.

Appena furono solo loro due, Baldwin si voltò verso di lei. «So cosa vuoi dirmi. Vuoi dirmi che dovrei sacrificarti. Non lo farò, Helena. Non posso farlo.»

Lei gli prese le mani. «Amore mio, ascoltami. Non siamo mai partiti con l'intenzione di avere un futuro insieme. Era...» Si interruppe e proseguì con voce rotta. «Era un'illusione.»

«Era la realtà» insistette lui. «Ti ho chiesto di diventare mia moglie. Mi hai detto di sì. Eravamo pronti a dirlo al mondo e ad andare avanti. E hai considerato che quando abbiamo fatto l'amore oggi, potremmo aver concepito un bambino? Il nostro bambino.»

Helena si portò la mano sul ventre mentre quell'idea la colpiva. Il bambino di Baldwin, che cresceva dentro di lei anche in quel momento.

«Se avessimo saputo che ti teneva in pugno» sussurrò lei «non avremmo fatto nessuna di quelle cose.»

Baldwin si passò una mano sul viso e si lasciò sfuggire un rabbioso gemito di frustrazione. In quel momento la porta del salotto si aprì ed entrarono Charlotte ed Ewan, la Duchessa di Sheffield, Simon, Meg, James, Emma, Graham, Adelaide e Matthew, arrivando a riempire il salotto quasi per intero. Helena si voltò e si asciugò le lacrime che stavano iniziando a scendere.

«Ci è stato detto che Shephard e sua figlia sono usciti e abbiamo pensato che avremmo potuto avere qualcosa da festeggiare» disse la Duchessa di Sheffield. «Ma a giudicare dalle vostre espressioni, sembra di no.»

Helena prese Baldwin per la mano e lui gliela tenne stretta. Come se rifiutandosi di lasciarla andare, non avrebbe dovuto rinunciare a lei. Helena sapeva che non era possibile.

«Alcuni di voi conoscono la verità» disse lui. «Altri... be', ve la spiegherò più tardi. Tutto quello che dovete sapere è che Peter Shephard detiene alcuni miei debiti che non sono in grado di pagare. Esige che io sposi Charity o mi rovinerà.»

La stanza rimase in silenzio per un momento, e tutti i presenti erano visibilmente scioccati. Poi Ewan si fece avanti e cominciò a gesticolare.

«So cosa sta dicendo senza che Charlotte debba tradurre» disse Baldwin con un profondo sospiro. «Shephard si rifiuta di accettare qualsiasi tipo di pagamento da una fonte esterna. Il matrimonio con sua figlia è l'unica modalità che accetta per l'estinzione dei debiti e per tenere segreta la mia situazione.»

Helena deglutì a fatica. «Ho detto a Baldwin che credo che dovrebbe accettare l'offerta. Gli ho detto che salvare se stesso e la sua famiglia dovrebbe essere la sua priorità.»

Emma fece un passo avanti, i suoi occhi scuri pieni di lacrime. «Oh, Helena. Mi dispiace tanto.»

«Non ho accettato» sbottò Baldwin. «Io amo Helena. Le ho chiesto di sposarmi e lei ha detto di sì.»

«Prima di sapere» sussurrò Helena, voltandosi verso di lui per continuare la discussione che avevano cominciato prima che gli altri entrassero nella stanza. «Ti amo» disse lei senza curarsi di dirlo davanti a tutti i loro amici e familiari. «Non buttare via il tuo futuro per me.»

Baldwin la prese delicatamente per le spalle. «*Tu* sei il mio futuro» insistette. «Se sarò distrutto, avrò comunque te. Quindi lascia che si prenda quello che vuole.»

«Non prenderà niente.»

Helena e Baldwin si voltarono verso la porta. Sulla soglia c'era Charity, con le mani sui fianchi. Gli altri si fecero da parte, lasciandola passare, anche se Helena vide come la guardavano male. Gli sguardi si fecero ancora più accesi quando Peter Shephard entrò di soppiatto nella stanza dietro di lei.

«Di cosa stai parlando, ragazza?» le chiese. «Non vorrai mica fare la figura dell'idiota davanti a tutte queste persone potenti, vero?»

Simon si strinse le mani ai fianchi e si avviò verso la porta. «Razza di...»

«No!» ringhiò Graham, afferrando Simon per le braccia.

«Date ascolto al vostro amico, Vostra Grazia. Non vorrete attaccarmi quando posso fare così tanti danni, vero?» disse suo zio con un altro dei suoi ghigni soddisfatti.

Simon si rilassò, ma continuò a fissarlo stringendo gli occhi. Meg gli si mise accanto e gli prese il braccio. Lui si voltò, e per un momento si limitarono a fissarsi negli occhi. Poi lasciò uscire il fiato e scosse la testa.

«Non merita la protezione di nessuno» mormorò Crestwood.

«Ho detto che avevamo bisogno di stare da soli per un attimo» disse Helena, incrociando lo sguardo di sua cugina. «Non potete concedercelo visto che avete intenzione di prendere tutto il resto?»

«Non ne avete bisogno» disse Charity, e si avvicinò lentamente a Helena. «Ieri mi hai chiesto perché ti odiavo. Non ti ho mai odiato.»

Helena sollevò entrambe le sopracciglia. «È difficile da credere visto quello che stai facendo.»

«Non sto facendo niente» insistette Charity. «Ammetto di essere stata gelosa di te. Chi non potrebbe esserlo? Sei così carina. E piaci subito a tutti. È sempre stato così. Quando sei caduta in rovina, ho pensato… ma non ti ho mai odiato. Ho persino convinto mio padre a portarti con noi. Ho pensato che potesse… aiutare.»

Helena osservò attentamente il volto di sua cugina. Conosceva Charity da tutta la vita. Helena sapeva quando stava mentendo. Quando stava manipolando. In quel momento non sembrava che lo stesse facendo.

«Be', suppongo di essere felice che non mi disprezzi» disse. «Ma questo non cambia nulla. Tuo padre costringerà Baldwin a fare una scelta di cui si pentirà, qualunque essa sia.»

A quel punto Charity si rivolse a suo padre. Zio Peter le aveva tenute d'occhio come un falco e rivolse un'occhiataccia a sua figlia. «Cos'hai da guardare?»

«Non costringerai nessuno a fare niente.» La voce di Charity era molto calma, anche se le tremavano le mani nonostante l'atteggiamento spavaldo che stava assumendo. «Non sposerò il Duca di Sheffield. Non prenderò parte al tuo piano.»

Shephard si lanciò in avanti, paonazzo in faccia. Helena non aveva idea se intendesse solo minacciare o fare davvero del male. Non riuscì a fare nessuna delle due cose, perché Graham fece un passo avanti, lo prese per la gola e lo spinse con forza contro il muro dietro di lui. Il duca aveva un'espressione dura come l'acciaio mentre diceva: «Non alzate un dito contro quella donna o vi faccio a pezzi.»

Shephard alzò lo sguardo e poi le mani. «Non toccherei mai mia figlia.»

«No. Non la toccherete.» Graham indietreggiò e raggiunse Adelaide. Lei gli prese la mano e insieme agli altri guardarono Shephard.

Charity era molto pallida, ma sollevò il mento. «Tuttavia, sposerò il Conte di Grifford.»

Suo padre inclinò la testa. «Grifford?»

«Me l'ha chiesto due sere fa. Da allora lo sto tenendo in sospeso. Ma accetterò la sua offerta. È abbastanza potente per te, credo. E mi adora, quindi so di poter fare in modo che tu abbia tutto le entrature che vorrai. In cambio delle mie richieste.»

Shephard incrociò le braccia. «Hai delle richieste?»

«Sì. Prima di tutto condonerai i suoi debiti.» Indicò Baldwin. «E concederai a Helena una dote di diecimila sterline.»

Tutti i presenti ansimarono all'unisono, ma nessuno più forte di Helena che barcollò, e dovette afferrare il braccio di Baldwin mentre fissava Charity.

Sua cugina le sorrise. «Vedi? Te l'avevo detto che non ti odiavo.»

Helena non riuscì a trovare parole, ma Charity non sembrava averne bisogno. Fissò il padre. «Questo è l'unico modo per ottenere quello che vuoi.»

«Non ho intenzione di dare diecimila sterline a quella sgualdrina!» ruggì Shephard.

«Chiudete quella maledetta bocca!» sbraitò Baldwin così forte che Shephard trasalì. «Parlate ancora di lei in quel modo e sarò io a farvi a pezzi e nessuno mi fermerà.»

Gli altri uomini nella stanza annuirono, e Shephard si agitò. «Che parli di lei o meno, non le darò comunque un soldo.»

Charity si lasciò sfuggire uno sbuffo. «Per favore. Diecimila sterline sono solo una goccia della tua fortuna. Se non credi che io ne conosca il valore fino all'ultimo spicciolo, ti sbagli di grosso. Te lo puoi permettere. E lo farai.»

Charity sorrise, ed Helena riconobbe l'espressione. Era il ghigno viziato che Charity aveva sempre quando sapeva che avrebbe ottenuto ciò che voleva. Per la prima volta, Helena si ritrovò a fare il tifo per sua cugina.

«E se non lo facessi?» chiese Shephard, ma sembrava molto meno sicuro di un attimo prima.

Charity scrollò le spalle. «Suppongo che potrei sposare un bello spazzacamino. O scappare per unirmi a un circo.»

Adelaide si lasciò scappare una risata. «Probabilmente potrei dare una mano a organizzare il secondo piano.»

Graham si schiarì la gola. «Forse dovresti restarne fuori, *Lydia*.»

Helena non capì il loro scambio di battute, ma non le importava. Era troppo occupata a sorridere. E quando guardò Baldwin, vide che anche lui stava sorridendo. In effetti tutti nella stanza ora stavano sorridendo.

Tranne suo zio, che fissava Charity. «Tu mi faresti questo. Faresti questo a tuo padre. Quando ho solo cercato di darti il meglio. Non oseresti!»

Charity si mise a ridere. «Mettimi alla prova. Mi hai cresciuta tu, pensi davvero che non oserei?»

Shephard fissò la figlia dilatando le narici. Ma era chiaro che non aveva da replicare. «Un conte» brontolò.

«Sì.» sorrise Charity. «Uno potente, per giunta. E pensate, quando Helena sarà sposata a un duca, sarai imparentato non a uno ma a ben due uomini molto potenti. Sono certa che Baldwin non ti dimenticherà.»

Baldwin annuì lentamente. «No, di sicuro.»

«È la tua migliore opzione, papà. Quindi ti chiederò la stessa cosa che hai chiesto poco fa al Duca di Sheffield. Che cosa preferisci?»

Helena rimase a bocca aperta e Shephard afflosciò le spalle. «Va bene» bofonchiò. «Va bene. Farò i preparativi necessari per tutto.»

Girò i tacchi senza dire altro e uscì come una furia dalla stanza, sbattendo la porta dietro di sé. Appena se ne fu andato, tutti i presenti tirarono il fiato.

«Charity» sussurrò Helena andando da sua cugina e abbracciandola più forte che poteva. «Grazie di cuore. Ci hai salvato.»

Charity si staccò e si lisciò il vestito, palesemente a disagio davanti a quella dimostrazione d'affetto. «Oh, andiamo.»

«No» insistette Helena. «Stai facendo un sacrificio per me e non lo dimenticherò mai.»

Charity scrollò le spalle. «Un sacrificio diventare una contessa? No. A dire il vero, il Conte di Grifford mi piace abbastanza. È affascinante. E vivrò più di lui e senza dubbio diventerò una vedova scandalosa.»

«Be', sei certamente la benvenuta tra noi» disse Emma facendosi avanti e prendendo le mani di Charity. «Sei stata molto coraggiosa.»

Charity stava diventando rossa come un pomodoro. Si sventolò con le mani. «Oh, non esagerate. Ora devo seguire mio padre, lisciargli le penne arruffate, e lasciarvi ai vostri festeggiamenti.» Sorrise a Helena. «Hai accalappiato un duca, Helena. Brava.» poi uscì dalla stanza.

Dopo che Charity se ne fu andata, ci fu uno scoppio di risate e tutti si fecero avanti per abbracciare Helena e dare a Baldwin una pacca sulla spalla. Lei lo guardò e vide che era silenzioso anche se sorrideva durante le congratulazioni.

«Dovremmo far servire champagne a pranzo!» disse Charlotte. «L'annuncio di un fidanzamento dovrebbe sempre essere accompagnato da champagne. Ci pensiamo io e mamma.»

Baldwin annuì. «Ma certo. Abbiamo molte cose da festeggiare.»

Charlotte si avviò alla porta saltellando di gioia. «Venite tutti!

Avrò bisogno dell'aiuto di tutti per i preparativi, così concederemo a Helena e Baldwin un momento da soli.»

Anche gli altri se ne andarono, ad eccezione della Duchessa di Sheffield che si rivolse alla coppia con un sorriso. «Volevo dire una cosa a entrambi.»

Helena si tese, perché sapeva che la madre di Baldwin si era impegnata per un esito molto diverso per suo figlio. Non aveva idea se la duchessa l'avesse davvero accettata.

«Cosa c'è, mamma?» chiese Baldwin con dolcezza.

«Ho sempre e solo voluto la felicità dei miei figli» disse stringendo la mano di Baldwin. «Non dormivo pensando che non avresti avuto l'amore che ha trovato tua sorella. Siamo arrivati a questo risultato dopo molti problemi e preoccupazioni, ma sono molto felice per entrambi.» Si avvicinò a Helena e allungò la mano per toccarle la guancia. «Benvenuta nella nostra famiglia, cara, dolce ragazza.»

Helena fece un sospiro di sollievo mentre la duchessa la abbracciava. Si stava asciugando le lacrime quando lasciò Helena con una risata. «E ora devo andare ad assicurarmi che tua sorella non ti organizzi tutta la cerimonia di nozze senza che tu possa dire la tua.»

Fece un piccolo cenno con la mano mentre lasciava la stanza e chiuse bene la porta dietro di sé. Quando se ne fu andata, Helena fece un respiro profondo e si voltò di nuovo verso Baldwin.

«Va bene, adesso parla. Cosa c'è che non va? Vedo che sei turbato. Allora dimmi, hai già cambiato idea?»

Baldwin fissò Helena. Gli aveva fatto la domanda con un tono allegro e scherzoso, ma vedeva la sincera preoccupazione che le solcava il viso.

Le prese le mani e la attirò a sé. «Guardami, Helena. Ti amo e non vedo l'ora di sposarti. Non è cambiato niente.»

Helena sembrò rilassarsi sollevata per un istante prima di inclinare la testa. «Allora cos'è che ti impedisce di essere pienamente felice?»

Baldwin strinse le labbra. «Avevo giurato di proteggerti. Ma non l'ho fatto. Lo ha fatto tua cugina, contro ogni aspettativa.»

Helena sembrò pensarci per un attimo. «Con mia grande sorpresa, Charity è intervenuta e ha assunto il ruolo di salvatrice. Ma non ti stimo di meno. Hai affrontato mio zio e hai dichiarato che gli avresti permesso di distruggere il tuo mondo per potermi sposare. Credi davvero che non mi renda conto che dicevi sul serio? Che avresti davvero sacrificato tutto per me?»

Lui scrollò una spalla. «Avrei rinunciato volentieri a qualsiasi cosa per te, Helena.»

«Ma non hai dovuto farlo» ribatté lei. «E ne sono molto grata. Charity può aver reso le cose più facili, ma mi hai salvato *tu*.»

Baldwin scosse la testa mentre la guardava, questa donna che era arrivato ad amare così profondamente e con tanto ardore. «No, amore mio. Tu mi hai salvato. Dal momento in cui ti ho trovato a contare le stelle, mi hai salvato.»

Lei si sollevò sulla punta dei piedi e accostò le labbra alle sue. «Arriveremo a un compromesso e diremo che ci siamo salvati a vicenda» disse dolcemente. «E prometteremo di continuare a farlo ogni giorno, ogni notte, per tutta la vita.»

«Per tutta la vita» concordò lui, poi reclamò le sue labbra ancora una volta.

CAPITOLO VENTITRE

Sei settimane dopo

«Sembrano davvero una coppia felice» disse James porgendo un bicchiere di vino a Helena per poi mettersi al fianco di Baldwin. Insieme, i tre osservarono Charity fare il suo primo giro sulla pista da ballo con il suo nuovo marito, il Conte di Grifford.

Helena alzò il bicchiere in silenzioso omaggio a sua cugina. «Probabilmente manderà in rovina quel poveruomo prima che siano trascorsi cinque anni. Ma sì, sembra che le piaccia veramente.»

«Allora tutti hanno avuto un lieto fine» sospirò Baldwin. «Anche se sostengo che noi due eravamo una coppia molto più felice il giorno del nostro matrimonio.»

Helena alzò lo sguardo verso di lui, ricordando quel bellissimo giorno appena due settimane prima. «Infatti. La più felice.»

James si voltò verso di loro con un sorriso. «E noi siamo tutti contentissimi per voi. Il nostro piccolo gruppo di duchi ha avuto un anno interessante, non credete? Cinque matrimoni in poco più di dodici mesi.»

«Verremo tutti addomesticati» ridacchiò Baldwin.

«In realtà volevo parlarti di una cosa» disse James.

Il suo sguardo si spostò su Helena, e lei guardò Baldwin. «Devo andare via?»

«No» disse lui. «Sono certo che James può condividere quello che deve dire con entrambi. Niente più segreti. Ho imparato a mie spese quanto possano distruggere.»

Lei gli strinse delicatamente la mano. Sapeva quanto fosse stato difficile per Baldwin dopo tutto quello che era successo a Sheffield più di un mese prima. Quando aveva raccontato a tutto il suo gruppo di amici della sua mancanza di fondi, di quanto le sue stesse azioni avevano contribuito a quella situazione. Helena aveva percepito la sua tangibile umiliazione e il suo strazio.

Naturalmente tutti erano stati comprensivi e avevano cercato di aiutarlo. Era stata orgogliosa di come Baldwin avesse respinto la loro offerta con delicatezza e gentilezza. Le diecimila sterline che suo zio le aveva permesso con riluttanza di portare in dote avevano aiutato molto, ma sapeva che la loro vita non sarebbe stata facile.

«Vedete il signore laggiù? Con la bella signora dai capelli scuri vestita di blu?» chiese James.

Helena e Baldwin seguirono il suo sguardo, e lei annuì. «Riconosco la signora. Rosalinde Danford. L'ho incontrata a uno dei tè di Charlotte. Lei e sua sorella sono adorabili.»

«Suo marito è Grayson Danford» disse James. «È il fratello del Conte di Stenfax.»

«Credo di averlo incrociato qualche volta» disse Baldwin esaminandolo da lontano. «Sembra un tipo a posto.»

«Credo che lo sia» disse James, guardandolo. «È anche un abile uomo d'affari. L'ho incontrato da White la settimana scorsa e abbiamo cominciato a parlare di canali. E di vapore. E di un sacco di altre cose in cui è coinvolto.»

«Hai intenzione di investire?» chiese Baldwin.

James lo fulminò con uno sguardo. «Sì, e anche tu. Cinquemila sterline.»

Helena sentì Baldwin irrigidirsi al suo fianco, e si aggrappò più forte al suo braccio per fargli sentire la sua forza se la sua avesse vacillato. «Credo che abbiamo già avuto una conversazione con te sul fatto di accettare la tua carità. Apprezzo il desiderio di tutti di salvarmi, ma se voglio essere in grado di guardarmi di nuovo allo specchio, devo salvarmi da solo.»

James annuì. «Lo so. Ecco perché questo non è un regalo. È un prestito. Ti farò anche pagare gli interessi. Ma ti dico che le opportunità di cui parla Danford... potrebbero ripagare dieci volte tanto. Venti volte tanto.»

Helena alzò lo sguardo verso Baldwin. «Venti volte tanto? Sarebbero centomila sterline. Abbastanza per...»

«Sì» disse Baldwin quasi senza fiato, visibilmente sconvolto.

Helena capì che era ancora incerto. A quanto pareva anche James, che mise una mano sulla spalla al suo amico. «La vita non è una linea retta, amico mio. E non è sempre giusta. Credo che lo sappiamo tutti molto bene. Possiamo ricostruire, però, se non siamo troppo testardi da non cogliere l'occasione.»

Baldwin guardò Helena e lei gli sorrise. Lui annuì lentamente. «Molto bene. Mi piacerebbe avere l'opportunità di ricostruire.»

L'espressione di James si ammorbidì. «Ottimo. Vieni a casa mia domani e farò approntare i documenti dal mio intendente. Possiamo fare visita a Danford insieme e capirai tu stesso di cosa parlo. Ma per ora, vado a ballare con mia moglie prima che svenga per l'attesa. Helena.»

Lei sorrise. «James.»

Dopo che se ne fu andato, si voltò verso Baldwin in cerca di un accenno di umiliazione o rabbia o turbamento. Non ne trovò nessuno. Solo una vera eccitazione nei suoi occhi.

«Non ti dispiace, vero? Che io abbia accettato di accollarmi un altro debito?»

«Sembra un'impresa eccitante» disse lei. «Penso che sia stato un buon affare.»

Baldwin si lasciò sfuggire un lungo sospiro di sollievo e poi il suo sguardo si concentrò solo su di lei. «Qualunque cosa accada, voglio che tu sappia... che la vera ricostruzione della mia vita è iniziata e finirà con te.»

Helena gli sorrise, felicissima del presente, eccitata per il futuro. E quando Baldwin si chinò per baciarla, lei si perse nel momento e in lui.

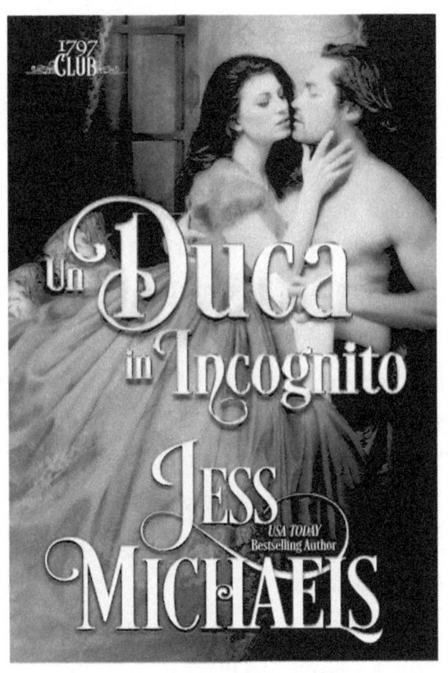

Quando la carrozza fece una curva, Lucas andò a sbattere contro la
parete interna. Ogni muscolo che aveva in corpo protestò per il

dolore lancinante costringendolo a stringere i pugni contro il sedile di pelle della carrozza per non gridare.

Quanto detestava essere ferito. Essere debole. Quanto detestava che tutto questo gli sembrasse all'ordine del giorno. Il dolore era solo parte della vita.

La carrozza si fermò e lui guardò fuori dal finestrino mentre i servi cominciavano a mettersi in azione per aiutarlo. Erano arrivati a un piccolo cottage che assomigliava a tutti gli altri cottage di Garygreen, una parte di Londra in cui non era mai stato prima. Conosceva tutte le parti peggiori della città grazie al suo lavoro, e le migliori grazie alla sua educazione.

Le odiava entrambe allo stesso modo. Ma questo posto era sospeso a metà strada. Non troppo distinto e imponente, ma pulito e ordinato, ben tenuto. Anonimo.

La porta si aprì e apparvero gli uomini che Stalwood aveva incaricato di aiutarlo. I loro volti erano torvi quando uno disse: «Siete pronto, Vostra Grazia?»

Lucas trasalì sia perché cominciava a sentire il dolore incipiente, sia per il titolo che era stato usato per rivolgersi a lui. «Sì» rispose con voce roca, allungando le mani per appoggiarsi sulle braccia tese che lo attendevano. Barcollò in avanti, cercando invano di trattenere i grugniti di dolore mentre veniva aiutato a scendere.

Gli uomini si guardarono intorno mentre lo conducevano su per le scale fino alla porta del cottage. Erano spie, come lui, mandate a svolgere quest'umile compito perché erano gli unici a cui si poteva affidare il segreto del suo nascondiglio. Sapeva cosa vedevano quando lo guardavano: il loro futuro. E non era quello che volevano, così prendevano le distanze.

La porta del cottage era già aperta e gli uomini lo aiutarono ad entrare. Lo portarono su per un'altra breve rampa di scale e lungo un corridoio fino a una porta aperta. Lucas immaginò che tutto questo fosse stato preordinato. Non sapeva ancora chi si sarebbe preso cura di lui durante la sua permanenza in quel posto. Stalwood aveva parlato di un guaritore, ma niente di più.

Un guaritore. Si era trattenuto a malapena dal ridere. Era stato punzecchiato, pungolato e torturato da molti uomini che si autodefinivano guaritori. La guarigione che ne era seguita era ridicola. Era a pezzi, forse non c'era rimedio al suo stato, e questo gli provocò un'ondata di rabbia e di dolore più potente di qualsiasi altra causata dalle ferite fisiche.

«Lasciatemi andare» sbottò, si liberò dalle braccia di quelli che lo aiutavano e andò a finire barcollando contro il bordo del letto.

Gli uomini sembravano indifferenti al suo malumore. Tutti, tranne uno, lo lasciarono lì. L'ultimo si chiamava Simmons. Lucas lo fulminò con lo sguardo. Aveva addestrato questo particolare sbarbatello anni prima, e ora il ragazzo lo fissava come se fosse un inutile vecchio rimbambito.

«Posso fare qualcosa?» chiese Simmons, con un tono mesto e carico di compassione.

«No» rispose Lucas a denti stretti voltandosi dalla sua parte. «Vattene e basta.»

«Bel modo di parlare a qualcuno che vi sta aiutando!»

Lucas si voltò verso la voce femminile e tagliente che aveva pronunciato quelle parole severe. In piedi sulla soglia, a fissarlo come se fosse un mostro, c'era una donna. Non semplicemente una donna, una dea, a quanto pareva. Aveva capelli scuri con riflessi rossi, un viso dai lineamenti fini e labbra carnose. Aveva occhi del verde più spettacolare che avesse mai visto. Come giada rubata da terre lontane che ora poteva solo sognare.

In quel momento, quegli occhi verdi erano socchiusi e pieni di rabbia mentre la donna incrociava le braccia e scuoteva la testa. Il suo biasimo gli fece provare uno strano senso di... vergogna. Una strana sensazione che sperimentava raramente. L'aveva rimossa da molto tempo.

«Signor Simmons, giusto?» chiese la donna, rivolgendosi all'altro uomo nella stanza.

«Sì, signorina» disse Simmons, e il suo sguardo scivolò sul

nuovo arrivo. Lucas riconobbe l'interesse che gli si era acceso negli occhi. Lo stesso che sentiva nel suo stesso ventre.

Solo che il giovane aveva probabilmente più possibilità di lui ridotto com'era.

«Grazie per l'aiuto. Credo di poter gestire la situazione da sola da qui in poi. Vi prego di far sapere a Lord Stalwood che siamo sistemati.»

Simmons lanciò uno sguardo a Lucas e poi di nuovo alla donna. «Certo, signorina. Sarò uno di quelli che farà a turno a montare la guardia. Se avete problemi, se avete bisogno di qualcosa, mettete una candela alla finestra di fronte e verrò subito.»

La giovane donna annuì, e sembrò ignara dell'attenzione di Simmons mentre gli faceva cenno di dirigersi verso il corridoio. «Apprezzo la gentilezza. Buona giornata.»

Simmons scrollò leggermente le spalle e se ne andò. Successivamente, la giovane donna si voltò verso Lucas, rivolgendogli quegli occhi penetranti ancora pieni di leggero disgusto e disapprovazione.

«Salve» gli disse entrando. «Confido che la stanza sia confortevole, anche se non soddisfa i vostri standard.»

Lucas si appoggiò al letto con il braccio sano, soprattutto perché non era del tutto sicuro di riuscire a reggersi in piedi da solo. «Temo di non avere standard. Chiedete a chiunque tra i miei conoscenti.»

La donna strinse le labbra apparentemente infastidita dalla sua battuta e gli andò incontro. «Lasciate che vi aiuti.»

Lui si tirò indietro quando lei allungò la mano. «Posso mettermi a letto da solo.»

La giovane aggrottò la fronte, e quando lo guardò da capo a piedi, Lucas percepì il suo biasimo ancora più forte. Lo guardò in faccia e scrollò le spalle. «Così dite. Allora vi lascerò sistemarvi da solo, se è quello che preferite al momento. Tornerò tra un'ora per portarvi del cibo e per controllarvi le ferite.»

Non disse nient'altro, né aspettò la sua risposta. Si limitò a girare i tacchi e a marciare fuori dalla stanza, chiudendosi la porta dietro di sé mentre usciva.

Quando se ne fu andata, Lucas crollò sul materasso, troppo esausto e dolorante per cercare anche solo di togliersi gli stivali. Non aveva idea di chi fosse la donna, né del suo ruolo nelle prossime settimane della sua vita. Forse era la moglie o la figlia del guaritore. Forse era una serva. Supponeva che lo avrebbe scoperto ben presto.

Qualunque fosse la risposta, la sua presenza, per quanto piacevole, non cambiava la sua situazione. Non voleva essere qui, e avrebbe fatto tutto ciò che era in suo potere per andarsene da quel posto il più presto possibile.

Jess Michaels è un'autrice bestseller di USA Today a cui piacciono robe da secchioni come Guerre Stellari, giocare ai videogiochi (ha una MEGA cotta per Cullen di *Dragon Age*), guardare la serie tv *Bob's Burgers* e collezionare Funko POP! Beve anche MOLTA Diet Coke. Probabilmente una quantità esagerata e poco salutare, ma è il suo unico vizio. Mangia (quasi) tutti i piatti a base di cocco, qualsiasi piatto al formaggio e nessun piatto piccante (sì, in questo è uno stereotipo ambulante). Le piacciono i gatti, il suo cane Elton e le persone che hanno a cuore il benessere dei loro simili.

Sebbene abbia iniziato come autrice tradizionale pubblicata da Avon/HarperCollins, Pocket, Hachette e Samhain Publishing, e anche da Mondadori in Italia, nel 2015 è passata al self publishing e non si è mai guardata indietro! Ha la fortuna di essere sposata con la persona che ammira di più al mondo e di vivere nel cuore di Dallas.

Quando non controlla ossessivamente quanti passi ha fatto su Fitbit, o quando non prova tutti i nuovi gusti di yogurt greco, scrive romanzi d'amore storici con eroi super sexy ed eroine irriverenti che fanno di tutto per ottenere quello che vogliono senza stare ad aspettare.

Jess è sempre molto felice di avere notizie dai suoi fan. Potete contattarla sul suo sito, tramite mail, e sui suoi social (o con piccione viaggiatore):

Facebook: www.facebook.com/JessMichaelsBks

OGNI mese Jess Michaels mette in palio un buono acquisto Amazon GRATUITO riservato agli iscritti della newsletter. Registratevi al sito: http://www.authorjessmichaels.com/

Se vi è piaciuta questa storia, lasciate una recensione per favore. Aiuterete altri lettori a conoscerla.

facebook.com/jessmichaelsbks
twitter.com/jessmichaelsbks
instagram.com/jessmichaelsbks
bookbub.com/authors/jess-michaels

www.ingramcontent.com/pod-product-compliance
Lightning Source LLC
Chambersburg PA
CBHW021133190726
48288CB00008B/2634